KATHY STROBOS

Meu Amor Travesso

Título em inglês: Caper Crush

Copyright © 2024 por Katharine Strobos

Tradução por Cristiane May Allgayer

Publicado por Tektime S,r.l.s.

ISBN: 9781958894132 (E-book)
ISBN: 9781958894149 (Paperback)

Capa: Cover Ever After

,

1

AJEITANDO MEUS ÓCULOS FALSOS no nariz, me aproximo de outras duas mulheres para ouvir a conversa sobre a pintura abstrata ultramarina na frente delas. Resisto à vontade de tocar meu cabelo liso e grisalho. Aprendi que depois de colocar uma peruca não devo tocá-la.

Esta galeria de arte é uma sala quadrada com paredes brancas em Tribeca, com pinturas penduradas a trinta centímetros de distância, cerca de vinte peças coloridas no total. Entre o ar condicionado frio e os toques de cor, sinto como se tivesse entrado no meio de um sorvete de baunilha com granulado de arco-íris. Ao lado da entrada, a dona da galeria está sentada atrás de um balcão brilhante de laminado branco, digitando em seu *laptop*. Duas grandes pinturas estão destacadas nas vitrines. Minha pintura ultramarina, infelizmente, não merecia aquele imóvel de primeira linha.

Essas duas mulheres são um par incompatível. Uma delas parece uma matrona do Upper East Side, com cabelos castanhos imaculados, claramente secados profissionalmente naquela manhã, vestida com um terninho impecável de duas peças. A outra mulher tem cabelos grisalhos e rebeldes, e usa uma saia longa e esvoaçante, pulseiras turquesa e douradas cobrindo os pulsos.

— É este que Jade recomendou que olhássemos? — a mulher do penteado pergunta.

A mulher com pulseiras olha para a etiqueta.

— Eu acho que sim. Ela disse para darmos uma olhada nas obras da artista Miranda Langbroek. — Ela dá um passo para trás, suas múltiplas pulseiras tilintando enquanto coloca as mãos nos quadris e olha para a pintura.

— Não vejo o que há de tão especial nela — diz a mulher do penteado. — Não se parece com qualquer outra pintura abstrata por aí?

Eu tusso. E é por isso que as pessoas dizem que nada de bom acontece em escutar sobre si. Preciso me blindar, mas ainda levo para o lado pessoal as críticas sobre meu trabalho.

As duas mulheres olham preocupadas para mim.

— Você está bem? — a mulher com pulseiras pergunta.

— Estou bem. Tenho algo preso na minha garganta. — Eu limpo minha garganta. — Acho que o que torna esta pintura única são as pinceladas aqui construindo o quadro, quase como ondas de cor passando por você.

— Ah, que interessante — diz a mulher com pulseiras. — Vejo isso agora.

— Você está pensando em comprá-lo? — a mulher penteada me pergunta.

Essa é uma pergunta difícil de responder. Alguns compradores gostam da concorrência e, se alguém estiver interessado, comprarão imediatamente para retirá-lo. Mas outros recuam. Além disso, não quero mentir e dizer que vou comprá-lo quando sou a artista que está tentando vendê-lo. Nunca sei se meu disfarce realmente funcionará. Mas realmente preciso vender esta pintura. Preciso do dinheiro.

— Não — eu digo. — Adoraria, mas não tenho orçamento para comprá-lo.

— Nosso revendedor disse que deveríamos entrar agora, antes que esse artista se torne popular após o show da Vertex — diz a mulher do penteado.

— Mas eu não sei. — A mulher das pulseiras franze a testa.

Isso é uma tortura. Por que achei que persuadir secretamente os patrocinadores de arte a comprar meu trabalho era uma brilhante ideia?

— Você só deve comprar se gostar. — Não quero que minha pintura seja abandonada em um armário.

— Adoro as cores — diz uma voz masculina à minha esquerda. — Você sabe o preço?

Um cara alto e magro, com cabelo volumoso, preto e despenteado, olha para mim.

William Haruki Matsumura.

William é sobrinho do sócio do meu tio Tony, Takashi Matsumura. *O que ele está fazendo aqui?*

Nossos olhares se encontram.

Ele é bonito, se você gosta do tipo do Serviço Secreto. Eu não. Nunca sei o que ele está pensando, o que me incomoda. Ele está quieto, então pode estar cheio de pensamentos profundos. Ou não.

Não deixe que ele me reconheça. Ele entregará provavelmente o jogo se o fizer. Mas não há como conseguir. Envelheci minha pele com sombras e luzes para parecer uma mulher de 65 anos, até adicionando um sinal no nariz. Mechas lisas e prateadas escondem meu cabelo ruivo ondulado, e estou usando óculos. Não é como se nos encontrássemos com tanta frequência. Uma vez por ano, se for o caso, nas festas do tio Tony.

A mulher das pulseiras olha para ele, e seus olhos se arregalam em apreciação. Ela se aproxima.

— Você gosta dela? — Ela coloca a mão no braço dele sugestivamente.

Ele sorri, olhando para a mão dela.

— Sim, muito.

Eca. É melhor que ele ainda esteja falando sobre minha pintura. *Mantenha a atenção em meu quadro. Isso é o importante aqui.*

— O que você gosta na pintura? — eu pergunto.

— Sinto que mostra movimento, quase como as ondulações da água. — Ele passa a mão pela tela.

Esse é exatamente o efeito que eu estava procurando. Eu fico olhando para ele. Ele *realmente* entende.

— E o amarelo-cádmio?

— O amarelo e o laranja dão calor.

— Sim. O amarelo-limão e o de amarelo Ná... uh, pêssego, aqui são como um abraço caloroso vindo de uma praia arenosa e quente — eu quase falei amarelo Nápoles vermelho em vez de pêssego.

— Isso me faz sentir feliz — diz ele.

Meu peito parece cheio. Eu me emociono e desvio o olhar para algumas barras pretas e vermelhas e uma pintura de arame farpado ao lado da minha. Eu estremeço. Isso fornece um bom contraste. Sorrio para William.

— Você deveria comprá-lo, então — eu digo. Pare de falar e comece a agir.

— Bem, só se vocês não o quiserem — ele diz às outras duas mulheres. — Damas primeiro, é claro.

— Talvez devêssemos comprá-lo — diz mulher penteada.

— Só se você amá-lo — eu digo.

William balança a cabeça para mim.

— Ele também me faz sentir feliz — diz ela.

— Oh, definitivamente estou me sentindo mais feliz agora. — A mulher de pulseira olha para William. — Adoro conhecer outros colecionadores de arte. Você tem uma extensa coleção? Talvez você queira ver a minha.

A mulher penteada sai e vai até o dono da galeria. Ela saca seu cartão de crédito. Prendo a respiração. Ela assina o iPad. O dono da galeria se aproxima e coloca um pontinho verde ao lado da minha pintura.

O cobiçado ponto verde. Vendi uma pintura. Sorrio e a tensão diminui dos meus ombros. Essa é uma parcela significativa do aluguel deste mês. Agora Jade estará mais inclinada a continuar me representando, e isso é um bom augúrio para a Exposição de Arte Vertex. Meu talento pode finalmente ser reconhecido, e alguns grandes nomes de galerias podem escolher meu trabalho artístico. E poderia realmente realizar meu sonho de seguir a carreira de artista. Chega de sorrir com os dentes cerrados com comentários como: "Eu também deveria escolher um *hobby*, como você, e pintar".

É hora de fugir antes de ser descoberta como a artista. Os artistas têm alguma licença para serem criativos, mas disfarçar-me para escutar conversas e persuadir as pessoas a comprarem o seu trabalho pode ser considerado uma loucura comprovada.

— Parabéns — digo a elas. — Foi bom conhecê-las.

Viro-me e saio lentamente pela porta da frente. Quando saio da galeria, meu ritmo acelera. *Sim! Vendido!*

Ando alguns quarteirões até a Canal Street, passando por um restaurante e uma loja que vende apetrechos para fumar. Alguns caras estão do lado de fora, e um cheiro enjoativo de cravo preenche o ar. Está mais quente hoje do que deveria estar em um dia de primavera.

Não posso tirar minha peruca por que não tenho como carregá-la com segurança. Ela precisa ser colocada de volta na cabeça do manequim para que sua forma não seja destruída.

Atravesso para o outro lado da rua, onde uma agência dos correios predominantemente de cor ocre ocupa todo o quarteirão, com sua base preta de terracota coberta de grafites.

— Ei!

Eu viro. É William, correndo. Ele nunca me pareceu o tipo que conversa com estranhos.

— Ah, sim, que bom ver você de novo — digo, mas um pouco distante, como imagino que uma mulher mais velha faria quando abordada por um estranho com quem conversou brevemente em uma galeria. — Já viu o suficiente do show?

— Eu só estava lá para ver aquele quadro, *Maré Alta 4h30*, que aquelas mulheres compraram. Meu tio me disse para dar uma olhada no show. Miranda Langbroek é sobrinha de seu parceiro.

Ele não me reconhece. Isto é brilhante.

— Ela é muito talentosa. Você a conhece? — eu pergunto. — Ela deve ser incrível.

Ele olha para mim e diz ironicamente:

— Sim, eu a conheço.

— E ela é incrível?

— Se você quer dizer incrível no sentido de desconcertante ou surpreendente, ou...

Dou uma gargalhada.

— Mais como surpreendentemente impressionante. Se você a conhece, deveria comprar suas obras de arte antes da Exposição de Arte Vertex.

— Você tem mais pinturas à venda?

Apenas uma parede cheia de pinturas não vendidas.

— E por que, Miranda, você está vestida como uma mulher mais velha?

Eu paro. Eca. Não acredito que ele está brincando comigo.

— Para espionar as pessoas que estão conferindo minha pintura e convencê-las a comprar — digo como se isso fosse algo completamente normal de se fazer. — Obrigada pela sua ajuda lá atrás.

— As pessoas não ficariam emocionadas em conhecer o artista? — Sua testa está franzida. Ele tira o cabelo preto dos olhos e estuda meu rosto. Ele provavelmente está tentando descobrir o que eu mudei.

— Não se eles não gostarem da pintura.

— Achei que você queria que as pessoas comprassem somente se gostassem. — William cruza os braços. — Você quase perdeu uma venda com esse comentário.

Este é um bom ponto.

— Mas eu não perdi. — Endireito meus ombros.

— Você não precisa se disfarçar.

Um carro sem silenciador passa rugindo, e me viro para olhar as quatro faixas de tráfego que passam na Canal Street. Sem árvores neste quarteirão, este canto tem uma sensação muito aberta e exposta.

— Como você sabia que era eu?

Seu olhar é direto.

— Você se posiciona de uma certa maneira. Como se você não fosse cair sem lutar.

Eu pisco. Ele dá de ombros.

— Pensei ter reconhecido sua postura por trás, mesmo com o cabelo liso e grisalho, mas tive um momento de dúvida quando você se virou.

— Graças a Deus por isso. Achei que estava perdendo minhas habilidades de disfarce. — Eu olho para ele, avaliando a maneira como se posiciona. — Você se posiciona de maneira semelhante, embora emita uma vibração distante e independente. Tipo "eu sou minha própria ilha".

Ele zomba.

— Você está indo para casa?

— Sim. Tenho que encontrar alguns transportadores em uma hora. Eles estão pegando minhas pinturas para essa Exposição de Arte Vertex.

— Estou indo para lá também, para ver o tio Takashi.

Meu tio Tony e seu sócio, Takashi, moram perto de mim, na Columbus Avenue, no Upper West Side.

Descemos a Canal Street em direção ao metrô. Este lado da rua onde fica o correio está deserto. Do outro lado estão lojas mais típicas da Canal Street com malas e outros itens pendurados em toldos. Longas mesas exibindo óculos de sol, bolsas falsas e souvenirs de Nova Iorque dominam a calçada.

— Você não estava na festa ontem à noite? — Cubro minha boca assim que termino de fazer a pergunta. É constrangedor que eu não tenha percebido.

Ele olha para mim, seus olhos castanhos e calorosos indo para meu rosto e depois para longe, e ele encolhe os ombros. Não sei dizer se o encolher de ombros significa que está tudo bem ou se ele está reconhecendo que também não notaria se eu estivesse lá.

— Não, acabei de voltar de Tóquio ontem e capotei — diz ele.

Esperamos na esquina que o semáforo mude. À esquerda, o tráfego flui em direção ao Túnel Holland. Os botões de flores estão começando a aparecer nas árvores. Estou bem pronta para a primavera; uma nova estação e um novo começo na minha vida como artista. Estou borbulhando de alegria agora que vendi uma pintura.

Atravessamos a rua, passamos por uma caixa de correio verde grafitada e descemos correndo os degraus da estação C do metrô.

— O que você estava fazendo em Tóquio? — Deslizo meu Metro-Card pela catraca.

— Foi casamento de um amigo — diz ele. — E para ver a família.

Subimos a plataforma e ficamos ao lado de um dos bancos de madeira. O trem C deve chegar em dois minutos.

Eu poderia puxar conversa, mas continuo chateada por fingir que não me reconheceu depois de me alcançar. Nós dois olhamos para os cartazes de propaganda que salpicam a parede de azulejos brancos.

O trem para na estação. Está lotado, como sempre nas manhãs de sábado, com uma mistura de turistas, famílias e pessoas com planos. Entramos e ficamos de pé, segurando a barra de alumínio. William abaixa a mochila para colocá-la no chão, aos seus pés. Dou uma olhada nos cartazes do metrô para ver se algum anuncia a Exposição de Arte Vertex. É meu novo passatempo favorito. Todos os anos, a exibição Vertex escolhe trinta artistas emergentes para expor. Neste ano, eles me escolheram. E então, durante o show, um painel de jurados elege seus cinco artistas favoritos para assistir. O trem sai rapidamente da estação e desvia. Balanço levemente, e sendo pega de surpresa, agarro a barra com mais força.

A pessoa sentada à minha frente olha para cima e se levanta.

— Aqui, você pode sentar-se no meu lugar.

Esqueci que parecia uma idosa.

— Não, está tudo bem — eu digo. — Estou bem.

— Tem certeza? — Ela parece preocupada. — Vou descer daqui a algumas paradas.

— Não, está tudo bem. Será mais difícil de conversar assim.

— Ah, claro que você quer falar com seu filho — diz ela.

Meu filho. William dá uma risadinha.

— Mãe, você deveria sentar-se — diz ele.

Eu quero matá-lo.

— Você o criou bem. — A mulher sentada fica de pé.

— Aqui, mãe, deixe-me ajudá-la a sentar. — William segura meu cotovelo.

Eu sento. Posso me sentir corando, mortificada. O operário ao meu lado diz:

— Se vocês quiserem conversar, eu também levanto.

Isso é legal da parte dele. Sinto-me um pouco emocionada por todos serem tão atenciosos. Eu enxugo um pouco da umidade dos meus olhos.

William diz:

— Não, está tudo bem. Não posso ocupar seu lugar. Teremos muito tempo para conversar mais tarde. — E então ele se inclina e sussurra alto para o cara: — Ela só vai me incomodar sobre se estou namorando alguém.

— Eu não importuno — digo rigidamente, sentando-me direito e lançando um olhar mortal para ele.

O cara ri.

William sorri docemente para mim e volta a olhar os anúncios do metrô. Eu digo:

— Encontrei uma garota legal para você namorar.

Ele olha para mim com uma sobrancelha levantada.

— Ela é uma advogada de muito sucesso. Ela não sabe cozinhar, mas pode sustentar seu estilo de vida vagabundo.

— Talvez você queira o assento — diz o cara ao meu lado para William.

— Você não deveria desistir do seu lugar. Ele está perfeitamente saudável para ficar de pé — digo.

— Não se eu quiser ouvir mais sobre meu estilo de vida vagabundo — diz William simultaneamente.

Na rua 59, os passageiros alternam caoticamente entre o trem expresso que atravessa a plataforma e o trem local. William permanece de pé, embora o assento ao meu lado tenha vagado. Uma mulher se senta naquele assento, com o guia turístico na mão, e me pergunta se o metrô vai até o Museu de História Natural. Eu confirmo que sim.

Quando chegamos à parada da rua 72, William se inclina como se quisesse me ajudar a levantar. Eu afasto sua mão.

— Posso me levantar bem — eu digo mal-humorada.

Ele me segue para fora do metrô. Passando pela obra de arte dos azulejos azuis e brancos *Yoko Ono Sky*, passamos pelas catracas.

— Tudo bem com as escadas? — ele pergunta.

Eu paro. Estou prestes a responder que é claro que estou, então sorrio. Ele dá um passo para trás. Eu belisco sua bochecha.

— Você é um menino tão bom. Eu preciso me segurar em você. — Agarro seu braço e me apoio pesadamente nele. Tenho um metro e setenta e oito e sou musculosa. Seus bíceps flexionam, mas ele não vacila. De repente, William se sente muito masculino. Eu coro. *Muito íntimo.* Ele olha para mim.

— Você nunca faz o que espero. Talvez devesse apenas pegar você e carregá-la. Isso seria mais fácil.

Meus olhos se arregalam. Enquanto ele faz exatamente isso, eu recuo.

— Tudo bem. Eu irei sozinha.

Subo correndo as escadas de concreto, feliz por ele não poder ver meu rosto. Ele mantém o ritmo atrás de mim.

Enquanto caminhamos lado a lado pela ampla extensão da rua 72, passando sob os toldos dos prédios de apartamentos e contornando os carrinhos de entrega de alumínio cheios de caixas, tenho plena consciência de William ao meu lado.

— A festa foi tão dramática quanto no ano passado? — ele pergunta.

Confusa, levanto a sobrancelha.

— As festas do tio Tony são sempre emocionantes.

Tio Tony é figurinista, então seus amigos são todos do teatro. Foi ele quem me ensinou a criar disfarces. É uma habilidade útil de se ter. Como enteada do ex-presidente do bairro de Manhattan, propensa ao drama, disfarçar-me era a melhor maneira de escapar da imprensa. Melhor do que seguir a abordagem da minha meia-irmã Annabelle, que é ser perfeita em todos os momentos. A imprensa nunca a segue. Nenhuma história ali.

Takashi trabalha com segurança de TI, o que pode parecer chato, mas, na verdade, muitos de seus colegas são hackers de chapéu branco que têm uma vibração nervosa e são contra autoridades.

— A máquina de caraoquê estava lá.

— Lembra do ano passado, antes da festa do tio Takashi, lá fora, na rua, quando você estava gritando com seu namorado? — ele pergunta.

Eu coro. Não acredito que William me viu gritando como uma pescadora. Alguma fã beijou Rex, meu namorado na época e colega de banda, depois de um show sem a permissão dele. Mas eu não percebi isso, a princípio, e pensei que ele estava beijando-a. Ele a empurrou, mas eu ainda estava chateada. Entrei em um táxi para ir à festa do tio Tony. Ele me seguiu no próximo táxi. Nos encontramos novamente na rua em frente ao prédio de Tony. Gritei com ele que odiava estar com tanto ciúme.

— Ah bem. Eu me senti muito melhor depois de colocar tudo para fora.

— Você certamente não se conteve — diz William.

Viramos para subir a Columbus Avenue, parando para deixar o casal à nossa frente passar primeiro por uma mulher que vinha na direção oposta. Ela está empurrando um carrinho com um café na mão. A rua aqui é movimentada, com mais gente e menos espaço, pois os restaurantes têm mesas dispostas na calçada, cercadas por plantas e barreiras portáteis.

— Bem, sempre sou boa para uma história — digo ironicamente.

— Desculpe desapontá-lo, mas foi tudo muito civilizado este ano. De qualquer forma, o que você faria se pegasse sua namorada te traindo?

Uma sombra passa por seu rosto. Então ele fica mais ereto.

— Você realmente acha que alguém iria me trair? — Ele me lança um olhar condescendente e superior. Tão irritante.

— Se alguém pode me trair, pode trair você. — Posso não ser tão bonita quanto William, mas me dou bem com quem gosta de personalidade.

— Mas ele não te traiu — diz William.

— Exatamente. Então acho que não precisamos nos preocupar com isso. — Eu percebo que o que falei faz pouco sentido. — Como estava em Tóquio? Você conseguiu ver sua avó? Como ela está? Você trouxe doces emocionantes? Takashi sente falta de Tóquio.

— Você quer que eu responda ou está apenas fazendo perguntas? Eu dou uma risada.

— Quero que você responda.

— Eu vi Obaachan. Ela está envelhecendo, mas ainda é uma personagem forte. E conversei com amigos depois do casamento. — Ele balança a mochila para frente. — E sim, trouxe presentes para o tio Takashi. Gostaria de ter trazido frutas. É disso que ele mais sente falta.

— Ele sempre diz que nada se compara aos pêssegos e morangos japoneses.

Chegamos à entrada do prédio do tio Tony.

— Tchau — eu digo. — Talvez eu te veja mais tarde. Estou passando para pegar minha pintura depois que o pessoal da mudança for embora.

Ele não parece entusiasmado com a possibilidade de me ver novamente. Sua expressão facial diz resignado, na melhor das hipóteses. Ele concorda. Tenho uma leve suspeita de que ele definitivamente não estará por perto quando eu passar por aqui mais tarde. Então ele sorri levemente e diz:

— Tchau, mãe!

Balanço a cabeça e me afasto rapidamente. Provavelmente foi o máximo que conversei com William em anos. Eu o dispensei depois de ouvi-lo discutindo a contabilidade de depreciação de ativos com sua então namorada em uma das festas do meu tio, vários anos atrás. Ele é muito mais brincalhão do que eu imaginava.

2

DE VOLTA AO MEU apartamento, a tela em branco me provoca. *Você se considera uma artista?*

Três janelas do chão ao teto com cortinas índigo, atualmente amarradas, emolduram a parede norte da nossa sala, que também serve como meu estúdio de arte. Temos uma longa mesa de carvalho no meio e um pequeno sofá ao lado com a TV, mas o resto é meu espaço. As duas paredes estão cobertas com minhas pinturas, salpicos de cores vivas zumbindo. Dois cavaletes ficam em frente à janela; algumas pinturas encostadas em cadeiras. Não consigo decidir se elas já acabaram. Às vezes tenho dificuldade em decidir quando uma pintura está pronta.

Meu telefone toca.

— Parabéns pela venda. Então agora você tem tempo para criar mais pinturas, certo? Precisamos de um bom excedente se a Exposição de Arte Vertex for um sucesso — diz Jade, minha agente.

Jade está coordenando com a curadora da Vertex. Nós nos conhecemos na faculdade, em uma aula de história da arte. Ela queria ser agente, e eu queria ser pintora. Foi uma combinação perfeita, principalmente porque parecia que eu iria me lançar rapidamente. Mas não o fiz. Ela fez. Ela agora representa vários grandes nomes, mas a minha lista de clientes é uma marca negra. Eu disse a ela que pode me tirar. Odeio me sentir como seu caso de caridade, mas ela diz que ainda acredita em mim. E espero que em cinco semanas, quando a exposição da Vertex estrear, a fé dela em mim seja justificada.

— Sim, vou reduzir meus empregos de garçonete. — Ignoro a tela vazia no meu cavalete.

— Os transportadores já pegaram as pinturas para a exposição Vertex? — ela pergunta.

— Eles estão procurando estacionamento agora. Trarei o *Brincando Por Aí 1h30* logo depois que eles saírem com o *Amigas de Nova Iorque* e o *Indo Em Frente 10h50*.

Tanto *Amigas de Nova Iorque* quanto *Indo Em Frente 10h50* estão pendurados na parede à minha frente. O primeiro da série de três, *Amigas de Nova Iorque*, é um retrato de três mulheres rindo. Eu estava tentando transmitir o amor emocional por trás da amizade delas por meio de expressões faciais, gestos e cores. Em *Indo Em Frente 10h50*, eu queria evocar a mesma emoção por meio de cores, texturas, formas e pinceladas, mas de forma totalmente abstrata. *Brincando Por Aí 1h30*, a peça de transição que liga estas duas, é meio abstrata e meio figurativa e mostra minha transição do figurativo para o abstrato. Dei o *Brincando Por Aí 1h30* para o meu tio. Eu nunca conseguiria vendê-lo. É como se fosse meu primeiro filho.

— O *Brincando Por Aí 1h30* ainda está no apartamento do meu tio — eu digo. — Mas ele me disse que está finalizado e pronto para uso, com o Kimimoto. Vou deixar o Kimimoto na galeria do Vinnie para que ele possa mostrá-lo a potenciais compradores.

— Certifique-se de carregá-lo com cuidado — diz ela. — Você não pode estar na Vertex sem o *Brincando Por Aí 1h30*. Essa é a peça de transição.

— Pegarei um táxi.

— Não acredito que eles estão vendendo o Kimimoto. — Jade suspira. — Eu gostaria de ter um comprador para poder receber a comissão. Kiara compraria num piscar de olhos se tivesse meio milhão de dólares.

Tio Tony e Takashi compraram a pintura de Kimimoto no Japão há cerca de dez anos, quando o artista estava em ascensão, mas Kimimoto é agora bem reconhecido nos círculos artísticos. Ele até foi incluído em uma exposição recente de artistas contemporâneos no Museu de Arte Contemporânea de Tóquio. Tio Tony e Takashi estão vendendo seu Kimimoto para comprar a casa dos seus sonhos no norte do estado de Nova Iorque.

— Gostaria que eles pudessem vender para Kiara — eu digo. A irmã mais velha da minha colega de quarto, Tessa, Kiara, é uma mentora total para mim. Seu pintor favorito é Kimimoto.

— De qualquer forma, vou lhe enviar por e-mail minha primeira passagem pela descrição de suas três pinturas para a Vertex. Incluí as falas de sua crítica favorita: "Enquanto antes a Sra. Miranda Lang-broek flertava com campos coloridos ao fundo de seus retratos, em *Brincando Por Aí 1h30*, ela traz isso para o primeiro plano, e que avanço talentoso é." Esperemos que superemos isso com as críticas do programa Vertex! — e ela desliga.

Sim, tenho essa resenha memorizada e emoldurada. É o melhor que já tive e contrasta fortemente com alguns anteriores ("um talho", "apático", "confiando nas conexões dela"). Como enteada do presidente do bairro de Manhattan, tive muita publicidade antes de estar pronta. Então meu avanço como artista de ponta não se concretizou. A Exposição de Arte Vertex pode ser minha última chance.

O som de chinelos anuncia a chegada de Tessa em nossa combinação sala de estar e estúdio de arte. Eu me viro para cumprimentá-la.

— Argh! — Tessa derrama um pouco do chá da caneca "EU SOU ADVOGADO, VAMOS ASSUMIR QUE ESTOU SEMPRE CERTO". — Você precisa me avisar quando fizer algo estranho na sua cara.

— Eu deveria remover essa maquiagem. — Entro no minúsculo banheiro de azulejos brancos do metrô que fica ao lado da nossa sala de estar e limpo a base.

Tessa me segue. Ela está vestida com camiseta e calça de ioga, como eu. Minha peruca está de volta no suporte, e troquei de roupa, mas deixei meu rosto de senhora idosa. Às vezes, estranhos nos consideram irmãs, embora ela tenha cabelos loiros. Somos amigas há tanto tempo que temos expressões e maneirismos semelhantes.

Encostada na porta, ela me observa.

— Você ainda está tendo problemas para pintar? Você olhou para aquela tela por horas ontem à noite. O que está acontecendo? Você geralmente não tem problemas.

— Eu sei. — Lavo o rosto com água fria. Eu tinha certeza de que a venda limparia meu bloqueio. Mas agora, diante desta tela, estou com bloqueio.

— Você tem pintado muito ultimamente — diz Tessa. — Sei que você está animada com sua próxima exposição inovadora..."

— E se não for um avanço? E se minhas pinturas receberem críticas terríveis? — Meu rosto nu me encara do espelho. — E se *for*? Não sei com qual estou mais preocupada.

— Mas você quer ter sucesso. — A testa de Tessa está franzida.

— Quero que minha arte tenha sucesso. Mas não quero ser famosa. Detesto ser seguida pela imprensa. Talvez meu bloqueio esteja relacionado a isso? — Meu padrasto esteve na política da cidade de Nova Iorque durante toda a sua carreira, como membro do conselho e presidente do bairro de Manhattan, além de duas candidaturas malsucedidas a prefeito, então cresci sob os olhos do público. E não é uma experiência que eu queira reviver. Tessa me abraça.

— Pelo menos agora seu padrasto não está mais concorrendo a um cargo público.

Volto para ficar na frente da tela. Minha mente está em branco. Não consigo pensar em nada para pintar. Parece que minha pressão arterial está subindo, como se estivesse prestes a falar em uma das coletivas de imprensa do meu padrasto. O que é perturbador, porque pintar geralmente é meu descanso. Não é que eu odeie falar em público. Gosto de atuar, mas não gosto de responder perguntas destinadas a me enganar e me fazer parecer ridícula.

— A imprensa geralmente não persegue os artistas. — Tessa pega sua caneca e se encosta na nossa mesa.

— Sei que não. Não é como se eles seguissem os filhos dos políticos.

— E de qualquer forma, você precisa ter confiança em si e confiar em seus instintos. — Ela me cutuca no ombro. — Não deixe os pessimistas chegarem até você. Você faz o que quer.

Ainda assim. Uma tela vazia. Pelo canto do olho, a tela de ontem, uma confusão lamacenta, zomba de mim. Eu estremeço. Algo para ser eliminado mais tarde. Sempre há aquele momento de incerteza quando começo um projeto e me preocupo se conseguirei fazê-lo novamente; pintar algo que ressoe. Mas isso está durando mais do que um momento.

Meu telefone toca. É o pessoal da mudança. Eles encontraram uma vaga para estacionar no fim do quarteirão.

E de repente, uma ideia para uma pintura surge na minha cabeça. Fico no centro da nossa sala, meu lugar feliz, e fecho os olhos para lembrar desse sentimento de expectativa e excitação.

Uma batida soa na porta. São nossas vizinhas de baixo, Penelope e Zelda.

— Isso é tão emocionante. — Penelope me abraça e entrega uma garrafa de champanhe.

Zelda me cumprimenta.

— Mal posso esperar para ver as três juntas na exposição.

— Jade enviou as descrições do seu trabalho para o catálogo? — Tessa pergunta.

Tessa é muito prática, mas tem um lado selvagem. Se as pessoas não pensam que somos irmãs, então pensam que somos opostas, porque ela é uma advogada corporativa, e eu sou como uma fada com cabelo bagunçado e roupas respingadas de tinta. Choro com tudo (aqueles comerciais nos quais as pessoas cumprimentam a família no aeroporto, o noticiário, alguém dando lugar para uma grávida no metrô). Já vi Tessa chorar uma vez.

Balanço minha cabeça negativamente.

Eu perambulo, sentindo que deveria estar fazendo alguma coisa, mas paguei pelo serviço completo. A empresa de mudanças vai embrulhar, encaixotar e entregar as pinturas na galeria de arte.

— Eles também estão levando o *Brincando Por Aí 1h30*? — Zelda está sentada em nosso sofá confortável ao lado de Penelope.

— Não, ele é pequeno o suficiente para que eu possa buscá-lo na casa do meu tio e pegar um táxi.

— É engraçado que ele seja tão pequeno e, ao mesmo tempo, tão significativo — diz Zelda.

Penelope esbarra em Zelda com o ombro.

— Ei, só porque é pequeno não deveria não significar nada. — Penelope tem um metro e setenta e cinco e não é baixa, mas é mais baixa que o resto de nós. Ela prende o cabelo castanho encaracolado em um rabo de cavalo.

— Exatamente. É pequeno, mas poderoso. — Eu queria tentar uma pintura mais abstrata. Não tenho certeza se funcionaria, só brincando, não usei uma tela grande. Eu não estava pensando que seria um grande negócio. Foi só quando tudo terminou, e eu fiquei tão feliz com isso, quero dizer, tão, tão feliz, que pensei: "Sim, é isso." E então, certa do que queria alcançar, pintei uma tela maior, indo muito em frente. Isso é o *Indo Em Frente 10h50*.

— Adoro o contraste entre as três pinturas — diz Penelope. — É uma ideia brilhante para uma exposição, mostrar aquele momento em que um artista encontra sua vocação.

A campainha toca, e todas nós pulamos.

— O que devemos fazer? — Tessa pergunta. — Devemos ir embora? Vamos deixá-los nervosos se ficarmos todas sentadas no sofá olhando para eles.

— Podemos precisar intervir e coordenar — diz Zelda. Coordenar é o seu forte.

— E deveríamos ver *Amigas de Nova Iorque* e *Indo Em Frente 10h50* saírem como uma cerimônia de boa sorte — diz Penelope. — Da próxima vez que os vermos, eles serão famosos, e você será finalmente reconhecida pelo seu talento.

Fico inquieta e aceno, mas meu peito se aperta de esperança.

— Contanto que eu não seja infame.

Desço as escadas correndo para deixar o pessoal da mudança entrar. Meu telefone vibra, e o nome do meu tio pisca na tela. Desligo a chamada. Ligarei de volta para ele assim que a mudança for embora.

Os transportadores sobem as escadas, eu os seguindo, e entramos no meu apartamento no quarto andar. Tessa, Penelope e Zelda ocuparam posições em diferentes cantos da sala. Seus olhares diretos e variedade de tons de pele me lembram as *Três Mulheres* de Picasso, mas sem nudez.

Zelda cumprimenta os carregadores na porta.

— Agora sei que você vai cuidar bem das pinturas da minha amiga.

— Pode apostar — diz um deles. Ele está vestindo uma daquelas camisas rasgadas. Minha mãe pensaria que ele é meu tipo. Quando voltei com meu último namorado, um músico de rock, ela me perguntou se eu estava namorando para irritá-la e conseguir publicidade negativa para meu padrasto. É verdade que a atitude condescendente de minha mãe em relação ao Rex o faria enfatizar seu lado de *bad boy*.

Eles embalam cuidadosamente as duas pinturas. Não consigo deixar de cacarejar como uma galinha-mãe embrulhando os filhos em roupas quentes antes de saírem para brincar na neve. Ainda assim, ter quatro espectadoras torna definitivamente o jogo delas melhor.

Observo pela janela enquanto eles carregam minhas peças no caminhão da *Art's Moving Co*. Tessa enrosca o abridor de garrafas na garrafa de champanhe que está sobre a mesa.

— Vamos brindar novamente!

Enquanto ela abre a rolha e serve o champanhe, meu telefone
toca. É o tio Tony de novo. Tomo um gole do espumante azedinho,
saboreando-o, e atendo a ligação.

— As pinturas se foram — diz tio Tony.

— Sim, elas acabaram de ser apanhadas — eu digo.

— Não, elas sumiram. Roubadas.

— Que pinturas? O que você quer dizer com roubadas? — Eu não
o ouvi direito. Um zumbido preenche meus ouvidos.

— O Kimimoto e o *Brincando Por Aí 1h30* se foram. Elas foram
roubadas.

— Roubadas?

— A polícia acabou de sair daqui — diz ele.

— A polícia? — Repito, afundando na cadeira mais próxima.

Eu não consigo respirar. *Roubadas? ROUBADAS?* Ouço um
gemido e percebo que sou eu. Minhas amigas circulam ao meu
redor, seus rostos preocupados obstruindo minha visão.

— Mas como isso é possível? — pergunto.

— Não sei. — Sua voz está angustiada. — Talvez na festa?

— Na festa? — eu grito. — Mas por que alguém as roubaria? E
na festa?

— Não faz sentido — diz ele.

— Já estou indo aí. — E desligo. — Minha pintura foi roubada.

Eu me inclino, apertando meu estômago. E minha cabeça... é
como se eu tivesse levado uma tijolada. Minhas amigas estão falando,
mas não consigo ouvir o que elas estão dizendo... é como se estivesse
enrolada em algodão e não conseguisse respirar ou ouvir.

— Alguém roubou o *Brincando Por Aí 1h30* e o Kimimoto. —
Não consigo acreditar. — Eu tenho que ir. — Fico de pé.

Minhas amigas me encaram com olhos arregalados.

Eu estou tremendo. O *Brincando Por Aí* não pode ter sumido. Preciso das minhas chaves e do meu telefone. Não estão no sofá ao meu lado. Não estão no porta-chaves magnético na porta.

— Onde coloquei minhas chaves? Onde está meu telefone? Eu não consigo encontrá-los. — Estreito os olhos para não gritar. — Onde eu os coloquei?

— Vamos ajudar você a encontrá-los — diz Tessa. Minhas amigas se espalham pela sala para procurar. Estou chorando abertamente agora.

— Apenas se sente. — Zelda me abraça e me leva de volta ao sofá. — Nós os encontraremos.

Sento-me e sinto as chaves cutucando meu bolso.

— Estou com as minhas chaves. — Eu me curvo.

Não sei o que posso fazer. Mas tenho que fazer alguma coisa. *Respire.* Tessa segura meu telefone.

— Aqui está ele. Você colocou aqui perto do parapeito da janela.

— Devemos ir junto? — Zelda pergunta.

— Não. Sei que vocês têm planos — eu digo.

— Eles vão encontrá-los — diz Penelope.

— Eles raramente os encontram — eu digo.

— Mas e aquele caso em que você trabalhou há alguns anos, onde os policiais encontraram os quadros em dois dias? — Tessa pergunta.

— Foi um golpe de sorte, e aquele policial está aposentado agora — digo categoricamente. Depois da faculdade, trabalhei no departamento de pesquisa de proveniência da Christie's.

— Não foi um golpe de sorte. Sua chefe até disse que você era uma detetive de arte incrível e que ela lamentou perdê-la com a sua partida. — Tessa cruza os braços. — Você trabalhou o tempo todo. Foi você quem duvidou da procedência daquela pintura e salvou a

Christie's de vender uma falsificação. Você descobriu o negociante que estava falsificando as pinturas. E coordenada com a polícia. Fique com o crédito, Miranda.

Eu a abraço. Às vezes fico tão acostumada com minha caixa emocional de artista definida pela família que esqueço que sou mais do que isso. Eu fui uma boa investigadora.

— Mas eu tinha os recursos da Christie's para me apoiar. — Eu fecho a porta. Além disso, a proveniência não é o problema aqui. A proveniência trata de rastrear a propriedade. Eu sei quem é o dono do *Brincando Por Aí 1h30*. *Meu tio e eu*.

Desço as escadas correndo e saio pela porta, contornando o quarteirão até o prédio do meu tio na Columbus Avenue. Respirando fundo, tênis batendo na calçada, contornando os pedestres, correndo; tudo isso me faz sentir um pouco melhor, como se estivesse fazendo alguma coisa. O porteiro me deixa entrar. Como as pinturas passaram pelo porteiro?

Bato e destranco a porta da frente do tio Tony com minha cópia da chave dele. Às vezes eu levo Cleo, sua cadela mestiça de Labrador, para passear. Quando estou no saguão, Cleo entra correndo, latindo, abanando o rabo, e imediatamente pula em mim para me dar beijos enquanto tiro meus tênis. Enterro meu rosto em seu pelo, e seu cheiro de cachorro é reconfortante.

— Como está meu melhor cachorro? — pergunto a Cleo com voz de bebê, esfregando-a. Ela gira de alegria. E faz xixi. Cada vez que Cleo fica animada com uma visita, ela faz xixi. Pego os lenços umedecidos que estão sempre presentes no corredor para esse propósito e limpo o tapete de borracha que agora cobre o hall de entrada. Tio Tony supõe que esse foi o motivo pelo qual Cleo foi abandonada no canil.

William chega e diz:

— Farei isso. — Ele pega mais lenços umedecidos e se agacha ao meu lado para limpar o resto. — Você está bem? — Seus olhos castanhos são suaves e simpáticos.

— Na verdade, não. — *Não chore.*

Levanto-me rapidamente, jogando meus lenços sujos na pequena lata de lixo fechada no corredor. O ladrão até passou com as pinturas por Cleo. É verdade que ela não é um cão de guarda, mas fazer xixi deveria ter sido um impedimento.

Contorno William e abro a porta da sala de estar. Pense o oposto de minimalista. A sala de estar deles é como um pavão exibindo suas penas. Tantas cores e tantos momentos de suas vidas estão reunidos em uma sala. E ainda assim funciona para criar uma atmosfera extremamente calorosa e convidativa.

Tio Tony e Takashi estão sentados no sofá violeta, ambos parecendo pálidos e abatidos e muito mais velhos do que normalmente penso deles. Tio Tony se parece muito com meu pai, com seu cabelo loiro-acinzentado e olhos azuis. Ele tem um metro e oitenta de altura, enquanto Takashi tem cerca de um metro e setenta e seis. O cabelo preto-acinzentado de Takashi está arrepiado no topo, como se ele estivesse passando as mãos por ele. Ambos têm os sorrisos mais calorosos, mas não agora.

Tio Tony se levanta e me abraça.

— Sinto muito, Miranda.

Desabo abruptamente em sua espreguiçadeira de veludo azul-claro.

— Mas como?

— Não sei — diz tio Tony, quase chorando.

Nós nos encaramos; a pura angústia em seu rosto deve refletir a minha.

— Que bom que você veio imediatamente — diz William ao retornar para a sala de estar.

— Vocês acabaram de descobrir que elas desapareceram? — eu pergunto.

— Sim, chamamos a polícia assim que percebemos — diz Takashi. — Então ligamos para você.

— E o que a polícia falou?

— Que pode levar anos para encontrar as pinturas. Que é um roubo incomum e que provavelmente foi um trabalho interno — diz William. — Não há sinal de entrada forçada e, embora o Kimimoto seja valioso, não é a pintura mais conhecida. O seu é menos valioso, desculpe ser franco.

Ainda não era, de qualquer maneira. E talvez nunca será, se minha pintura desaparecer. Minha participação na Exposição de Arte Vertex depende *desta* pintura; exatamente a de transição, a qual passei de retratos para campos de cores abstratos.

Os olhos do tio Tony parecem chorosos.

— A sua poderia ter sido reconhecida pelos pôsteres da Vertex no metrô.

— Ele está lidando com outro roubo de quadros no centro da cidade, mas nesse caso foram roubados objetos de valor e o local foi destruído. Portanto, parece um *modus operandi* diferente. E embora o Kimimoto ou o seu possam inspirar um roubo de arte, não é de conhecimento público que Tony e o tio Takashi sejam os proprietários — diz William. — O roubo provavelmente ocorreu na festa.

A festa na noite de sexta-feira para comemorar seu aniversário.

— Mas você não havia percebido até agora? — eu pergunto.

— Nós os retiramos da parede e embalamos para levar para o escritório — diz Takashi.

O escritório é um espaço minúsculo que provavelmente serviu como quarto de empregada em tempos antigos. Fica logo ao lado da cozinha, perto da porta da frente.

— Percebemos hoje porque fui buscar sua pintura e o Kimimoto — diz tio Tony.

— Ah, não, sua casa, o que você vai fazer? A pintura estava segurada? — eu pergunto.

— Não renovei o seguro. Vinnie disse que tinha um comprador imediato. — Tio Tony abaixa a cabeça.

Minha respiração fica presa.

Eu. Nem Consigo. Compreender. Isso.

— De qualquer forma, entregamos à polícia uma lista de quem compareceu à festa — diz Takashi. — Eles tiraram impressões digitais do local e irão compará-las com seu banco de dados.

Deve ter sido difícil a busca de impressões digitais na sala do tio Tony.

— Eles reportarão isso a vários registros de perda de arte — diz Takashi.

— E irá a público — eu digo. Ainda não estou pronta para isso. — Eu tenho que ligar para Jade.

— Sinto muito, Miranda. — Tio Tony se senta ao meu lado na espreguiçadeira e passa o braço em volta de mim. — Nunca me ocorreu que seria roubada. E na festa. Essas pessoas são todos nossos amigos íntimos. Não faz sentido.

— Também é a casa dos seus sonhos. — Meus olhos lacrimejam. — Eu sinto muito. A polícia acha que pode encontrá-las?

— É como procurar uma agulha num palheiro — diz William.

— Você está interpretando a voz da desgraça? — eu pergunto. E imediatamente me arrependo.

— Miranda! — O tom do tio Tony contém uma nota de reprovação.

— Eles disseram que foi um crime sem vítimas. — Takashi balança a cabeça.

— Sem vítimas? — Quase grito. — É minha folga. É a sua casa nas montanhas. — Aquelas pinturas eram nossos sonhos.

— O policial Johnson parecia capaz — diz William. — Ele certamente interrogou tio Takashi e Tony bem minuciosamente.

— A polícia é muito capaz. Mas os roubos de arte não são uma grande prioridade. Com cortes no orçamento. — Levanto-me. Não consigo mais ficar parada. — Precisamos fazer nossa própria investigação.

— Acho que a polícia pode cuidar disso — diz William gentilmente.

Tio Tony abaixa a cabeça.

— Eu deveria ter renovado o seguro.

— Concordamos que não faríamos — diz Takashi. — Não é sua culpa.

Tio Tony torce as mãos. Cleo se aproxima e coloca o focinho no joelho dele. Ele a acaricia distraidamente.

— Talvez devêssemos fazer nossa própria investigação, especialmente porque você ajudou a resolver aquele roubo de arte, Miranda.

— Mas isso é porque duvidamos da procedência daquela pintura, e eu estava pesquisando sobre ela, e então uma pintura roubada com pinceladas semelhantes às da pintura falsa foi colocada à venda. — Não quero alimentar as esperanças do tio Tony.

— Vou pedir aos meus amigos que fiquem de olho para ver se há alguma menção na *dark web*, mas isso não é provável. Elas não são exatamente Picassos — diz Takashi.

— Posso ver a lista de convidados da festa? — eu pergunto.

— Sim, enviei para a polícia. — Takashi me mostra uma lista em seu telefone. — Vou enviar por e-mail para você.

— Entramos em contato com a administradora do prédio para obter as imagens de segurança do corredor — diz William.

— Isso é bom. — Meu telefone emite um sinal sonoro. É uma mensagem da empresa de mudanças informando que minhas duas pinturas chegaram em segurança.

A lista de convidados é composta principalmente por amigos do tio Tony e Takashi, incluindo seus amigos do teatro e da segurança cibernética, minha meia-irmã Annabelle, nosso amigo de infância Edmund, meu ex-namorado Rex, e a empresa de refeições da festa.

— Mas vocês já usaram a empresa de refeições antes, certo? — eu pergunto.

— Por anos.

— Pensando nas suas cabeças, há alguém de quem vocês suspeitam? — pergunto.

— Não. — Ambos balançam a cabeça.

— Temos que entrevistar todo mundo, eu acho. — Isso é o que os detetives fazem. Eles entrevistam pessoas. Já fiz entrevistas antes, quando pesquisei a proveniência da arte para a Christie's. Mas meu coração está batendo muito rápido, como se eu tivesse acabado de correr um quilômetro. *O que acontece se não encontrarmos minha pintura?*

— Devíamos deixar a polícia interrogá-los primeiro — diz William. — Caso contrário, daremos a qualquer suspeito uma sessão de treinos, já que não sabemos o que estamos fazendo.

Não tenho certeza se existe um "nós". Não estou planejando entrevistá-los com William. Eu concordo. É melhor parecer complacente e depois fazer minhas próprias coisas.

Tio Tony se levanta.

— Eu tenho que ir trabalhar agora. Matinê de sábado. — Seus ombros caem. — Talvez eu devesse tirar uma folga por doença.

— Você nunca tira licença médica — diz Takashi.

Tio Tony sempre diz que trabalharia no teatro mesmo que não lhe pagassem. E ele geralmente é um foguete. É difícil ver sua luz esmaecida.

— Não tenho nenhum fogo criativo hoje. — Ele olha para Takashi, e é uma expressão de muita tristeza. Takashi estende as mãos e segura a de Tony com as suas. Meus olhos lacrimejam.

— O show deve continuar — diz Takashi. — E isso vai te animar.

— Além disso, você deveria conversar com Diane, Dan e Donald e ver se eles viram algo suspeito — sugiro.

— Irei. — Tio Tony me abraça.

— Não consigo imaginá-los roubando nosso Kimimoto. Eles são todos amigos íntimos — diz Takashi. Eu concordo, e as lágrimas brotam.

— Eu sinto muito mesmo. Espero que você ainda possa estar na exposição Vertex. Nunca me ocorreu que alguém pudesse roubar as pinturas. — Tio Tony me libera.

Minha pintura... roubada. Muito trabalho. Todas as minhas pinturas são como pequenos pedaços do meu coração. Está tudo bem se elas forem para bons lares onde serão amadas e queridas, mas não isso. E não essa. Essa eu dei ao tio Tony para guardar para sempre. É insubstituível. Se foi destruída... Solto um pequeno soluço.

O rosto do tio Tony se contorce.

— Por quê? Por que alguém roubaria essas duas pinturas? — eu pergunto.

Precisamos pesquisar essas pessoas e procurar os motivos.

— Vou fazer uma pesquisa na Internet sobre a lista de convidados.

— Takashi tem uma expressão determinada no rosto, como quando ele está hackeando uma empresa. Geralmente esse olhar significa perturbar por sua própria conta e risco.

— Eu ajudarei — diz William. — Vamos fazer uma planilha de motivos e oportunidades.

— Isso seria bom. Com sua formação em contabilidade, talvez você consiga ver quem tem motivos financeiros — digo.

— Isso geralmente não aparece na Internet — diz William.

— Bem, no que você puder ajudar — eu digo.

— O que você vai fazer? — William pergunta.

— Vou com o tio Tony conversar com Diane, Dan e Donald. Mas não vou mencionar que a pintura foi roubada. Não é como se eu quisesse que soubessem. — Eu também tenho que ligar para Jade. Não estou ansiosa por essa conversa. Mas talvez ela tenha uma solução.

— Eu também irei junto — diz William.

— Mas você deveria pesquisar com Takashi — eu digo.

— Na verdade, fiz entrevistas de investigação de fraude como parte do meu trabalho — diz ele. — Estas são as economias para a aposentadoria do meu tio. Se estamos investigando isso, estou dentro.

— Fiz investigações de fraude artística quando trabalhei para a Christie's — digo.

— Isso envolve pessoas ou é apenas vasculhar registros antigos? — William pergunta.

— A fraude contábil envolve pessoas ou é apenas uma soma de números? — eu pergunto.

— Precisamos de toda a ajuda possível — diz Takashi. — Precisamos trabalhar juntos e reunir todos as nossas forças. E temos pontos fortes. Tony pode criar qualquer disfarce, Miranda é uma ex-detetive de arte, você é um detetive de fraudes, e eu sou um mestre em TI. Somos uma equipe imbatível.

Exceto que quadros roubados geralmente não são encontrados.

3

WILLIAM E EU ESTAMOS sentados de pernas cruzadas no tatame ao lado da mesa de centro, que periodicamente serve como mesa de jantar informal no apartamento do tio Tony. É estranho sentar ao lado de William como se fôssemos velhos amigos. Nos conhecemos há anos, mas apenas de passagem. Nós nos conhecemos na festa de noivado do meu tio, mas não me lembro muito desse encontro. Eu estava namorando Rex na época. Tio Tony estava tão feliz.

Takashi e tio Tony desapareceram na cozinha porque Takashi está embalando uma garrafa térmica com sopa de missô para o sustento de Tony. Cleo se agacha ao meu lado como se fizesse parte da discussão. Ou esperando que a comida esteja prestes a ser servida, embora ela saiba que não deve comer nesta mesa.

— Por que isso é tão importante para você? — pergunto.

— Tio Takashi adora aquela casa. Ele quer construir um jardim de pedras japonês lá. Nós íamos fazer isso juntos. — William passa a mão pelos cabelos. — Ele apoiou fortemente meu desejo de ter meu próprio negócio. Meu pai era contra. Devo muito ao tio Takashi.

— Mesma coisa comigo. Tanto Takashi quanto o tio Tony sempre me apoiaram — eu concordo.

— Então, qual é o seu plano? — William pergunta.

— Apenas conversar com eles — eu digo. — Ver se eles sabem que está perdido.

— Isso não é um plano. — Ele se recosta no sofá e estica as suas pernas longas.

Eca, ele parece todo cético e arrogante. Eu estava errada quando pensei que ele não demonstrava suas emoções. Eu prefiro William versão Serviço Secreto.

— Você tem um plano melhor? — eu pergunto. — Não é como se eles não me conhecessem. Apareço periodicamente para ver o tio Tony. Quando era criança, ia ao teatro o tempo todo.

— Também os conheço — diz ele. — Sou o contador de Diane e Donald.

Eu não havia percebido isso.

— Deixe o tio Tony entrevistá-los. Ele pode obter mais deles se não estivermos lá — diz ele. — Temos que estar preparados. Esta pode ser a nossa única oportunidade de falar com eles. Quando eu fazia investigações de fraude contábil, entrevistava primeiro as pessoas menos importantes para saber mais antes de entrevistar os principais suspeitos.

Eu absorvo isso. Sempre sou acusada de reagir emocionalmente e de ser impetuosa. Talvez ele esteja certo. Eu não posso estragar isso.

— Tudo bem. Tony pode entrevistá-los sozinho — digo. — Eles são provavelmente os menos propensos a terem roubado os quadros.

Tio Tony e Takashi retornam. Dou um abraço de despedida no tio Tony.

— Não desista. — Ele me abraça com força. — Não desistimos dos nossos sonhos.

— Eu sei — digo. — Não vou desistir.

Depois que ele sai, vou em direção à janela. Jade não vai acreditar nisso. Lá fora, na Avenida Columbus, os pedestres serpenteiam, e as pessoas jantam como se tudo estivesse completamente normal.

Eu ligo para Jade.

— O *Brincando Por Aí 1h30* foi roubado.

Um silêncio estarrecedor me cumprimenta e então:

— O quê?

— Estava na casa do meu tio e agora desapareceu. Nós denunciamos isso à polícia.

— Como isso é possível? A polícia acha que vai encontrá-lo? — ela pergunta. — Você não pode estar na exposição sem aquela pintura. É a peça de transição. É o coração da exposição. Cada artista tem três pinturas: a antes da pintura, a pintura de transição e a depois da pintura.

— Eu sei — digo. — Eu sei... — Um balão vermelho flutua pela janela. Na rua, um menino aponta para cima, com o rosto franzido. Sua mãe se inclina para abraçá-lo.

Merda.

— Se você não tem o *Brincando Por Aí 1h30*... Isso já é público?

— Não estou anunciando, mas a polícia irá listá-lo como roubado no Registro de Perdas de Arte. — O balão vermelho desaparece de vista, bloqueado pelos altos prédios de apartamentos.

— Vou ligar para a galeria e avisar. Precisamos continuar do lado deles, então vamos pelo menos avisá-los com antecedência. — Ela suspira. — Me ligue de volta assim que souber de alguma coisa.

Eu me curvo. Deve ser psicossomático, mas meu estômago está doendo.

Desligo e corro para o banheiro. Eu esperava, sem esperança, que ela dissesse que ainda posso estar na exposição, que minhas outras duas pinturas mostrassem contraste suficiente. Mas é realmente a peça de transição que une tudo.

Lavo as mãos, jogo água no rosto e me junto aos outros na sala de jantar, que agora foi transformada em um centro de comando de alta tecnologia. Takashi trouxe *laptops*, e tanto ele quanto William estão olhando para as telas e digitando.

— Preciso que essa pintura esteja na exposição — digo. Takashi me dá um tapinha nas costas. — Eu deveria ligar para minha mãe também — eu falo. — Ela pode avisar John se chegar à imprensa.

Eu desapareço no escritório deles para ligar para minha mãe em particular. O escritório está lotado. Tem uma cama de solteiro, uma escrivaninha grande e uma estante do chão ao teto repleta de livros sobre arte e teatro. Como o ladrão sabia que as pinturas estavam no armário? Dois monitores de computador dominam a mesa e todos os tipos de equipamentos de informática estão embaixo. Um ladrão normal teria roubado o equipamento de informática se quisesse apenas dinheiro.

Respiro fundo e disco o número da minha mãe. Ela atende no primeiro toque e eu repasso a notícia.

— Eu disse para você guardar conosco — diz minha mãe. — Assim que você recebeu aquela exposição, eu disse: "Guarde-a conosco. E se for danificado na casa de Tony?" Tony não é cuidadoso o suficiente. Ele é irmão do seu pai.

Mesmo agora, ela tem que mencionar meu pai. Para alguém que se divorciou de meu pai há muito tempo, ela nunca resiste à oportunidade de apontar novamente como seu casamento foi um erro.

— Ninguém esperava que fosse roubado — digo.

— Talvez você devesse ter feito isso. Não é como se a Exposição de Arte Vertex não tivesse sido anunciada no metrô de Nova Iorque — diz ela. — Vou avisar o John. Você ligou para Jade? O que ela disse?

— Que não posso participar da mostra sem a pintura.

— Ah, Miranda — ela diz. Na verdade, ela parece simpática, como se minha mãe não tivesse me ensinado desde que eu era criança que eu nunca teria sucesso como artista. — Presumo que não há como você simplesmente pintar outro que sirva?

— Não — eu digo, zombando. — Não funciona assim.

— Talvez seja um sinal de que você precisa considerar seriamente uma carreira viável. Você ainda pode pintar à noite. Pergunte a Takashi sobre uma carreira em segurança da informação. Isso parece ter alguma flexibilidade.

— A segurança da informação parece muito intensa porque funciona 24 horas por dia, sete dias por semana — digo.

— Todas as carreiras são vinte e quatro horas por dia, sete dias por semana. — O telefone dela toca.

— Eu sei. Só quis dizer... — suspiro. Eu quis dizer que não teria tempo para pintar dessa maneira. Trabalho na minha arte vinte e quatro horas por dia, sete dias por semana, mas é melhor concordar com ela. — Vou perguntar a Takashi se ele sabe de algum trabalho de meio período em segurança da informação. — Pelo menos eles seriam mais bem pagos do que as garçonetes e permitiriam que minha mãe dissesse que estou na segurança da informação em vez de entrega de comida.

— É minha outra linha. Me ligue de volta se ouvir alguma coisa — diz ela. — E nos vemos na arrecadação de fundos de John. Os pais de Max estão organizando, então você tem que aparecer.

Meu padrasto John agora gerencia uma organização sem fins lucrativos, então a família perfeita não é mais necessária para aparições na imprensa, apenas para arrecadar fundos.

Volto para a sala de jantar. A planilha de suspeitos de Takashi e William é exibida nas telas de seus computadores com várias colunas como Motivo e Oportunidade.

— Acho que foi o Vinnie — diz Takashi. — Nunca gostei dele. — Ele me mostra um terceiro laptop aberto sobre a mesa.

— Por que você o usou como revendedor para a venda, então? — William pergunta.

— Ele vendeu um Kimimoto recentemente e sabe muito, mas só demos a ele uma exclusividade de dois meses porque ele é muito espertinho para mim — diz Takashi. — Ele também disse que este Kimimoto é um de seus favoritos e que tinha um comprador imediato.

— E a empresa de catering? Eles poderiam ter escondido as pinturas em seus carrinhos. — Sento-me à mesa de jantar de vidro. — Não consigo imaginar nenhum dos seus amigos roubando sua pintura. E roubar o meu deve ter sido um erro. Devíamos falar com eles.

William coloca um *X* na coluna Oportunidade da empresa de refeições.

— Deixe a polícia falar com eles primeiro — diz William.

— Mas se a polícia falar com eles, a guarda ficará levantada. E preciso encontrar minha pintura agora. E se eles destruírem, pensando que não tem valor? Quero dizer, realmente não tem nenhum valor em dinheiro. Não é como se você pudesse vendê-lo no mercado aberto. Não é famoso. Mas para mim é tudo. — Minha voz falha.

Eu simplesmente não posso ficar sentada aqui e não fazer nada para encontrá-lo.

Takashi bate no lápis.

— Conhecemos Kimberly desde que ela começou sua empresa de refeições. Não conhecemos a equipe dela, e eles também estiveram aqui, mas não acho que seja Kimberly. Por outro lado, não pensei que os quadros seriam roubados. E ela saiu com um carrinho de comida depois de terminar de cozinhar.

— Concordo que ela teve a oportunidade. Mas falando por experiência própria, se fizesse todo esse esforço para abrir minha própria empresa, minha reputação é tudo. Não vale a pena roubar uma pintura, mesmo que o Kimimoto valha meio milhão. — William digita notas na planilha. — Quem mais poderia ter carregado os quadros? — Ele se vira para Takashi.

— Simplesmente não consigo imaginar que tenha sido um de nossos amigos mais próximos — digo. — Deixe-me ligar para Kimberly e fingir que quero contratá-los.

— Aqui está o número — diz Takashi.

William balança a cabeça.

"Ela é capaz", diz Takashi a William. — Os garçons também saíram com carrinhos de comida e um carrinho, todas as bandejas e pratos. Não me lembro de quem mais tinha malas grandes o suficiente. Vinnie tinha um grande portfólio de arte porque estava nos mostrando os pôsteres de seu show com Kimimoto. — Takashi se levanta. — Sem mais informações, eu não suspeitaria de nenhuma dessas pessoas. Vou fazer um chá. — Cleo o segue para fora da sala.

Ligo para o número de Kimberly. William se inclina para frente na cadeira à minha frente e me encara, com os dedos prontos para digitar anotações em seu *laptop*. Ele olha para baixo quando eu dou a ele meu olhar de "irritado".

— Olá, ouvi coisas maravilhosas sobre a sua empresa e gostaria de saber se você tem uma amostra do menu de degustação. Estou procurando contratar uma empresa de catering para uma festa que estou dando — digo. — Você teve um cancelamento? Ótimo, vejo você em uma hora.

— Você vai lá em uma hora, sem nenhuma preparação? — William pergunta.

— O que preciso preparar? — pergunto. — Tempo é essencial, e eu vou ter uma ideia de como ela é.

— O que você vai fazer, basta perguntar a ela abertamente, você roubou as pinturas? — William pergunta.

— Não diretamente, Watson.

— Você faz indiretamente? — William pergunta.

— Posso ser sutil — digo. — Simplesmente não é meu modo preferido de ser.

William bufa.

— Quase valeria a pena ver a sua definição de agir com sutileza. Mas ainda assim, deveríamos deixar a polícia entrevistá-los primeiro.

— Não posso ficar sentada esperando que a polícia resolva isso quando essa não será sua principal prioridade. Não estarei na exposição a menos que encontre a pintura. — Eu não posso evitar; meus olhos se enchem de lágrimas. — Não estou pedindo para você vir. — Enxugo uma lágrima com a mão.

William me entrega um lenço. Eu nem sabia que existiam mais lenços. Este está bem passado. Eu limpo debaixo dos meus olhos.

— Obrigada. Vou lavá-lo e devolvê-lo. Mas eu não passo a ferro.

Ele dá um meio sorriso.

— Tudo bem.

Por que um homem como William, tão reservado, carregaria um lenço? Ele não está prestes a chorar em público. E tem aquele cheiro adorável de roupa lavada, não como se estivesse no bolso, esquecido. Eu mordo meu lábio.

William tem profundezas ocultas. *Eu vou te desvendar você, William.* Eu gosto de um desafio.

— Estou chegando. — Ele fica de pé.

— Você concorda comigo? — eu pergunto.

— Não, estou vindo para fazer o controle de danos.

— Que charmoso.

— Exatamente. Eu farei o papel do policial bonzinho e charmoso. — Ele se encosta na parede, com as mãos nos bolsos.

— Você vai atrapalhar. Apenas fique aqui e faça algumas pesquisas na Internet.

— Se tivermos uma hora, farei algumas pesquisas sobre eles antes de partirmos. — Ele se senta, fazendo *login* novamente no *laptop*.

— Não existe nós — eu digo. — De qualquer forma, vou vestir uma fantasia.

— Por quê?

— Se ela me reconhecer da festa e roubou o quadro, não vai revelar nada.

— É uma pena que você tenha trocado sua fantasia anterior. Você poderia ter sido minha mãe novamente — diz ele.

— Poderíamos discutir um pouco mais sua vida amorosa — digo.

— Você está tão interessada na minha vida amorosa? — Ele se inclina para frente.

Eu me inclino em direção a ele. Dois podem jogar este jogo. Nossos rostos estão próximos, do outro lado da mesa de vidro. Seus olhos são calorosos e seu cabelo grosso convida definitivamente a bagunça.

— Estou mais interessada agora que descobri que você carrega um lenço.

Ele cora e se afasta. Não deveria brincar com fogo.

Eu bufo e desapareço no quarto do tio Tony. Seu armário de fantasias é um refúgio maravilhoso da vida real. Pego uma peruca e um kit de maquiagem, me transformando em uma mulher de cabelos castanhos. Um pouco de maquiagem dramática nos olhos e um pouco de *blush* adicionam cor às minhas bochechas pálidas, mas não tenho energia nem tempo para fazer uma reformulação completa.

Volto para a sala de jantar. Os olhos de William se arregalam, e ele balança a cabeça.

— O que há com você e disfarces? Isso não é normal.

— Nunca fingi ser normal — digo. — Mas é devido a fotos minhas publicadas na imprensa quando meu padrasto estava concorrendo a prefeito. Após o primeiro incidente de choro, saí por um tempo disfarçada. Era estúpido, mas me sentia mais no controle.

— Qual foi o incidente do choro? — Ele fecha seu laptop.

— Quando eu ainda estava na faculdade, fui representante do meu padrasto em um painel de mães com AIDS falando sobre sua jornada e chorei. O *The Squirrel* publicou uma foto minha, me chamando de Salgueiro Chorão. Meu nome do meio é Willow[1]. E então a imprensa me seguiu por um tempo, tentando tirar mais fotos

---

1. Salgueiro em português [N.T].

minhas chorando. O que não foi difícil. Mas não posso evitar. E não quero chegar ao ponto de ter ouvido tantas dessas histórias que elas não me fazem mais chorar. Ainda não entendo como as outras pessoas não estavam chorando.

— É bom expressar suas emoções. E não é tão fácil. — Seu olhar encontra o meu.

— Devíamos ser a família política perfeita, e a imprensa inevitavelmente tiraria uma foto minha com os olhos vermelhos ou assoando o nariz depois de participar de algum evento, como um painel com mães solteiras ou famílias falando sobre sua mudança de um abrigo para moradores de rua. Mas, como finalmente disse gerente de campanha dele, pelo menos isso mostrou que tenho coração.

— Terei que conseguir mais lenços se quisermos sair.

Eu olho para ele, coloco a mão na boca aberta e depois rio.

— Não espere que eu aprenda a passar.

— Vamos lá — diz William.

— Tudo bem, podemos ir juntos. — Eu dou a ele um olhar de soslaio. Ele sorri para mim. Takashi volta para a sala.

— Os paparazzi seguiram você por muito tempo? — William pergunta.

— Um repórter estava obcecado. Além disso, acho que o candidato rival pagou alguns fotógrafos para me seguirem. Ele era tão desprezível. Ele colocou seus filhos na folha de pagamento estadual, e foi um grande escândalo, então ele estava tentando desviar a atenção indo atrás de mim.

— O tiro saiu pela culatra — falou Takashi. — As pessoas gostaram de você.

— O tiro saiu pela culatra em termos da campanha de John, isso sim — digo.

Dizemos a Takashi que estamos saindo e trancamos a porta atrás de nós. Takashi diz que conversará com Ryan, seu amigo próximo que estava na festa. Ele trabalha em segurança cibernética para o Departamento de Segurança Interna.

Apoio a parede enquanto esperamos o elevador. Como assim ainda é início da tarde?

— A imprensa ainda segue você? — William pergunta hesitante. Posso imaginar que ele odiaria que a imprensa o seguisse.

— Não, não ultimamente. O *The Intelligencer* publicou uma nota sobre minha próxima exposição, mas foi uma boa divulgação.

— Achei que qualquer imprensa era uma boa imprensa.

— Quem fez essa afirmação nunca teve uma foto deles chorando na primeira página de um jornal. — Eu estremeço. — Talvez se você quiser ser famoso.

O elevador chega, e nós entramos. É um daqueles pequenos, antigos, com painéis de madeira e grade de metal que precisa ser aberta e fechada manualmente. Quando criança, crescendo na cidade de Nova Iorque, adorei a antiga grandiosidade desses tipos de elevadores. Outro inquilino se junta a nós no elevador, e William se aproxima de mim. No andar seguinte, uma senhora idosa entra mancando com seu carrinho. William leva uma leve pancada e estende o braço para não cair em mim. Sua mão está na parede perto do meu ombro. Nossos olhares se encontram por um momento. Olho para baixo, para seu peito largo. Estamos muito próximos, muito mais próximos do que nunca. Ele engole. Não consigo tirar os olhos de sua garganta e da marca de seu pomo de adão. Ele retira a mão.

Admiro o chão.

Saímos do elevador e nos despedimos do porteiro. Uma banda de jazz toca na esquina da Columbus Avenue, com as notas do trompete voando. Deixo cair um dólar no balde deles. À medida que caminhamos pela parte alta da cidade, os cafés ficam cheios de pessoas comendo ao ar livre, desesperadas para aproveitar o sol que espreita por entre as nuvens depois de um inverno longo e frio, mesmo que isso signifique comer de casaco.

— Você não quer ser uma artista famosa? — Ele olha para mim.

— Quero que minha arte seja famosa, não eu. Pensei em usar um pseudônimo também, mas isso parecia muito distante de mim mesmo. Por exemplo, por que eu não deveria celebrar publicamente minhas criações? Não quero que *trolls* e caras estranhos me impeçam de comemorar meu trabalho. — Cruzo os braços. — O que você descobriu em sua pesquisa?

— Ela tem esse negócio há seis anos. De acordo com seu site, ela começou como uma forma de ganhar dinheiro em casa quando seus filhos eram bebês e ela havia acabado de se divorciar. Toneladas de críticas positivas. Ela ainda tem uma hipoteca de seu apartamento, de acordo com registros de propriedade pública. A manutenção tem aumentado ultimamente, conforme vendas recentes no prédio. A agenda dela parece lotada.

— Você descobriu muita coisa. Se o negócio dela estiver indo bem, talvez ela não tenha motivos financeiros. — Um frescor sussurra no ar. Fecho o zíper do meu moletom. Eu deveria ter pegado uma jaqueta. William está vestindo uma jaqueta.

— Você realmente acha que vai descobrir mais depois de falar com ela?

— Sim — eu digo. — Você não acha que pode aprender muito sobre uma pessoa conversando com ela?

— Sempre, mas não a propensão para o roubo — diz ele.

Saias completamente em tons pastéis para a primavera rodopiam na vitrine de uma loja. Uma loja de cartões anuncia que a Páscoa e a Páscoa Judaica estão chegando. William acompanha meu ritmo. No sinal vermelho, nós dois olhamos para a rua lateral, verificando se há carros se aproximando, e atravessamos juntos.

— Você ainda está namorando Rex? — ele pergunta.

— Não, terminamos há cerca de seis meses.

— Você é próxima do seu ex, então? — ele pergunta.

— Sim. Ainda estamos juntos na nossa banda, *The Tempest*. E somos amigos desde que namoramos no colégio. Começamos a banda juntos, embora naquela época nossa banda se chamasse *Miranda Warning*.

— Inteligente.

Eu sorrio.

— E *You Have the Right to Remain Silent* é uma de nossas músicas mais populares. — Eu olho para ele. — Você ainda não é amigo de suas exs?

— Amigo? — William diz. — Na verdade, não.

— Por que não?

— Simplesmente não somos.

— Como você pode não continuar amigo de alguém que você amou?

— Ela começou a namorar outra pessoa muito seriamente logo depois que terminamos, e isso não foi exatamente propício para continuarmos amigos. Então ela ficou noiva.

— Sério? Acho que isso pode ajudá-los a continuar amigos, porque então fica claro que acabou.

— Não, se não for para você — diz ele.

Eu olho para ele. Ele olha para frente como se tivesse revelado demais. Eu digo:

— Ah! Tem isso.

Paramos para deixar passar um garçom carregando pratos na nossa frente; ele então para no meio-fio enquanto um entregador passa de bicicleta pela ciclovia que corta entre o galpão externo do restaurante e a rua. Os pássaros piam.

— Kimberly ainda pode ter um motivo se achar que seu negócio vai melhorar ou se dá mais trabalho do que ela esperava — digo.

— Pelo menos você parece realmente respeitável e como se fosse realmente um cliente. — Ele está vestindo uma camisa de botão, ligeiramente aberta no pescoço. Eu desvio o olhar. Minhas calças de ioga e minha camiseta grande contrastam fortemente. Minha tentativa de enfeitar minha roupa com um lenço florido do armário de Tony é provavelmente um grande fracasso. Pelo menos minha camisa não está com manchas de tinta.

— Não quero contratá-los. Não se acharmos que roubaram seu quadro — ele diz.

— Bem, acho que não. Você tem que acreditar na mentira para ser verossímil. Você não pode vir junto se quiser estragar nosso disfarce.

Ele gargalha.

— Eu não vou estragar nosso disfarce. Ainda acho que estamos fazendo isso da maneira errada. Deveríamos falar com ela por último se acharmos que ela é a suspeita provável.

Ele é fofo quando age de maneira abafada.

— Depois que a polícia os interrogar, e eles não falarão? — eu pergunto. Atravessamos a rua 84 em direção à avenida West End. Uma escola fica em um lado da rua arborizada; crianças gritam nos parquinhos e nas quadras de basquete de ambos os lados. Pontos impacientes de rosa e vermelhos pontilham um vaso sombreado, enquanto begônias se pavoneiam em outro. Os galhos nus das árvores são como teias de aranha obscurecendo os prédios atrás deles.

No sinal vermelho da avenida Amsterdam, caminhões passam rugindo. A alegre sinalização azul e amarela do West Side Kids acena do outro lado da rua. Ao nosso lado há um local para descontar cheques. *Será que Kimberly ganha dinheiro suficiente com seu negócio?*

— E isso não vai ser uma prioridade da polícia — digo, com as mãos na cintura.

— Você tem razão — diz ele.

Várias pessoas sentadas nos bancos verdes de ferro aproveitam o sol enquanto almoçam em sacos de papel no centro comercial que separa o tráfego da parte alta e baixa da Broadway. Cartazes de filmes no cinema da esquina anunciam algum filme de falcatrua. Não, obrigado. Estou vivendo uma.

— Por que você e Rex terminaram? — ele pergunta.

Eu suspiro.

— Somos melhores como amigos. No final das contas, somos dois artistas carentes e simplesmente não demos certo. — Percebi isso quando Rex não apareceu na minha exposição de arte organizada pela minha amiga Audrey no apartamento dela. Ele me ligou tarde da noite para dizer que tinha esquecido; ele foi pego em um momento de inspiração criativa. Como artista, entendi. Eu fiz o mesmo no meio de uma pintura. E a música que ele escreveu naquela noite, *Mirex*, é uma das favoritas dos nossos fãs. Mas, em vez de aproveitar minha inauguração de arte, passei boa parte da noite me perguntando onde ele estava, preocupada com a possibilidade de ele ter se machucado por não atender o telefone. Ele havia desligado para poder se concentrar. Como namorada, eu queria que ele estivesse lá para mim.

O prédio de apartamentos estilo Neorrenascença de Kimberly fica no meio do quarteirão da avenida West End. Ele agarra meu braço.

— Então vamos perguntar sobre o negócio dela e como ela contrata seus funcionários, certo? Concordamos que não vamos abordar o caso real.

— A menos que pareça um momento oportuno — eu concordo.

— Tenho a sensação de que definimos o *momento oportuno* de maneira diferente.

O porteiro nos anuncia, e pegamos o elevador até o apartamento de Kimberly. Ela está esperando na porta. Ela é pequena, com cabelo castanho curto, olhos castanhos e um avental rosa amarrado na cintura.

— Entrem, entrem — diz Kimberly. — Estou tão feliz que isso deu certo.

A porta da frente do apartamento de Kimberly dá direto para a sala de estar. Uma pequena mesa redonda fica de um lado, um sofá e uma TV do outro. No aparador, há uma caixa de plástico transparente com giz de cera e uma pilha de livros para colorir, além de uma pilha de jogos de tabuleiro. Entramos na cozinha.

— Nossa, sua cozinha é incrível — eu digo. — Isso é enorme para um apartamento em Nova Iorque.

— Derrubei a parede original e transformei a sala de jantar em parte da cozinha — diz ela.

Sentamo-nos a uma mesa retangular perto das janelas. Os diferentes cheiros de manjericão, queijo derretido, alecrim e bolinhos fritos em óleo fluem das duas bandejas de aperitivos já sobre a mesa. Meu estômago ronca.

— Então, esta é uma seleção geral que preparei para o cliente anterior que não pôde comparecer — diz Kimberly. — Usamos apenas ingredientes orgânicos. Eu compro e cozinho no dia da festa.

Comemos vários petiscos que ela preparou para o cliente que não compareceu. Eles são deliciosos. Mas eu já sabia que eles seriam. Há anos que como a comida dela nas festas do tio Tony.

— Mmm... estes são deliciosos — eu digo, com a boca cheia. Eu nunca almoço. Como uma artista faminta, talvez esta deva ser minha abordagem no futuro para conseguir refeições grátis.

Ela nos dá um fichário com diversas opções de cardápio e recortes de resenhas. Enquanto folheamos a pasta, pergunto sobre suas especialidades e com que antecedência ela precisa. Ele precisa geralmente de um aviso prévio de um mês, mas ocasionalmente tem cancelamentos, então vale sempre a pena conferir.

— Que sorte. Acabei de criar esta nova receita — diz Kimberly. — Posso experimentar com vocês? Ainda não é definitivo. Fiz duas variações diferentes e não tenho certeza de qual é a melhor. — Ela vai até o balcão mais distante e tira duas bandejas do forno. Ela pega quiches e as alinha em pratos. — O que vocês acham?

Ela entrega a cada um de nós um prato marcado com A e B. William e eu provamos ambos. Escolhemos B como leve e de massa folhada, com sabor de cogumelos, ovos e berinjela com ervas de Provença. Delicioso.

— Você parece familiar. — Ela me estuda de perto. Meu peito aperta com a ideia de que ela poderia me reconhecer. A capacidade de William de ver através do meu disfarce abalou minha confiança. Ela não vai concordar em oferecer uma festa se souber que somos parentes de Tony e Takashi, especialmente quando descobrir que é suspeita de um roubo de arte.

— Ambos são deliciosos. — William dá a ela um sorriso incrível, e ela derrete. Aparentemente, temos uma arma secreta com seu sorriso matador. Isso muda todo o seu rosto, como o sol que aparece por trás das nuvens para aquecer você em um dia chuvoso.

— Qual é o tamanho da sua empresa? — eu pergunto.

— Três funcionários. Eu, minha irmã e um confeiteiro.

— E vocês estão juntos há muito tempo? — pergunto.

— Tem seis anos— diz Kimberly.

— Isso é incrível — eu digo. Na parede ao nosso lado há dois desenhos infantis emoldurados; um deles diz *PARA A MAMÃE* em grandes letras de giz de cera rabiscadas à mão.

— É realmente. Sinto-me abençoada por termos tido tanto sucesso. Eu queria cozinhar em horário integral, e isso foi um sonho que se tornou realidade.

William está certo ao dizer que não vale a pena arriscar seu sonho por dinheiro. Mas talvez a empresa de refeições fosse o seu sonho antes, mas agora é um pesadelo.

— Mas não é difícil cozinhar tudo isso, estar na casa das pessoas e desperdiçar suas noites? — eu pergunto. — A maioria dos meus trabalhos é à noite, e às vezes me arrependo de perder esse horário para sair com os amigos. — Por outro lado, sou paga enquanto estou na festa.

— Não, é perfeito — diz ela. — Isso me permite estar com meus filhos durante o dia, cozinhando, e depois posso trabalhar à noite quando eles estão dormindo ou com o pai. Realmente funcionou ainda melhor do que eu poderia esperar.

A sala escurece enquanto o céu lá fora fica cinza. Ela acende uma luz no canto.

— Então, mesmo que você ganhasse um milhão de dólares, você ainda faria isso? — eu pergunto.

Ela inclina a cabeça e franze a testa.

Essa pergunta não saiu bem. Eu não posso fazer isso. Estou muito envolvida emocionalmente.

— Isso é um requisito para atender a sua festa? — Kimberly coça a cabeça.

William olha para mim com a sobrancelha levantada, como se dissesse: "E agora, Sherlock?"

— Não — eu digo. — Mas se não posso escolher entre todos os fornecedores porque todos vocês são bons, prefiro apoiar aquele que está perseguindo sua paixão. Pintar é minha paixão, então sou totalmente a favor dessa pessoa.

Se você roubou *Brincando Por Aí 1h30*, saiba que não é apenas uma tela com tinta. Ela assente.

— Eu ainda cozinharia. Cozinhar é minha paixão. Eu poderia escrever um livro de receitas se ganhasse um milhão de dólares. Eu reduziria os trabalhos.

Essa é uma resposta honesta.

William muda de assunto.

— E você também fornece os garçons?

— Sim, temos duas pessoas disponíveis para servir como garçonetes, Lena e Miju.

— Há quanto tempo elas trabalham para você? — ele pergunta.

— Desde o começo. Mas elas são *freelancers*. Ambas são atrizes, então não posso prometer que estarão disponíveis. Elas têm outros compromissos. Elas também trabalham para *Star Catering*. — *Star Catering* é uma empresa grande e conhecida. Até eu estava na lista de meio período deles. — Por que você está tão interessado em saber há quanto tempo meus funcionários estão comigo? — Ela se senta à nossa frente na mesa.

— Preciso saber se quem está no meu apartamento é discreto e confiável — diz William.

— Eu garanto os meus funcionários. Acredite, é o meu nome na empresa. — Ela empurra a cadeira para trás, longe da mesa. — E não sei o que você quer dizer com discrição, mas acredite, não preciso tanto de negócios a ponto de estar disposto a aceitar empregos que exijam discrição extra se você tiver hábitos estranhos, excêntricos ou algo assim. Não vou enviar meus funcionários para esse tipo de situação. Eles são como uma família.

William se senta direito.

— Não temos hábitos estranhos e excêntricos. Estou deixando pessoas que não conheço entrarem em meu apartamento e quero ter certeza de que posso confiar nelas. Acho que é uma pergunta válida.

— Você se importa se conversarmos a sós por um minuto? — eu pergunto.

— Não, vão em frente. — Ela vai até o balcão mais distante, nos deixando na mesa de jantar, e coloca as quiches em recipientes de vidro. O exaustor está ligado, então acho que ela não pode nos ouvir, mas mesmo assim puxo minha cadeira para mais perto da de William.

— Não acho que ela tenha feito isso. Acho que deveríamos contar a ela e explicar que essa é a pintura dos meus sonhos — eu sussurro.

— Você não acha que ela fez isso, mas quer invocar a simpatia dela, caso ela tenha feito isso?

— Exatamente.

Ele entende. *Eu não esperava isso.*

— Isso realmente não faz sentido. — Seus olhos castanhos parecem estar rindo de mim.

— Isso se chama cobrir todas as suas bases — eu digo. — E eu não acho que *ela* fez isso. Não estou dizendo que alguém da empresa dela não tenha feito isso.

— Se o fizeram, não creio que o fator simpatia vá funcionar. Isso vai prejudicar o negócio dela. — Ele fecha a pasta.

Ela desliga o exaustor, mas agora está abrindo água para lavar as bandejas.

— Não se eles devolverem discretamente — eu digo. — Não precisa ser público.

— Como você pode garantir isso? — Ele se recosta na cadeira, com os braços cruzados.

— Não vou garantir isso — sussurro. — Mas não vou gritar para a imprensa que as pinturas foram roubadas e depois devolvidas. A imprensa não se importará particularmente se as pinturas forem devolvidas. Não há mais nenhuma história, então. E você acha que a polícia ou o promotor irão processar o crime? Quero dizer, dado que eles chamam de crime sem vítimas quando as pinturas são roubadas, será um crime ainda mais sem vítimas quando forem devolvidas. Não consigo imaginar que estará no topo da lista de crimes a serem processados.

Ele concorda:

— Por que você acha que ela não fez isso?

— Eu acredito nela que este é o emprego dos seus sonhos. Ninguém vai contratá-la se coisas forem roubadas enquanto a empresa dela estiver servindo as refeições. — Eu como o último espetinho de frango, mergulhando-o no molho de amendoim.

— Sim, mas é um quadro de meio milhão de dólares.

— Mas você nunca olharia para ela e pensaria que é um quadro de meio milhão de dólares."

— É por isso que sabemos que quem o roubou conhece o seu valor — diz William.

Eu sinto um arrepio.

— Tudo bem, essa é uma boa dedução. Precisamos trabalhar a partir desse ponto.

Kimberly se vira na pia e se aproxima.

— Com licença, mas vocês estão quase terminando de discutir? — ela pergunta. — Tenho que me preparar para meu compromisso desta noite, então seria bom se pudéssemos encerrar.

Sua linguagem corporal é confortável. Ela está de frente para nós, com os braços abertos, uma espátula em uma das mãos e um pegador de panela na outra.

William balança a cabeça para mim. Eu faço uma careta. Não dizer nada é difícil para mim. Eu gostaria de deixar escapar e ver o que conseguimos. Empilhei nossos pratos na bandeja. Nós dois ficamos de pé. Uma tempestade repentina lá fora bate nas janelas.

— A comida estava deliciosa — diz ele. — Temos mais alguns para testar, mas duvidamos que eles consigam superar você. Você está definitivamente no topo da lista.

Ou pelo menos seus funcionários estão.

Seu telefone toca, e ela verifica seu e-mail.

— Acabei de receber um pedido de reserva para essa data. É uma cliente de longo prazo. Eu tenho que dar preferência a ela. — Ela nos leva até a porta. — Mas, por favor, lembre-se de mim se quiser fazer algo no futuro.

A reserva parece muito conveniente. Ela não quer atender nossa festa porque temos sido muito estranhos.

— Vamos. De qualquer forma, obrigado pela comida — diz William. — Se você reconsiderar, por favor nos avise.

A chuva lá fora para tão rapidamente quanto começou. William pega sua jaqueta, e ela nos leva até a porta da frente. Ele empurra a porta e sai para o corredor. Eu o sigo, mas depois me viro.

Se não a contratarmos, não terei oportunidade de convidá-la.

— Você poderia...?

William cobre minha boca com a mão.

— Argaaa... — Minhas palavras saem abafadas por trás de sua mão.

— Vamos, Miranda — ele diz. — Já ocupamos bastante do tempo dela. Miranda está passando por um momento difícil hoje porque sofreu um revés na carreira.

Retrocesso na carreira. Que eufemismo. Eu olho para sua mão.

Ele me arrasta em direção ao elevador.

— Vocês são fofos. Estranhos, mas fofos. — Kimberly fecha a porta.

Eu lambo sua mão.

Ele remove imediatamente.

— Que nojo. — Ele limpa a mão na calça jeans.

— Você teve sorte de eu não ter mordido — digo. — O que foi aquilo?

A porta do elevador se abre, e William me puxa para dentro.

— Eu deveria perguntar a você o mesmo. Você estava prestes a perguntar se ela roubou a pintura. — William passa a mão pelos cabelos. — Concordamos que não iríamos perguntar isso. Não podemos comprometer totalmente a investigação policial.

Coloquei minha cabeça entre as mãos. Estou deixando minhas emoções anularem meu bom senso. Só preciso saber o que aconteceu com minha pintura.

— Mesmo que ela não tenha roubado, ela conhece sua equipe. Ela poderia ter um momento de discernimento. — Era mais fácil na Christie's quando eu podia fazer perguntas diretas como parte da equipe de investigação. — E agora não podemos contratá-la para servir nossa festa.

— Isso foi mais útil do que pensei que seria. Eliminamos Kimberly como suspeita, pelo menos por enquanto — diz ele. — E ainda podemos contratar as garçonetes. Eles trabalham para aquela empresa *Star Catering*.

— Assim como eu também.

4

Deixo William do lado de fora do prédio dos nossos tios. Tenho que me deitar. Aquela entrevista com Kimberly foi um fiasco total. Não consigo fazer isso. *Minha pintura se foi.* Será que algum dia a encontraremos? Meu estômago se aperta como se tivesse levado um soco.

Aquela breve tempestade destruiu as flores dos canteiros do nosso quarteirão. Os narcisos estão curvados, suas pétalas amarelas tocando o chão como se estivessem em súplica. O céu escurece, avisando que vai chover novamente. O céu na cor entre cobalto e Gris de Payne, com a neblina em Verde Seiva ao redor dos galhos das árvores sépia, botões violeta-escuros em primeiro plano, são uma combinação de cores potente. Tiro uma foto para mais tarde. Grandes gotas de chuva caem na minha cabeça. Puxo o capuz do meu moletom.

A chuva cai ainda mais forte. Algumas pessoas esperam sob o toldo do prédio do outro lado da rua. Corro e entro em nosso apartamento, aliviada por não ver Tessa na sala. Tiro os tênis encharcados e calço os chinelos. Depois de pendurar meu moletom e calças de ioga molhados no banheiro e secar o rosto, afundo em uma cadeira na mesa da sala de jantar.

Há um espaço vazio onde o *Indo Em Frente 10h40* e o *Amigas de Nova Iorque* costumavam estar pendurados em uma fileira de pregos. Um enorme buraco se abre no meio da parede, diminuindo minhas pinturas ao redor dele. Os tijolos estão gastos e não uniformes, com cimento de cor creme ao redor. Minha carreira artística é como uma parede de tijolos. Não consigo passar para o próximo nível. Eu não posso subir. Os pregos aparentes enfileirados são como uma pequena coluna de formigas atravessando uma vasta sobremesa marrom-avermelhada cortada por rios cremosos que descem. Continuo dizendo a mim mesma para seguir em frente, continuar e eventualmente terei sucesso, mas ali os pregos simplesmente param. Talvez seja isso. Talvez isso seja o mais longe que posso ir.

Tessa está ao telefone em seu quarto. Passo furtivamente pela porta dela e entro no meu quarto na extensão dos fundos e fecho a porta de correr. Desabo na cama. A porta de correr se abre atrás de mim, e Tessa entra. Eu realmente deveria conseguir uma fechadura. Nenhum dos meus amigos entende de privacidade.

— Eu finalmente seria uma artista de sucesso, por mais paradoxo que isso possa ser — lamento, virando a cabeça para encará-la.

Ela se senta na minha cama e esfrega minhas costas.

— Lembre-se, você ainda é uma artista de sucesso; é apenas alguém desconhecida — diz ela, usando uma de minhas piadas contra mim.

— Mas em que momento me torno realista, como diz minha mãe, e percebo que não tenho isso?

— Não agora — diz ela. — Sua inclusão nesta exposição mostra que você estava prestes a conseguir. Você só precisa de outra exposição.

— Levei anos para conseguir esta exposição. E agora minha mãe voltou a dizer que eu deveria ter uma carreira viável. — Meu quarto é prova de minhas carreiras atuais. Quatro violões estão em um *rack* no canto; minha arte e os pôsteres da nossa banda cobrem as paredes. Há até um leve cheiro de tinta velha. Eu abro a janela.

— Tem que lembrar que isso é apenas uma manobra dela. Está mais relacionado com o que aconteceu no casamento dos seus pais e menos sobre você ou sobre ser realmente uma artista — diz Tessa.

— Existem artistas de sucesso.

— Só queria não ter que aparecer na arrecadação de fundos do John e aceitar todos os comentários sarcásticos dela sobre conseguir um emprego de verdade. — Sento-me na minha mesa. — Eu deveria fazer uma pesquisa agora e ver em quais outras mostras de arte posso me inscrever. Ultimamente tenho me concentrado na pintura em vez de me inscrever desde que fiz esta exposição e precisava de obras de arte para vender.

Minha mesa está cheia de recipientes de plástico de sopa reaproveitados para conter tinta, todos empilhados uns sobre os outros, pincéis de cabeça para baixo em um pote de metal índigo. Alguns livros de arte escondem meu computador. Movo os livros e ligo meu laptop.

O rosto de Tessa desaba. Ela já sofreu o processo de rejeição comigo antes. Estou preparada para que isto seja uma maratona, mas gostaria que os sinais ao longo do caminho me encorajassem em vez de me desencorajarem.

— Você ainda vai procurar as pinturas, certo? — Tessa pergunta.

— Sim, William e eu já entrevistamos a proprietária da empresa de refeições.

— William, o sobrinho gostoso de Takashi?

— Se você gosta do tipo "sou tão superior".

— Na festa do ano passado, eu o peguei olhando para você algumas vezes.

— Ele me viu gritando com Rex. Provavelmente estava examinando esse novo espécime de pessoa que grita na rua.

Tessa inclina a cabeça e faz um som *humm*.

— Acho que não descreveria assim.

— Que seja. — Jogo-me de volta na cama e viro de lado para encará-la. — Ele definitivamente não é meu tipo.

— Que pena. — Tessa puxa o cabelo loiro para trás em um rabo de cavalo. — Tanto Peter quanto Rex eram artistas, o seu tipo, e não deram certo. Talvez devesse tentar um novo.

Esfrego minha testa.

— Ah, merda! Preciso dizer a Peter que não estou na Exposição de Arte Vertex antes que ele vá para lá — gemo. — Por que tenho que ser tão competitiva? Ele vai compartilhar todos os seus sucessos, e vou ter que sorrir e dizer que estou feliz por ele. E estou feliz por ele. É só que vê-lo ter sucesso enquanto permaneço estagnada é difícil.

— Só posso reconhecer isso para Tessa. Isso me faz parecer amarga, embora humana. Mas ela é ainda mais competitiva do que eu. — De qualquer forma, meus dois relacionamentos com Peter e Rex não foram desastres tão grandes quanto o casamento do tipo "os opostos se atraem" dos meus pais. Os opostos não funcionam juntos definitivamente.

— Em vez de se preocupar com alguma fórmula sobre o que funciona ou não, acho que você precisa confiar nos seus sentimentos — diz Tessa.

— Confiar em meus sentimentos foi o que me levou ao meu relacionamento com o Rex.

— Não os seus sentimentos quando um cara gostoso está tocando violão e cantando uma balada de amor para você — diz Tessa.

Eu rio e dou um soco nela de leve.

— Vamos lá, você tem que admitir que é difícil resistir.

— Eu poderia resistir — diz ela. — Sou uma advogada racional.
— Ela está meio que brincando, mas é bem mais provável que ela pese os prós e os contras antes de agir do que eu.

— Essas são palavras de guerra, minha amiga — eu digo. — Se você for apenas uma advogada racional, terá ainda mais chances de fracassar. É mais provável que entre em curto-circuito.

— Que seja. Você deveria se concentrar em encontrar seu quadro, não em provar que estou errada.

— Sou muito boa em multitarefa. — Essa é uma habilidade que tenho de sobra como artista em dificuldades.

— Minha aposta é no Vinnie — diz ela. — Ele é tão mentiroso. A menos que Rex tenha flertado com as garçonetes e tenha feito elas carregarem o quadro.

— Rex é carismático e namorador, mas não é tão persuasivo — eu bufo.

— Sim, além disso, ele não tem nenhum motivo — diz Tessa. — Rex quer que você tenha sucesso. É mais publicidade para a banda.

Tessa diz que precisa voltar ao trabalho e vai embora. Faço uma busca rápida por aplicativos para exposições de arte e faço uma lista.

Quem roubaria os quadros? Ainda assim, o pequeno círculo de suspeitos me dá esperança. E então, porque estou me sentindo muito inquieta, entro em nossa sala e coloco uma tela em um cavalete. Mas como posso transmitir a emoção que estou sentindo agora? Não vou me permitir sentir-me completamente destruída. Preciso dessa esperança de que encontraremos as pinturas.

Não faz sentido destruir as pinturas. A cor preta transmitiria meu desespero, mas uma pintura toda preta com um pequeno círculo de esperança sem pintura na lateral não faz meu estilo. Preciso me animar pintando algo oposto ao que sinto. Faço um pouco de rosa misturando branco de titânio com vermelho Alizarina. Então adiciono Amarelo Cádmio, violeta, turquesa e azul da Prússia à minha paleta, minhas cores felizes.

De volta, olhando para a tela em branco. Essa sensação de alegria borbulhante se foi. Agora é como se um peso enorme estivesse me comprimindo. Forço-me a pegar um pouco de tinta e espalhar na tela. Uma longa pincelada de rosa. Pinto uma linha amarela ao lado dele. É como uma maldita tenda de carnaval.

Sento-me no meu banquinho. Linhas rosa e Amarelo Cádmio. Nada me inspira mais. Distraio-me com outros pensamentos, e as palavras de Tessa voltam à minha mente. Deve haver um cara legal no meu círculo de músicos que poderia ser páreo para Tessa. Não é como se eu nunca tivesse folheado meu fichário *Rolodex* mental de clientes em potencial antes. A maioria está comprometida, e poucos são o tipo de Tessa, o qual é mais o tipo europeu culto e menos musicista desleixado. Tem o Thijs, o cantor da *Bad Credit*. Ele acabou de se mudar da Holanda para cá. É totalmente o tipo de Tessa e toca violão. Dou uma risada. *Tessa, você está tão enrascada.*

Eu adiciono outro traço de amarelo. Um fio do pincel fica preso na linha Amarelo Cádmio. De fato. É meu pincel favorito, mas está caindo aos pedaços.

A festa do meu tio parecia com as outras festas. Nenhuma vibração de calamidade. Chega de intuição de uma mulher, ou de um artista.

Eu mando uma mensagem para Peter.

> Eu: *O Brincando Por Aí 1h30 foi roubado. Provavelmente não estarei na Vertex.*

Meu telefone toca imediatamente.

— O quê? — ele pergunta. Sua expressão é tão clara em minha mente: sua testa franzida, seus olhos castanhos um pouco interrogativos, e provavelmente está passando a mão pelo cabelo loiro.

Eu me enrolo no sofá e conto tudo o que aconteceu. Um pombo pousa no parapeito da janela e anda de um lado para o outro, fazendo um barulho profundo e arrulhado.

— Eu não estava indo apenas para a exposição de arte — diz ele.

— Estava indo ver você. Acho que deveríamos tentar novamente. Sabemos dos nossos problemas. Podemos resolvê-los.

Da última vez não consegui. Cada um de nós afastar-se um do outro quando entrávamos em conflito, como *icebergs* que se distanciam cada vez mais no Ártico. Mas mesmo sabendo disso, ainda não conseguimos resolver. Tentei, mas era demais ter que ser sempre aquela a estender a mão. Porém, ele estava estendendo a mão agora.

— Talvez — eu digo. — Mas agora, me sinto destruída.

Ele continua:

— Poderia voltar. — Peter mora na Califórnia. Queria que eu fosse com ele, mas não podia sair de Nova Iorque. Não que a Califórnia não fosse sedutora, com suas brisas quentes e vida praiana. Mas eu não poderia desistir de Nova Iorque. Não consigo explicar meu caso de amor com esta cidade. Morar aqui é vital para minha existência. É a energia, o humor negro, as pessoas, não apenas meus amigos, mas também conversas aleatórias com estranhos.

— Posso recomendá-la a alguns negociantes de arte — diz ele.

— Tenho uma lista completa que vou encontrar em Nova Iorque. Mas provavelmente deveríamos esperar até que eu solidifique meus contatos e isso possa envolver você. Você só tem uma chance e não quer estragar tudo. Mais ainda.

Ele não vem só para me ver. Eu engulo. *Que alívio*. E só isso já me diz que meu coração não está mais interessado nele.

Eu digo:

— Peter...

Ele me interrompe.

— Sei que da última vez disse que só queria ser amigos, mas vamos nos ver pessoalmente de novo e continuar a partir daí. Sem pressão, sem compromissos. Não diga não. Preciso ir, mas vejo você em Nova Iorque. — Ele desliga.

Odeio quando ele faz isso comigo.

Certo. Hora de pintar. Sento-me novamente no banco, olhando para a tela. Toda aquela entrevista com Kimberly foi um desastre total. Estou muito dispersa agora, muito chateada porque minha pintura foi roubada. Fecho os olhos e respiro fundo, sentando-me direito no meu banquinho de artista. Estou deixando minhas emoções assumirem o controle. Outra respiração profunda. *Foco*. Posso lidar com isso.

Meu telefone vibra. A polícia quer falar comigo.

5

A POLÍCIA ESTÁ CHEGANDO. Tessa está sentada à nossa mesa de jantar, girando a caneta na mão.

— Devo atuar como sua advogada? — ela pergunta.

Nossa campainha toca.

— Acho que isso vai parecer suspeito. — Eu deixo o policial entrar. — Não preciso de um advogado. Não roubei minha pintura.

— Isso é o que as pessoas pensam, e então tudo desanda.

— Você está tentando me tranquilizar ou me assustar? — eu pergunto. — Talvez você devesse ficar, e veremos se ele diz alguma coisa. Pelo menos você não está envolvida porque trabalhou naquela noite.

Tessa faz um beicinho.

— Agora eu gostaria de ter ido. E se eu tivesse pegado o ladrão em ação?

— Tem que ter sido os garçons do serviço de refeições. Na cozinha. Por dinheiro — eu digo.

O policial é magro e musculoso, com cabelos pretos e cacheados bem cortados, com cerca de quarenta e cinco anos. Ele está vestido à paisana, mas nos mostra seu distintivo. Apertamos as mãos. Apresento Tessa como minha colega de quarto e digo que ela não estava na festa.

— Tive que trabalhar. Sou advogada — diz Tessa.

Pergunto se ele gostaria de um pouco de água. Ele balança a cabeça, puxa uma cadeira em nossa mesa e pega um bloco de notas. Sento em frente a ele. Tessa dá um copo de água para cada um de nós e se senta ao meu lado.

Ele olha para a parede atrás de nós, que está repleta de pinturas minhas. Observo seu rosto; parece que ele aprecia meu trabalho. Seus olhos se estreitam, e ele assente. Pelo menos ele gosta de arte.

— Esses são seus? — ele pergunta.

— Sim — eu digo.

— Vi os anúncios da exposição Vertex. Gostei da sua pintura. Então, como você se sustenta como artista? — ele pergunta.

A questão perene. Para mim e todos os outros artistas.

— Trabalhos esporádicos. Vendo pinturas aqui e ali, e isso rende alguns milhares. Sou cantora e guitarrista de uma banda, *The Tempest*. Atuamos pela cidade em bares e outros locais e postamos em nosso canal no YouTube. Não tivemos um show ontem, então eu pude ir à festa de aniversário do tio Tony. — Onde eu deveria ter passado a noite guardando minha pintura. — Pego trabalhos de artista gráfico autônomo. E de garçonete. Meus pais não me apoiam, apesar do *The Squirrel* me chamar de artista de fundos fiduciários. Minha mãe é executiva de RH, e meu pai também é artista, que ainda não prosperou.

— Então você teria um motivo financeiro para roubar o Kimimoto? — ele pergunta.

— Objeção — diz Tessa.

Estendi a mão para impedi-la e balancei a cabeça. Não quero que ela faça parecer que estou preocupada.

— Não. Não é como se você pudesse vendê-lo. Então, mesmo que não esteja cheia de dinheiro, roubar o Kimimoto não vai adiantar nada para mim. Além disso, eu realmente amo meus tios.

— E por que ela roubaria sua própria pintura? — Tessa pergunta.

— Para dar cobertura — diz ele.

Ótimo. Parece que sou a suspeita número um. Porque sou empobrecida.

— Procurei você no LinkedIn — diz o policial Johnson. — Você trabalhava no departamento de proveniência da Christie's.

— Sim, trabalhei. — Um cheiro de tinta a óleo paira enquanto uma brisa sopra pela nossa janela aberta. A tinta ainda está secando na tentativa de pintura de ontem.

— Então você sabe como rastrear proveniências? — ele pergunta.

— Sim.

— E falsear procedência?

Seu olhar é inabalável. Um arrepio passa por mim. Mas mantenho meu olhar nele. Tessa se move para frente em seu assento.

Pense!

— Os casos que envolvem proveniência falsa geralmente envolvem pinturas antigas recém-descobertas que não têm nenhuma procedência. Como um Rembrandt desconhecido ou algo assim — digo. — Este Kimimoto tem uma cadeia de proprietários bem estabelecida. E há apenas um. Isso é bem conhecido. Então, quem roubou teria dificuldade em dizer que é algum Kimimoto desconhecido. Qualquer casa de arte respeitável presumiria que é o roubado.

— Exatamente, então é uma pintura estranha de se roubar. Ambas. — Ele balança a cabeça lentamente.

Soltei um suspiro. Parece que estou limpa.

— A menos que o ladrão não soubesse que seria difícil vender?

Ele assobia entre os dentes.

— Isso me faz pensar que foi pessoal. Alguém não gosta de você ou alguém não gosta de Tony e Takashi. — Ele me entrega a lista de participantes da festa. — Quem não gosta de você?

— Não acho que alguém não goste de mim — digo. — Não o suficiente para roubar minha pintura.

— Dentre os participantes da festa, de quem você é próxima?

— Dos meus tios e Rex. — Tomo um gole da minha água.

— Não da sua irmã? — ele pergunta.

— Meia-irmã. Minha mãe se casou com o pai dela quando tínhamos dez anos. Não sou mais próxima da minha meia-irmã exatamente. Somos muito diferentes. Você sabe, eu sou a artista, ela é a advogada.

— Exceto que meu antecessor falou muito bem de suas habilidades investigativas durante o caso Christie's. Ele atestou você, mas obviamente, ainda tenho que questioná-la imparcialmente.

— Oficial Samuelstein. Como ele está? Esse foi um caso divertido. Quero dizer, não para a casa de leilões, mas foi divertido trabalhar com o oficial Samuelstein.

— Ele está bem. Aproveitando a vida de aposentado. Mas gosta de entrar em contato comigo de vez em quando e dar sua opinião.

— Aposto que sim. — Eu sorrio com carinho. O policial Samuelstein parecia um policial rude e sensato de Nova Iorque, mas tinha um lado totalmente suave por baixo. Pintava nas horas vagas. — Espero que ele ainda esteja pintando.

— Está — diz o oficial Johnson. — E ficou triste ao saber do roubo.

— A ironia não passou despercebida por mim. Por favor, diga a ele que mandei um oi. — Estudo novamente a lista de suspeitos.

— Por que você parou de trabalhar para a Christie's?

— Queria me concentrar na minha arte, e aquele era um trabalho de tempo integral — digo. — Ser garçonete e bartender em meio período é mais flexível. E é bom para sair do meu estúdio e interagir com as pessoas.

Oficial Johnson acena com a cabeça.

— Devo avisá-lo — digo —, que vou fazer algumas investigações por conta própria.

— Você vai? — Ele sorri.

— Sim. Conversei com Kimberly, a proprietária da empresa de refeições.

— E o que você achou? — Ele franze a testa.

— Não acho que ela tenha feito isso. Mesmo que eu tenha esperado que fosse ela, não foi pessoal.

— Mas agora ela já sabe?

— Não, eu fui disfarçada, com William — digo. — E não mencionamos estarmos lá por causa da pintura. Fingíamos ser clientes e para provar a comida. Íamos contratá-la para outra festa e entrevistar a equipe.

— Essa é uma abordagem — diz o oficial Johnson ironicamente.

— Não posso dizer que descobrimos muito, exceto que ela gosta do seu trabalho. — Eu me mexo na minha cadeira. O oficial Johnson tem a vista da minha parede de artes. Fico de frente para a porta fechada da nossa despensa de alimentos.

— Olha, por que você não me dá mais um dia e me deixa falar primeiro com a cafeteria, e depois você pode entrar e falar com eles? — Oficial Johnson diz. — Mas não vamos bagunçar meu caso aqui... e o seu caso. Dê-me uma chance de fazer do meu jeito.

— Tudo bem. — Não estou exatamente tendo sucesso com minha investigação atual. — Você acha que eles vão destruir minha pintura?

— Não. A pintura ainda tem algum valor. A menos que seja realmente pessoal e alguém te odeie.

Ah, que ótimo.

Ele consulta seu bloco de notas.

— Você disse que você e sua irmã não são próximas. Por quê? Houve uma ruptura óbvia?

— Não. Apenas nos separamos. Mas não somos inimigas. Quero dizer, somos apenas muito diferentes.

— Essa é a narrativa da família?

Quem diria que os policiais eram psicólogos? Mas acho que os detetives precisam ser. Entre a comida grátis dos testes de sabor e a terapia gratuita dos detetives da polícia, não havia percebido todos os benefícios de ter meu quadro roubado.

— Essa é a narrativa da família — eu digo. — Sou a artista emocional, e ela é a advogada racional.

— Então, talvez se você tivesse sua grande chance, você seria uma artista de sucesso...

— Ela ainda é a advogada de sucesso. E como advogada, não perderá a licença ao cometer um crime. Acabou de se tornar sócia de um escritório. Mas sim, se minha exposição de arte fosse um sucesso, minha aposta teria valido a pena, e espero que houvesse um pouco mais de apoio familiar para minha carreira. Mas não é como se Annabelle alguma vez tivesse desaprovado. Ela sempre ficou do meu lado. Mas pode se dar ao luxo de ser generosa. — Isso soou mais amargo do que eu pretendia.

Ele olha para meu cavalete com minha pintura inacabada. Do jeito que minha vida está indo, as listras amarelas e rosa provavelmente serão psicanalisadas como felizes demais. Eu deveria ter escolhido preto.

— E Rex é o seu ex-namorado? — ele pergunta. — Ele teria algum motivo para roubar a pintura como vingança?

— Não. Somos bons amigos e estamos juntos em uma banda.

— Você tem certeza? — Ele faz algumas anotações em seu bloco.

— Rex sabe que Kimimoto vale dinheiro e prefere que eu me concentre na banda do que na minha carreira artística. — Meu peito parece vazio, mas pesado. — Mas não acho que ele realmente roubaria minha pintura ou a pintura do meu tio.

— Você não incluiu Edmund como alguém próximo. Mesmo assim, seu tio disse que era seu amigo de infância. Qual é o seu relacionamento com ele?

— Complicada. Nos conhecemos quando tínhamos dez anos, quando o pai dele organizou uma arrecadação de fundos para meu padrasto, John. Seu pai era um rico investidor de fundos de hedge. A mãe dele morreu antes de eu conhecê-lo, e o pai dele morreu há alguns anos. Quando crianças, acho que nós dois competíamos pela atenção de Annabelle, então não posso dizer que somos próximos. Não somos realmente amigos. Somos mais como uma família que não gosta um do outro, mas se tolera porque somos uma família. Ele é um dos amigos mais próximos de Annabelle, então tenho que vê-lo muito. — Eu suspiro.

— Ele tem um motivo então?

— Não sei. Mesmo que não nos demos muito bem, fingimos que sim, pelo bem de Annabelle. Ele gosta de Annabelle, então roubar essas duas pinturas não o ajudaria a conquistá-la. Edmund é um colecionador de arte apaixonado, mas não gosta de arte moderna, então não gostaria de ter nenhuma delas em sua coleção. Além disso, ele é rico. Herdou o dinheiro de seu pai e tem uma dessas fazendas de azeite na Itália, das quais tem muito orgulho.

Ele me pergunta sobre o resto dos amigos do tio Tony e do Takashi. Havia cerca de vinte deles no total. São todos divertidos, com habilidades impressionantes de caraoquê. Eles vêm há anos. É improvável. Não que eu tenha pensado antes de hoje que alguém do meu círculo íntimo iria querer detonar meus sonhos.

— E depois há a passeadora de cães e a faxineira. Ambas têm as chaves do apartamento — ele diz.

— Penélope é uma das minhas melhores amigas. Não iria roubar. E Maria faz a faxina há anos. É totalmente confiável.

— Parece que não há suspeitos claros. Ainda assim, tente pensar em quem não gosta de você o suficiente para sabotar sua carreira. — E com essa nota, ele vai embora.

Meu telefone vibra.

William: *Temos as imagens da câmera de segurança. Você deveria voltar.*

6

No APARTAMENTO DO MEU tio, as câmeras de segurança repro-
duzem imagens de convidados entrando e saindo do apartamento
durante a festa. Kimberly sai com um carrinho de compras, como
lembrou Takashi. Vinnie chega com um grande portfólio de arte e
sai com um, como Takashi nos contou. Nenhum de nós consegue
dizer pelo vídeo se a sacola parece mais pesada quando ele sai. E então
minha meia-irmã Annabelle sai com dois pacotes do tamanho de
uma pintura.

Ela só chegou com a bolsa.

Minha boca se abre em estado de choque. Por que Annabelle
roubaria os quadros? Eu não posso acreditar que foi ela. É verdade
que não somos mais próximas, mas ela gosta do tio Tony.

Ela não é estúpida. Sabia que haveria câmeras. E ela não precisa de
dinheiro. Ela é advogada corporativa; acabou de se tornar sócia. O
marido dela é rico.

A equipe de serviço também sai com um carrinho. Todos os
outros vão embora sem nenhum pacote. A nossa lista de suspeitos
reduziu-se a estas cinco pessoas. Uma delas tirou os quadros do
apartamento.

A campainha toca. A câmera de vídeo da entrada mostra
Annabelle e sua sombra, nosso amigo de infância Edmund. Ainda

não estou pronto para falar com ela. Mas é melhor ouvir o seu lado imediatamente, em vez de mergulhar em dúvidas. Takashi a deixa entrar. Cleo apoia o focinho no meu joelho, como se quisesse me consolar. William se senta ao meu lado no sofá.

Quando Annabelle entra, seguida por Edmund, ela diz:

— Não roubei as pinturas. O policial Johnson acabou de me entrevistar e perguntou se eu roubei as pinturas. Eu não fiz isso.

— Edmund me deu aquele pacote para levar. Eram duas fotos grandes e emolduradas que ele me deu. — Ela olha para Edmund.

Ele joga a cabeça para trás e fica boquiaberto, mas ele rapidamente a cobre, dizendo:

— Sim, exatamente. Acabei de comprá-las na loja de molduras personalizadas. E achei que seria mais fácil entregá-los a ela na festa.

Edmund não chegou com nenhum pacote, de acordo com o replay da filmagem. Ele está cobrindo-a.

Annabelle passa a mão pelo cabelo castanho cortado como pajem e se senta na espreguiçadeira mais próxima de mim. Suas unhas vermelhas, perfeitamente cuidadas, aparecem contra o tatame e especialmente ao lado das minhas unhas nuas, exceto por um pouquinho de tinta que esqueci de remover. Ela está vestindo uma blusa de seda e calça lápis. Mesmo depois de um interrogatório policial em que era suspeita de roubo, ela parece imaculada.

Edmund se empoleira cuidadosamente ao lado dela. Ele combina com ela em seu Oxford azul e calças azul-escura, seu cabelo castanho preso com gel. Ele é atraente do jeito de Aidan Gallagher.

Mas *não posso* acreditar que foi ela. Porque éramos como irmãs quando crianças. Insistimos em dividir o quarto até chegarmos ao ensino médio. E ela não arriscaria sua carreira jurídica para roubar uma pintura.

— Você não tem motivo — eu digo. — Definitivamente não precisa do dinheiro.

Chega de qualquer abordagem do tipo: "Estou mantendo minhas intenções em segredo e revelarei tudo no final". William balança a cabeça.

— Eu não roubaria a pintura de Tony e Takashi por dinheiro — diz Annabelle. Suas mãos seguram seus joelhos. — Mas, no momento, não estou cheia de dinheiro. Tive que aderir à sociedade. Não quero enganar você. Na verdade, preciso de dinheiro porque preciso do melhor advogado de divórcio possível. Estou deixando o David.

Eu suspiro. Edmund se aproxima de Annabelle e dá um tapinha no joelho dela.

— Pedi dinheiro ao papai — diz Annabelle.

— Por que você está se divorciando de David? — eu pergunto.

Annabelle olha para Edmund, e ele assente. *Então Edmund sabe, e ela está perguntando a ele se deveria me contar? Por favor.*

— Ele está me traindo.

— Ele é um idiota — diz Edmund.

Estou pasma. Annabelle e David parecem bem adequados. Ele não é do tipo que trapaceia. Talvez eu não devesse tê-la impedido de namorar Edmund. Acho ele assustador, mas é absolutamente dedicado a ela. Ele tem sido de boa, permanecendo amigo mesmo depois que ela terminou com ele, e se casou com David. Continuo amigo dos meus ex-namorados, mas não fico perto do casal feliz como seu cachorrinho. Mas sua estratégia ainda pode funcionar.

— Sinto muito, Annabelle. Isso é horrível. Ele é um tolo por trair você. — Levanto-me para abraçá-la. Nós nos abraçamos sem jeito. Além de mim, os membros da minha família não são dados a demonstrações expressivas de afeto.

A chuva cinzenta lá fora lança uma mortalha escura sobre a sala, os cantos envoltos em sombras. Estamos todos ali, ombros curvados, cabeças baixas. Mas não Takashi. Ele está sentado ereto na cadeira, com a cabeça erguida, absorvendo o que está acontecendo. William também não. Ele está recostado no sofá.

— Também sinto muito. Mas eu definitivamente não roubei o Kimimoto, Takashi — diz Annabelle.

— A polícia insinuou que você havia? — eu pergunto.

— Eles me perguntaram o que eu estava fazendo, e mostrei a eles as fotos emolduradas que Edmund me deu — diz ela. — Então eles me fizeram algumas outras perguntas. — Cleo me deixa para ir até Takashi.

— Eles já entrevistaram você? — Edmund me pergunta.

— Sim — eu digo. — A polícia entrevistou você?

— Sim — diz Edmund. — Mas nem fiquei tanto tempo na festa. Havia acabado de chegar no fim, depois de me oferecer como voluntário no centro de idosos. E a certa altura, tive que sair para atender um telefonema.

Eu não deveria desgostar tanto de Edmund. Ele é voluntário em um centro para idosos. Claro, ele também ressalta que é voluntário em um centro para idosos.

— Esqueci que você foi voluntário naquele centro para idosos — diz Annabelle.

— Fui mais para ser trapaceado nas cartas, na verdade. — Edmund ajusta as abotoaduras. Abotoaduras mesmo aos sábados. — Agora eles querem jogar pôquer toda vez que apareço.

— Eu não sabia que você jogava pôquer. — Annabelle olha confusa para Edmund, e ele olha para ela com muito carinho. Quando o conhecemos, ele a seguiu como um patinho que teve uma ligação forte com ela. Eu achava que ele era um chato, mas ela o achou fofo.

— Não jogo bem — diz Edmund. — É por isso que eles querem jogar comigo.

— Posso lhe emprestar alguns livros de pôquer — diz Takashi. — O pôquer é fundamental para a teoria dos jogos e a IA.

— Está tudo bem — diz Edmund. — Eles ficam muito felizes cada vez que eu perco. Estamos jogando apenas por moedas. — Ele olha para William. — Acho que não nos conhecemos. Meu nome é Edmund. Sou amigo da família de Annabelle e Miranda. — Ele se levanta e estende a mão.

— William. Sou sobrinho de Takashi.

— Você estava na festa? — Edmund pergunta.

— Não — diz William.

— Ah, sorte sua, por não ser um suspeito. — Edmund se vira para mim. — Sem intenção de ofender, mas sua pintura não é exatamente a *Mona Lisa*.

— É o que você sempre diz. — É como uma piada corrente entre nós. Edmund sempre diz que eu deveria me dedicar aos retratos; é a *Mona Lisa* que atrai todas as multidões ao Louvre, por isso os retratos são reverenciados. Um dos meus primeiros retratos está pendurado na parede entre as duas grandes janelas. É o tio Tony e Takashi se olhando. Capturei seu calor, mesmo que as falhas na execução me façam estremecer agora.

— É bom o suficiente para estar na Exposição de Arte Vertex — diz William.

Olho para William. Normalmente, é o tio Tony quem me defende em qualquer reunião de família completa.

— Não vejo como alguém poderia ter roubado as pinturas durante a festa. O apartamento estava lotado. — O pequeno encolher de ombros de Edmund é seguido pelo habitual aceno de cabeça desdenhoso. — Não é como se eles pudessem tirá-los da parede. — Ele pega algum fiapo invisível na manga da jaqueta. — Por que eles acham que as pinturas foram roubadas durante a festa?

— A polícia disse isso? — William pergunta.

— Eles insinuaram isso. Faz mais sentido para mim que algum ladrão tenha entrado sem ser detectado do que tenha acontecido durante a festa. — Edmund cruza os braços.

— Tenho certeza de que a polícia também está analisando essa opção — diz William.

— Você acha que ainda poderá participar da exposição da Vertex? — Edmund pergunta.

— Não sei. É o quadro de transição, uma espécie de elemento de ligação entre os dois outros, e sem ele... — Não consigo dizer o resto da frase. Esfrego a mão no veludo macio do sofá roxo do tio Tony.

— Talvez alguém tenha o reconhecido pelos anúncios do metrô. Quero dizer, com base nisso, eles pensariam que era valioso — disse Edmund. — Você viu as imagens de segurança? Mostrou mais alguém saindo com uma sacola grande?

— Não sei. — Não quero admitir que vimos a filmagem. — A empresa de refeições obviamente saiu com carrinhos.

— Ah, não, não pode ser Kimberly. Eu a contratei várias vezes, e ela é tão querida — diz Annabelle. — E é tão ligada em sua culinária.

— Sim, contratei-a na minha última festa, aquela em que mostrei minha última aquisição, baseada na recomendação de Annabelle. A equipe foi muito profissional. Eles limparam bem e tiveram muito cuidado em usar sempre bases para copos e garantir que a obra de arte estava segura — diz Edmund. — E aquele cara de barba desgrenhada que usava o boné de beisebol do *Mets* virado para trás? Sem ofensa, mas ele me pareceu suspeito.

— Esse é Ryan — diz Takashi. — Ele trabalhava para a Segurança Interna. Agora está prestando consultoria. Ele não roubaria nenhuma pintura.

— Vamos nos atrasar para a reserva do jantar. — Edmund coloca o braço em volta de Annabelle.

— Nós temos que ir. — Annabelle olha para mim. — Sinto muito pela sua pintura. Espero que eles encontrem.

Eu aceno, incapaz de falar. Tenho que encontrar as pinturas.

7

Está escuro lá fora agora. Fecho as persianas da sala de jantar do tio Tony. A planilha compartilhada de William está aberta no laptop que Takashi me deu, mas não fornece respostas. Takashi e tio Tony têm o que é chamado de apartamento clássico no Upper West Side, comprado anos atrás, quando o West Side era mais acessível e cheio de artistas e intelectuais. A sala de jantar separada segue o gosto estético de Takashi. Além da mesa de jantar e das cadeiras de vidro, um vaso alto com ramos de marmelo ocupa um canto. A arte da caligrafia japonesa está pendurada na parede. É o mais minimalista possível.

O familiar som das rodas barulhentas ecoando no corredor se aproxima. É ruim se eles estão trazendo o carrinho de chá. Tio Tony morou em Londres por alguns anos, trabalhando no West End, e tornou-se um firme adepto da crença de que o chá pode curar qualquer coisa. Então ele encontrou um carrinho de chá em uma loja de antiguidades no norte do estado. Na verdade, é adorável, e muito útil, não apenas para o chá, mas também para jantares em frente à TV e café da manhã na cama. Takashi também é um grande apreciador de chá. O chá é como o vinho no Japão, com diferenças regionais.

Takashi entra com o carrinho, com a louça e um pacote de comida chinesa para viagem. Ele abre as caixas de pagode e os recipientes de plástico, colocando colheres de servir em cada um. Uma pequena agitação surge quando cada um de nós pega um prato, serve uma xícara de chá-verde e divide a comida.

— O que conseguimos? — Dou uma mordida no meu rolinho primavera.

William nos mostra os suspeitos e as análises até agora em sua planilha compartilhada.

— Temos muita gente que precisa de dinheiro, mas não o suficiente para roubar o quadro. A pintura foi levada por sua irmã, Vinnie, ou pela equipe de bufê.

— E minha irmã tem seu próprio vínculo independente com a equipe de refeições — digo. — Mas não acho que ela roubaria minha pintura. Vamos adicionar uma coluna para quem usa o *Kimberly's Catering*.

— Vinnie também usou o *Kimberly's Catering*. — Takashi aponta em Vinnie na planilha.

— E Edmund. — William digita as informações adicionais. — Também fiz algumas pesquisas na Internet, e Vinnie não pagou os impostos no último trimestre.

— Você descobriu isso? Uau! — Coloquei um "X" em Vinnie como motivo em nossa planilha compartilhada. A perspicácia contábil de William é útil.

— Está disponível publicamente. — William me mostra sua captura de tela do banco de dados.

— Mesmo que eu não goste de Vinnie, já que ele receberia uma comissão de vendas, não parece valer a pena correr o risco em roubá-lo. — Takashi toma um gole de chá. — Dei uma volta em nosso quarteirão mais cedo para ver se alguma câmera de segurança adicional nos daria alguns vídeos de qualquer ação na rua depois da festa, mas não vi nenhuma.

— Também recebemos a sugestão de Edmund de que não deveríamos nos concentrar na festa. Que poderia ter acontecido em outro momento. — Minha panqueca de porco *Moo Shu* é crocante e doce, embora comê-la à mão não seja o visual mais elegante, pois um pouco do recheio cai no meu prato.

— A polícia perguntou quando vimos as pinturas pela última vez — diz Takashi. — Não acho que eles estejam se concentrando apenas a festa.

— E quando foi isso?

— Embrulhei e coloquei-as no armário na quinta-feira. Achei que seria mais seguro lá. Trabalhei em casa na sexta-feira, mas saí de casa para colher flores. Maria limpou o apartamento para preparação da festa. Quase todo o resto foi entregue. E saímos para jantar na sexta à noite.

— Mas mesmo que não tenha sido roubado na festa, ainda assim teria que ser alguém que conhece o valor do Kimimoto — digo.

William cria uma coluna para "Conhece Valor" em nossa planilha compartilhada e coloca um "X" ao lado de Annabelle, Edmund e Vinnie.

— A menos que você ache que falou sobre isso em outro lugar, Takashi? E como o ladrão sabia que estava no armário? — Eu adiciono uma coluna "Sabe do Armário" à nossa planilha compartilhada.

— Bom ponto. — William assente. — Isso também parece planejado, a menos que Annabelle simplesmente os agarrou e foi embora.

— Não é Annabelle — eu digo.

— Não podemos descartar essa possibilidade ainda — diz William.

— Maria perguntou na sexta-feira onde elas estavam, e eu disse que as colocaríamos no armário — diz Takashi. — Mas ela só saiu com um pequeno saco de lixo, de acordo com as imagens de segurança. — Vimos as filmagens de quinta-feira, e nada saiu desde então. Depois da festa, a faxineira tirou um saco transparente com garrafas e um saquinho de lixo.

— Vinnie já havia divulgado a venda? — William pergunta.

— Ele contou para algumas pessoas. Contei para a imobiliária no norte do estado, mas fora isso, não havia falado sobre como venderíamos o Kimimoto para comprar a casa. Fiquei um pouco indeciso sobre vendê-lo, porque eu adoro aquela pintura. Mas não tanto quanto a casa de campo — diz Takashi.

Eles estão de olho nesta casa de campo há anos, mas a mulher velha que a possuía não queria vendê-la. Eles não podiam culpá-la. Mas, há alguns meses, ela decidiu se mudar para a Flórida para ficar com a filha e concordou em vendê-lo para eles. Ela ficou feliz em vendê-la para alguém que amava o chalé tanto quanto ela.

— Você disse a Vinnie que o Kimimoto foi roubado? — eu pergunto.

— Sim, eu contei a ele enquanto a polícia estava aqui para que pudessem ouvir sua reação — diz Takashi.

— Ele parecia surpreso — diz William.

— Mas não tão chocado quanto eu esperava. — Takashi esfrega a testa. Ele pega um pedaço de brócolis cozido no vapor com os pauzinhos chineses.

— Então deveríamos entrevistá-lo — digo. — E deveríamos entrevistar a equipe de garçons. Eu deveria ver se consigo um emprego com eles.

— Não é uma má ideia. Mas você tem chance de conversar quando está trabalhando em uma festa? — William levanta uma sobrancelha.

— Nem tanto, mas durante a arrumação e a limpeza, sim. Geralmente me relaciono bem com quem estou trabalhando. — Ser garçonete em festas é divertido, a menos que os convidados sejam desagradáveis. Mas, por outro lado, posso experimentar a energia da festa enquanto faço novos amigos com os colegas, e sou paga por isso.

— Você será capaz de fingir ter vínculo com alguém que pode ter roubado sua pintura? — Takashi pergunta.

— É, tem isso — eu digo —, mas consigo manter a mente aberta. Takashi olha para mim e bufa. Eu sorrio docemente de volta.

— Bem, então provavelmente a melhor abordagem é eu dar uma festa, contratar a *Star Catering* e solicitar você e as outras duas — diz William.

— Você faria isso? — eu pergunto.

— Colocarei qualquer coisa de qualquer valor no armário — diz ele secamente.

— Que motivo você teria para dar uma festa?

— E preciso de um motivo? Faz um tempo que não vejo meus amigos. Isso é bom o suficiente.

— Você dá festas periodicamente?

— Sim. — William olha para mim como se eu fosse algum ser alienígena.

— Vinnie sabia que havíamos embalado o Kimimoto — diz Takashi. — Ligamos para ele na sexta-feira para dizer que havíamos empacotado-o e que iríamos retirá-lo.

Conto a eles sobre minha entrevista com o policial Johnson, inclusive que, apesar de eu ter motivos financeiros, ele não parecia pensar que era eu. E que perguntou quem não gostava de mim porque achava que o crime era pessoal.

— Realmente, no final da entrevista, senti que havia muitas pessoas que tinham motivos para roubar a minha pintura, ou seja, Annabelle e Rex.

— Por que ele estava chateado com a sua separação? — William pergunta. — Ele parecia muito interessado em você na última festa.

— Não pela separação — eu digo. — Mas ele quer que eu me concentre em tempo integral à banda.

— Não é o Rex — diz Takashi. — Ele quer voltar com você. Vocês encerraram a festa com seu último dueto."

Eu dou um meio sorriso.

— Você e o tio Tony têm uma preferência por ele.

— Sentimos o mesmo depois da nossa entrevista. O oficial Johnson também perguntou quem não gostava de nós. — Takashi estremece. — Todo mundo que Tony conhece precisa de dinheiro. Quero dizer, ele trabalha com artes na cidade de Nova Iorque. E meus amigos são, em sua maioria, ex-membros de segurança cibernética do Departamento de Segurança Interna. Somos um grupo desconexo, mas somos honestos. Protegemos uns aos outros. Essa é uma das coisas que adoro em nossa comunidade. Estamos lá um para o outro, levantando um ao outro.

Ficamos todos em silêncio. O pergaminho na parede mostra um bando de pássaros voando sobre o nevoento Lago Kawaguchi, um edifício tradicional claramente definido ao fundo. A possibilidade de clareza surge após um início nebuloso.

— Qual é o lance do Edmund? — William pergunta.

— Ele é o único que não precisa de dinheiro, já que herdou a riqueza do pai — digo.

— Ele é próximo de Annabelle?

— Ele sempre foi apaixonado por Annabelle.

— E ainda assim pareceu bem surpreso quando ela disse que havia trazido fotos emolduradas para ela.

— Pensei a mesma coisa — digo com entusiasmo. — E ele não chegou com fotos emolduradas.

— E ele estava muito curioso sobre as imagens de segurança. Annabelle o rejeitou?

— Sim.

William faz algumas anotações na planilha.

— Temos Vinnie e Annabelle por motivos financeiros; Rex com motivo de carreira; Annabelle, Vinnie e a equipe do bufê com os meios de remoção; Annabelle, Vinnie e Edmund com ligações potenciais com a equipe de refeições. E tanto Vinnie quanto Mary sabiam que as pinturas estavam no armário.

— Não me deixa feliz ver Annabelle com meios e motivos. Devíamos falar com o Vinnie. Ele tem motivo, conhecimento e potencialmente meios. — Recolho os pratos e os recipientes de comida vazios, empilhando-os no carrinho de chá. — O que Ryan disse quando você falou com ele?

— Ele esteve com meus outros amigos a maior parte da noite. Passaram a noite conversando. Eu também estava com eles quando não estava cuidando das tarefas de hospedagem. Conversei com Diane porque ela sempre me faz rir — diz Takashi. — Mas Ryan não notou nada particularmente incomum entre os outros convidados. Ele disse que Vinnie saiu da sala quando estávamos todos cantando no caraoquê, e que ele estava muito bêbado e parecia ir muito ao banheiro. Naquele momento, só éramos você, Rex, Vinnie, Ryan, Diane, Edmund, Annabelle, Tony e eu. Conseguimos visualizar onde todos estavam sentados, exceto Vinnie. O pessoal do bufê estava limpando a cozinha. Mas Vinnie só foi embora no final.

— Isso é verdade. Vinnie não cantou uma música. E Edmund nunca canta. — Empurro o carrinho para fora da sala, apoiando as costas na porta para abri-la. William se levanta e vasculha sua mochila.

— Esqueci de te dar o presente de Obaachan mais cedo. — Ele entrega latas de chá-verde a Takashi com as duas mãos. — Mandou o chá-verde que você adora.

— Ah, meu favorito. — Takashi se curva ligeiramente. — Sempre faço estoque quando visito Tóquio.

William retribui com uma reverência mais baixa e respeitosa.

— Ela ainda está casamenteira? — Takashi pergunta.

Manobro o carrinho para fora da sala, mas deixo a porta ligeiramente aberta para ouvir.

— Sim, mas disse a ela que Kiyoko falou que sou *taikutsu* demais para ela — diz William.

Eu gostaria que meu japonês fosse melhor. Sei algumas palavras por ter saído com Takashi, mas claramente preciso me atualizar.

— Ela não fez isso — diz Takashi.

— Não com tantas palavras, mas...

— Mas? — Takashi pergunta.

Olho pela porta e vejo William erguer a sobrancelha e encolher os ombros. Takashi acena com a cabeça e serve mais um pouco de chá.

— Poderíamos jantar e mostrar a ela que você não é isso.

— Prefiro não repetir essa rejeição. — William dá um meio sorriso.

A porta se fecha suavemente atrás de mim. O Google traduz *taikutsu* como "chato". Ele não parece chato para mim. Não mais.

A cozinha está impecável. Balanço a cabeça enquanto esfrego a louça. A vida amorosa de William não deveria me interessar. Exceto que é importante conhecer os pontos fortes e fracos do seu parceiro de investigação. Coloco o último prato no escorredor e volto para a sala de jantar.

— Vinnie acabou de ligar. A polícia o entrevistou — diz Takashi. — Ele parecia deprimido e foi para sua casa de campo.

— Então não podemos simplesmente ir até lá e falar com ele — digo.

— Podemos ir até lá amanhã — diz William.

— Falei ao policial Johnson que não entrevistaria as pessoas por mais um dia, a menos que ele já tivesse conversado com elas — digo. — Vinnie agora está na mira.

— Ele te fez concordar com isso? — William pergunta.

Eu olho para ele, ofendida.

— Sou muito razoável. Especialmente porque temos um plano de *backup*. Liguei para a *Star Catering* e pedi para ser colocada de volta na equipe de garçons disponíveis. O único problema é que vou me apresentar na quinta e na sexta desta semana, então se vamos fazer isso esta semana, tem que ser no sábado ou na segunda. Se forem atores, segunda-feira é o dia mais provável para estarem livres.

Não posso acreditar que ele esteja realmente disposto a fazer isso.

— Vou ligar para a *Star Catering* agora mesmo. — William se levanta da mesa e fica perto da janela, fazendo a ligação. Ele requisita por mim, Miju e Lena para estarmos lá nesta segunda-feira. Elas não estão disponíveis. Então solicita qualquer segunda-feira. Elas estarão disponíveis na outra segunda-feira. Ele se vira para me dar um sinal de positivo. — Agora, vou convidar alguns amigos.

A *Star Catering* me manda uma mensagem dizendo que tenho um trabalho na próxima segunda-feira. Eu confirmo que sim.

Takashi levanta o punho.

— *Faito*!

— Cinco semanas não é muito tempo no esquema das coisas, Miranda, mas pode ser o suficiente. Na segurança cibernética, costumamos usar iscas. Nós os chamamos de "potes de mel"; criamos essas máquinas fictícias para atrair invasores — diz Takashi. — Existe outro quadro que possa servir de isca? Você pode dizer que é outra pintura para a Exposição de Arte Vertex? Isso pode levar a pessoa a fazer algo revelador.

— Não tenho certeza se quero que a pessoa me machuque novamente. E não consigo pensar em outra pintura que pudesse usar com credibilidade para a Vertex. Mas é uma boa ideia. Vou tentar pensar em uma. Talvez eu possa apenas dizer que o contraste entre *Amigas* e *Indo Em Frente 10h50* é suficiente.

— Vou dizer a Tony para avisar à equipe do teatro que podemos vender uma pintura diferente. — Takashi examina sua coleção de pinturas. — Um que não me importo de perder.

William e eu agradecemos a Takashi pelo jantar e saímos de seu apartamento. Lá fora, a chuva cai torrencialmente. Abrimos o guarda-chuva emprestado de Takashi. William segura-o sobre nós dois, enquanto descemos o quarteirão em direção ao meu apartamento de arenito vermelho típico de Nova Iorque, tentando manter distância no círculo prescrito pelo guarda-chuva.

— Você está se molhando — eu digo. — Deveria segurar mais em cima de você. — Fico mais perto de William para o guarda-chuva cobrir mais nós dois. Nossos braços se tocam.

A cidade cheira a chuva molhada, fresca e limpa, um novo começo. Os semáforos vermelhos brilham sob a chuva. As rodas dos carros que passam fazem barulho enquanto passam pelas poças. Nós dois andamos devagar.

— Onde você mora? — eu pergunto.

— No Tribeca — ele diz.

Contorno uma poça d'água e esbarro de leve em William. Nossos olhares se encontram. Nós dois desviamos o olhar. Eu me concentro em evitar poças.

— Humm... acho que não vou dormir esta noite. — Suspiro. — Tenho que pensar em quem me odeia o suficiente para sabotar minha carreira e os sonhos do meu tio.

— O que você costuma fazer quando não consegue dormir?

— Pinto. Meu estúdio de arte fica na nossa sala de estar. Mas estou muito deprimida para pintar agora. Estou até com poucas ideias de cores de tinta para o que sinto. Embora pelo menos, eu teria um título: *Devastada 23h*.

— Que cores de tinta você sente agora?

— Preto, índigo, sépia e cinza de Payne.

— Essas são cores e sentimentos muito diferentes do *Maré Alta 4h30* e do *Brincando Por Aí 1h30*.

Eu olho para ele.

— Sim. — Um arrepio de consciência passa por nós tão perto. Ele estende a mão e depois se afasta.

— Venho buscá-la amanhã.

— Tem certeza que pode viajar?

— Essa é a vantagem de administrar meu próprio negócio — diz ele. — Eu sou o chefe.

Estou presa a ele. Meu coração não afunda com o pensamento. Chegamos à porta do meu prédio. Nenhum de nós diz nada. O vento agita os galhos das árvores acima, e alguns barulhos altos atingem a cobertura do guarda-chuva. Eu devo ir. Despeço-me e entro no meu prédio.

Tessa está dormindo. Lavo as mãos em nossa pequena cozinha. Alguns pincéis secam em uma jarra de vidro perto da pia. *Aquela caminhada com William foi... agitada*. Balanço a cabeça e abro meu laptop em busca de mais possibilidades de exposições de arte.

A campainha toca. O monitor da câmera de vídeo do hall de entrada mostra William parado do lado de fora. Desço as escadas correndo e abro a porta da frente. A lâmpada perto da nossa porta da frente lança um círculo quente de luz. O cheiro de chuva leve e de roupa fresca da secadora que sai pela frente do nosso prédio preenche o ar.

— Esqueceu alguma coisa? — eu pergunto.

— Não, acabei de passar em uma loja de arte e comprei algumas tintas para você. — Ele me entrega uma sacola.

Olho para ele em estado de choque. Ele levanta uma sobrancelha.

— Obrigada. — Consigo dizer.

— Tenho a sensação de que uma Miranda bem descansada será um Watson melhor.

— Watson? Ei, pensei que fosse o Sherlock.

Ele sorri levemente.

— Veremos. Vejo você amanhã.

Ele se vira e sai. Fico ali segurando um saco de papel cheio de tintas, sorrindo.

8

O MOTIVO DA IMPRENSA adorar me torturar é outro mistério que nunca resolvi. Sou um alvo fácil para o conservador *The Squirrel* como o flanco fraco da campanha política de John. Então, enquanto *The Intelligencer* tem um pequeno parágrafo sobre como minha pintura foi roubada, *The Squirrel* tem dois parágrafos com o título: "PINTURA ROUBADA OU TRUQUE DE PUBLICIDADE?". Eles estão seriamente insinuando que roubei minha própria pintura para aumentar a publicidade? Se isso não bastasse, o artigo termina com: "... *a menos que ela o tenha roubado para que a "Salgueiro Chorão" não tenha que chorar por causa de quaisquer críticas negativas"*. Eu odeio o *The Squirrel*.

E agora a equipe de relações públicas de John está envolvida. De novo. Sou como um item do orçamento sob sua conta: contrariar a publicidade negativa sobre Miranda.

Um carro azul-marinho estaciona em fila dupla na minha frente. Eu me espremo entre dois carros estacionados enquanto William sai dele.

— Q, toma essa. Minha colega de quarto, Tessa, nos comprou dispositivos de tecnologia espiã ontem. Ela me deu esta manhã. Aqui está o seu fone de ouvido com *walkie-talkie*. — Entrego seu fone de ouvido a William e explico como ele funciona depois de guardar meu portfólio no banco de trás.

— Devíamos praticar com o aplicativo *walkie-talkie* antes de chegarmos lá — diz ele. — Por que você não vai ficar ali perto da árvore e fale algo, e eu verei se consigo ouvir você no carro?

— Boa ideia. — Desço o quarteirão e fico atrás da árvore, em seu canteiro cercado, para que ele não possa me ver. Sorrio, tiro o livro de Penélope da bolsa e começo a ler em voz alta. — Seu olhar a perfurou como se a culpasse por tudo. E então ele se virou. Ela estendeu a mão para explicar, tocando seu braço. Ele a sacudiu. "Você não fez o suficiente? Apenas me deixe em paz." "É realmente isso que você quer? Porque acho que há algo aqui." E ela pressionou os lábios nos dele.

Meu telefone estala com a voz profunda de William.

— Funciona. Está ótimo.

— Tem certeza? Você pode repetir isso para mim? Devo confirmar que você definitivamente pode me ouvir.

— Eu te ouvi. Eles estavam prestes a se beijar. Ou você inventou isso?

— Humm... na verdade, eles se beijaram. Devo continuar lendo? Não tenho certeza se você consegue ouvir tudo.

— Tudo bem. A última frase foi que ela pressionou os lábios nos dele. — A voz dele soa abrupta.

— E você não quer ouvir o que acontece a seguir?

— Achei que você queria rastrear sua pintura desaparecida.

— Estou indo. — Volto para o carro e deslizo para o banco da frente. O carro está imaculado por dentro, como esperado. — Tem certeza de que não quer que eu continue lendo?

Ele balança a cabeça, seus lábios se curvando em um meio sorriso.

— Muito perturbador. De qualquer forma, deveríamos discutir sobre a estratégia. E deveríamos ativar a capacidade de rastrear um ao outro, só para garantir?

— No caso de um de nós ser sequestrado? — pergunto com certo ceticismo. — Não, é uma boa ideia. Outra fonte de informação. Tessa também comprou dispositivos de rastreamento. — Eu os mostro para ele.

— O que você fará com eles?

— Eu não sei ainda. Mas parecia útil tê-los. Você pode acompanhar em um aplicativo.

— Eu odiaria ser seguido — diz ele.

— Você viu o artigo do *The Squirrel*? — Tento apertar o cinto de segurança, que continua se recusando a prender.

William se vira e coloca a mão sobre a minha para clicar. Seu toque é quente e posso sentir o cheiro do xampu de maçã em seu cabelo recém-lavado.

— Às vezes é preciso um pouco mais de força. — Ele verifica o trânsito atrás do nosso carro e sai. — Que artigo do *The Squirrel*?

— Eles estão me acusando de roubar minha própria pintura. Pedi à equipe de relações públicas de John para ver se conseguiam determinar a fonte. Minha agente, Jade, não anunciou, e a galeria de arte ainda não divulgou. Então isso poderia revelar o ladrão.

Ele vira na avenida West End e segue para o norte em direção à saída da rua 79 para a rodovia Henry Hudson. William olha para mim.

— Achei que os jornais nunca revelassem suas fontes.

— Geralmente você pode descobrir pelos detalhes. Apenas algumas pessoas os conheceriam.

— Quem é a fonte geralmente?

— Ex-amigos — digo ironicamente enquanto o carro para no sinal vermelho.

Ele franze a testa.

— Mas acho que isso é revelador — digo. — Porque quem denunciou isso queria ver divulgado que meu quadro foi roubado, então eles têm um motivo semelhante ao do ladrão.

— O ladrão quer que o roubo seja divulgado?

— Se eles querem me machucar, definitivamente dói que agora seja público que provavelmente não participarei desta exposição de arte. E se quiserem vender falsificações, querem que seja publicamente conhecido que o original foi roubado, para que possam alegar que as suas falsificações são o original roubado.

— Algum detalhe revelador?

Entramos na rodovia Henry Hudson.

— Não, infelizmente — eu digo. — Mas agora não posso dizer que a exposição aceitará uma pintura diferente, não com aquela citação do curador de que não posso participar sem ela.

O rio Hudson está calmo hoje. Seguimos pela rodovia em direção a Connecticut. Uma barcaça está sendo empurrada rio acima por um rebocador. Passamos por parquinhos de brinquedos e campos repletos de gente praticando esportes. Música *calypso*, depois *rap*, intercalada com os gritos das crianças brincando — os barulhos do Riverside Park em um dia ensolarado — entra pela janela aberta do meu carro.

— Obrigada novamente pelas tintas.

— Você pintou?

— Sim, pintei. E me senti melhor. Mesmo que eu tenha destruído depois.

Sua cabeça vira bruscamente em minha direção.

— Você destruiu a pintura?

— Não gostei dela.

— Você não deveria esperar para ver se gostasse? — ele pergunta. — Talvez poderia surgir esse sentimento em você.

— Não, não funcionou.

Ele morde o lábio, refletindo sobre isso.

— Não é um pouco rápido para julgar?

— Não. Se você cometesse um erro matemático, você o apagaria assim que percebesse, não é?

— Nunca considerei pintura como a matemática.

— Há alguma matemática nisso, alguma proporcionalidade, especialmente com a composição.

— Por que você não gostou desta?

— Muito escura e deprimente.

— Nem tudo pode ser felicidade. — Ele muda de faixa para sair em direção a via expressa Cross Bronx.

— Espero que esse não seja o seu lema de vida — digo secamente.

— Se fosse, você não conseguiria apreciar a felicidade.

— Tenho certeza de que ainda posso apreciar a felicidade. Minha destruição parece incomodar você. Por quê?

Ele dá de ombros.

— Não é nada. Acabei de me lembrar de um encontro há algum tempo, onde senti que ela decidiu, antes mesmo de me conhecer, que não iria gostar de mim. Mas foi uma armação de nossas famílias, então entendo o ponto de vista dela. Não é como se eu esperasse que eles tivessem sucesso. Mas às vezes eles têm. — Ele dá um meio sorriso.

Ainda é estranho para mim que estejamos nos dando bem como velhos amigos. Definitivamente o julguei mal.

— Pesquisei a planta da casa no Airbnb — diz William. Suas mãos delgadas e competentes seguram o volante com habilidade. Foi assim que me apaixonei por Rex. Eu estava observando suas mãos dedilharem o violão e mudarem os acordes.

— Pensamento inteligente — eu digo. — Então, quantos quartos devo verificar? Você quer dizer que precisa ir ao banheiro e dar uma olhada naqueles quartos, enquanto eu o mantenho ocupado?

— São dois quartos, cada um com armário, e um escritório, então não deve demorar muito. Mas os caras não costumam demorar muito no banheiro. Tem certeza de que eu é que devo verificar?

— Como você vai mantê-lo ocupado? É melhor se for eu. Posso mostrar a ele meu portfólio de arte e perguntar se pode encontrar outra exposição de arte para mim, enquanto você vai ao banheiro conferir a casa. Com sorte, ele ficará lisonjeado o suficiente para tentar pensar em opções. Meu portfólio de arte deve levar algum tempo. Mas como posso investigar sua situação financeira?

— Ele deve estar em pânico agora se realmente estava contando com a comissão de vendas daquela pintura. Ele é outra vítima, se for esse o caso. É suspeito que ele tenha ficado tão indiferente quando soube — diz ele. — Ele também poderia saber o que acontece quando um quadro é roubado?

— Perguntarei isso. Você deveria pegar uma revista quando pedir licença para usar o banheiro e insinuar que vai demorar muito.

William estremece. Eu dou uma risada.

— Você já conversou com Vinnie alguma vez antes? — ele pergunta.

— Estagiei para ele em um verão durante a faculdade. Tio Tony me arranjou um emprego lá. Ele tem uma vida muito confortável.

Passou a maior parte do verão na Europa ou aqui — digo. — Ele tinha algumas mãos bobas, mas dei um basta nisso.

— Ele deu em cima de você mesmo conhecendo seu tio?

— Ele se considera uma boa opção. E ele não é feio, especialmente há dez anos, quando tinha quarenta e poucos anos. Ele tem aquele cabelo artístico, longo e ondulado. Está em forma. Talvez fosse uma boa opção para outras mulheres de trinta e quarenta anos. Ele certamente namorou muito. Recebi muitas mensagens de mulheres.

— Como você disse a ele que ele não era tudo isso?

— Disse a ele que se colocasse as mãos na minha bunda de novo, eu dobraria o dedo dele para trás — digo. —Talvez seja por isso que ele passou tanto tempo fora naquele verão.

— Isso poderia ser para ele um motivo? Que ele ainda está chateado porque você o rejeitou?

— Isso seria um pouco demais — eu digo. — Quero dizer, não acho que ele gosta muito de mim por causa disso, mas parece extremo sabotar minha carreira e arriscar ir para a cadeia.

— Ele tinha conhecimento sobre arte?

— Muito.

— Você pode perguntar a ele sobre as tendências se precisar de mais assunto.

— Boa ideia. Perguntarei sobre isso também — digo. Nós dois ficamos em silêncio por alguns minutos. — Então, contabilidade?

— Isso é uma pergunta? — ele pergunta.

— O que fez o decidir se tornar um contador?

— Gosto de números e queria ter meu próprio negócio. Eu queria essa liberdade. E quer os tempos sejam bons ou ruins, as pessoas sempre precisam de contadores.

Posso me identificar em querer meu próprio negócio e liberdade.

— Você está fazendo a contabilidade parecer mais sexy do que eu imaginava.

— O que eu disse que pareceu sexy? — William pergunta, perplexo.

— Seu próprio negócio e independência.

— Pensei que fosse a referência aos números.

— Bem, estou disposta para ouvir você tornar os números sexy.

Ele ri.

— Vou pensar sobre isso.

— O que podemos perguntar a Vinnie, sendo ele o suspeito mais provável?

— Podemos ver se admite que está em dificuldades financeiras.

William é um motorista constante e coloca música pop depois que ficamos em silêncio. Dou uma olhada em seu perfil e em seus ombros largos. Ele olha para mim. Desvio o olhar e volto para a janela.

— Isso é música pop coreana? — pergunto.

— Sim. Um grupo que vi em um show quando estava no Japão.

— Gostei disso.

— Eu também. — Ele pergunta: — Como você sabia que era coreano?

— Ele continua cantando *saranghae* ou eu te amo. — Eu suspiro.

— Os dramas coreanos são muito viciantes.

— Acabei de assistir "Pousando no Amor" com minha mãe. Foi bom. — Ele ri. —E quanto aos dramas japoneses? Minha mãe também assiste esses.

— Eles também são viciantes. É uma maravilha que eu consiga fazer alguma pintura.

Discutimos alguns de nossos dramas favoritos, rindo dos pontos da trama, especialmente quando pensei que a trama iria seguir uma direção completamente diferente. Explico a ele o enredo da novela *Boys Over Flowers*, um dos meus primeiros dramas coreanos. É baseado em uma série de mangá japonesa. Eu digo:

— Então ela ama esse cara que é ceramista. A mão dele quebrou em uma briga, então não está claro se conseguirá fazer cerâmicas novamente. As próximas cenas, mostram ela andando por Seul, entrando em todos os tipos de edifícios. Como ele machucou a mão e não pôde usá-la, pensei que ela estava tentando encontrar um fisioterapeuta para ele, mas não. Ela estava tentando encontrar a mensagem de "eu te amo" do amor da vida dele.

— Não sabia que você era tão prática —, diz ele. — Eu teria pensado que você estaria perseguindo algo mais romântico.

— Sério? Encontrar uma mensagem de "eu te amo" da ex dele, quando eu o amo? — pergunto. — Não sou tão altruísta. Você faria isso?

William cora.

— Talvez.

Eu sorrio. Acho engraçado que William pensou que eu era romântica, e eu achei que ele não era romântico.

Passamos por vários caminhões na estrada. Meu telefone toca.

— Oi, Jade — digo.

Oi! Estou usando o ponto de vista do *The Squirrel* e do *The Intelligencer* para dizer que deveriam lhe dar um pouco mais de tempo antes de tomarem a decisão de retirá-la da exposição — diz Jade. — O roubo está dando publicidade gratuita à exposição, então é um bônus para eles.

— Isso é bom — eu digo.

— Eu os convenci de que não precisam anunciar que você foi substituída até que encontrem seu substituto.

— Isso é bom, não é?

— É um começo. Ainda assim, isso não nos dá muito tempo. Eles tinham uma lista de *backup* caso alguém dissesse não, então estão revisando essa lista. Eu esperava que eles começassem do zero. De qualquer forma, vou mantê-los atualizados. — Ela desliga.

Dou um suspiro.

— Você está bem? — William pergunta.

Repito tudo o que Jade disse.

— Como disse o tio Takashi, cinco semanas podem ser tempo suficiente para descobrir isso, especialmente porque temos apenas alguns suspeitos — diz William.

Concordo. Tenho que manter uma atitude positiva.

A vista pela janela agora é de todas as casas de famílias. É outro mundo de Manhattan.

— O que você está pensando? — William pergunta.

— Este é o mesmo caminho até a casa do meu pai — eu digo. — Ele se mudou para cá depois do divórcio.

— Você quer dar uma passada lá e visitá-lo?

— Ele não está lá. Está fora agora, trabalhando em uma escola de arte na Tailândia. Como ele diz, um dos benefícios de não ter carreira é a possibilidade de pegar e morar onde quiser.

— Lembro-me de conversar com ele sobre a viagem dele a Tóquio em uma das festas do tio Takashi. Ele estava vindo para a sua exposição?

— Não. Ele disse que não precisava comparecer para saber que minha arte é boa. Adoro discutir arte com meu pai, e ele dá *feedbacks* construtivos. É ótimo relaxar e não ter expectativas. Ao contrário da minha mãe e das suas expectativas que não posso atender porque ela não quer que eu seja uma artista. Mas seria bom ter um meio-termo entre os dois. — Eu estava presa entre a falta de expectativas e as expectativas da minha mãe que não conseguia suprir.

— Tive um problema semelhante com meu pai. Ele não queria que eu iniciasse meu próprio negócio de contabilidade. Queria que eu continuasse trabalhando para uma dessas grandes empresas de contabilidade. Definitivamente achei difícil decepcionar meu pai, naquele momento. Mas agora que mostrei que posso ter sucesso, ele aceitou isso. Você tem que fazer o que te deixa feliz. É a sua vida.

Olho para William, surpresa por ele entender o que estou passando.

— Sim. Ela não criticou minha escolha de ser artista desde que minhas pinturas foram escolhidas para a Exposição de Arte Vertex. Mas agora...

— Nós as encontraremos. Somos uma equipe imbatível. — William sorri para mim, e eu sorrio de volta para ele.

Pouco tempo depois, paramos na garagem ao lado da casa compacta de Vinnie. Ao lado há uma área gramada com um balanço de madeira para duas pessoas, tudo emoldurado por carvalhos altos. Um caminho de pedra leva da entrada até a entrada da frente.

Vinnie abre a porta da frente e segue seu caminho, com a camisa florida balançando com a brisa. Ele nos acena com uma reverência graciosa, como se estivesse cumprimentando a realeza.

— Miranda e William, emissários de seus tios.

Ele abre os braços e dá um passo à frente para me abraçar.

Eca. Eu realmente não quero abraçar o cara.

William passa por mim e o envolve em um enorme abraço de urso, dando tapinhas nas costas dele.

Vinnie se afasta do abraço de William, alisando o cabelo castanho, agora tingido de grisalho, da testa. Ele limpa a garganta.

— William. Que delícia, se as circunstâncias não fossem tão desastrosas.

Passo para entrar na casa. Olhando ao redor, não há como confundir o tema náutico: azuis nítidos, âncoras, tapetes de juta, móveis de vime e várias caixas de papelão interrompendo o que parece uma sala confortável. William me segue para dentro. Penduro nossos casacos.

— Vocês devem perdoar as caixas. Estou alugando isso, então estou arrumando minhas coisas pessoais. Então vocês vieram até aqui para ver se eu roubei as pinturas?

— Sim", William diz quando estou prestes a negar. — Você as roubou?

O que aconteceu com o "não adotarmos uma abordagem direta"?

— Não. Eu ganharia muito mais dinheiro se recebesse a comissão — diz ele. — Não posso vendê-las no mercado negro. — Ele aponta para o sofá azul-marinho da sala de estar e depois se recosta na poltrona ao lado do sofá, com as longas pernas abertas. Sento-me na ponta mais distante do sofá, e William senta ao meu lado, mais perto de Vinnie.

— Você sabe alguma coisa sobre o mercado negro de arte? — William pergunta.

— Não o suficiente para ajudá-los. — Vinnie coloca as duas mãos atrás da cabeça, seu olhar encontrando diretamente o de William. — Conheci alguns tipos duvidosos na minha época, mas não criei nenhuma conexão. Tenho minha reputação a defender.

— Você contou a alguém sobre o Kimimoto? — pergunto. — Quem estava interessado em comprar de você?

— Prefiro não revelar isso a você. Quero essa comissão se a polícia o encontrar.

— Justo. — Presumo que ele teve que contar essa informação à polícia. Essa pessoa também sabe que meu tio possuía aquela pintura. — Trouxemos alguns biscoitos. Pego a caixa de biscoitos da *Levain Bakery* que comprei esta manhã.

— Você trata bem seus suspeitos. Aqui, deixe-me pegar algo para beber — diz Vinnie. — Chá, café, chá gelado?

— Chá seria ótimo. — Os biscoitos da *Levain Bakery* são meu agradinho preferido para levar durante uma visita, e sua pura decadência pode soltar as línguas. — Esperávamos que você fosse de alguma ajuda. Você viu algo suspeito durante a festa?

— Não. — Ele balança a cabeça. — E o que você gostaria de beber, William?

— Café — ele diz. — Sem açúcar.

Café preto. Eca!

— Ajudarei você na cozinha — digo. Enquanto sigo Vinnie, aceno para William ir. O aplicativo está ativado, então William pode ouvir nossa conversa remotamente.

Pergunto a Vinnie sobre o mercado de arte, investigando como está seu negócio, enquanto ele prepara chá e café. Coloco os biscoitos grandes em um prato e corto-os em quartos.

Voltamos para a sala.

Vinnie para de repente.

— Onde está William?

— Talvez ele esteja no banheiro. Seu estômago estava doendo enquanto dirigíamos. — Se ao menos eu pudesse ver o rosto de William enquanto digo isso.

Abro meu portfólio de arte.

— Esperava poder mostrar a você um pouco do meu trabalho. Poderia sugerir algumas outras exposições? Mas a Vertex ainda pode funcionar.

— Duvido. — Ele balança a cabeça. — Não posso ajudá-la. — Seu tom é desdenhoso e definitivo. Ele coloca a bandeja na mesinha de centro e distribui as canecas. Então se recosta na cadeira, com os braços cruzados e os olhos estreitados, observando minha reação. Meu estômago revira.

— Mas você pode pelo menos olhar. — Não consigo evitar; uma nota suplicante treme em minha voz. Meus ombros se curvam para frente.

— Ninguém vai tocar em você. Você simplesmente teve que sair dessa por causa de uma "pintura roubada". — Ele realmente faz aspas no ar com as mãos.

Eu tiro um sarro.

— Foi roubada. Você sabe disso.

— Sei disso. Mas o *The Squirrel* está insinuando o contrário. E qual negociante de arte vai correr esse tipo de risco: construir algum espetáculo em torno de você e depois você desmaiar?

Meu peito aperta. Eu gaguejo.

— Eu não estou desmaiando. Eu nunca desmaiei.

— Não estou dizendo que você está. — Ele se inclina para frente e depois dá de ombros. — Há muitos artistas por aí, e os negociantes de arte vão apostar na coisa certa.

— Achei que eles deveriam ser visionários.

— Só nos livros, querida. — Ele se recosta e toma um gole de chá.

Minha garganta se fecha. Seguro firmemente meu portfólio. Eu tenho que manter a conversa. Tenho que perguntar novamente.

Mesmo que eu gostaria de sair agora e dizer "azar é o teu". Limpo minha garganta.

— Tem certeza que não quer...

— Desculpe por ter demorado tanto — William interrompe ao entrar na sala.

Pisco os olhos e olho para uma pintura de um barco sendo sacudido pelo alto mar. Enxugo uma lágrima.

William ouviu tudo. Eu deveria ter desligado o aplicativo.

— Você já terminou de mostrar seu portfólio? — ele pergunta. — Queria ter visto.

Ele sabe que Vinnie não quer ver isso. É um pouco cruel pedir a Vinnie que explique novamente por que ele não quer ver.

— Especialmente aquela nova peça que Jade estava animadíssima. — William pisca para mim.

Ele se lembrou do nome da minha negociante de arte. Ele se senta ao meu lado e pega seu café. Não sei dizer se conseguiu verificar todos os quartos. Não dei muito tempo a ele.

— Jade estava animadíssima com um dos quadros? — Vinnie pergunta. — Eu poderia muito bem dar uma olhada no seu portfólio, já que você veio até aqui. Mas, sério, você deveria ter me deixado servir como seu mentor quando estava na faculdade. Você demostrou tal promessa. Tal... — Ele estala os lábios, inclinando-se para frente, colocando as mãos, com as palmas para baixo, sobre a mesa entre nós.

William fica tenso ao meu lado. Coloco minha mão em seu joelho. Consigo lidar com isso.

— Eu poderia ter aberto muitas portas para você naquela época se você tivesse sido mais receptiva aos meus conselhos. — Vinnie se recosta, cruzando os braços, um leve sorriso pairando em seus lábios.

— Talvez devêssemos ir. — William está de pé, elevando-se sobre Vinnie.

Prefiro também não mostrar a Vinnie, mas o que importa agora é descobrir quem roubou as pinturas. Puxo William de volta para sentar ao meu lado.

Vinnie ainda se ressente por eu ter recusado-o.

Abro meu portfólio, o grosso estojo de couro parece sólido em minhas mãos. Vou escolher a última pintura como aquela que Jade estava animadíssima.

— Sim, Jade adorou este.

A campainha toca.

9

— Deixe-me atender. — Vinnie sai da sala. A luz do sol da tarde entra pelas persianas das duas grandes janelas na frente da sala de estar. O ar fresco, com cheiro de grama e flores que entra pelas janelas abertas, mistura-se com o cheiro de café e chá.

— Você está bem? — William me encara.

— Sim. Você conseguiu verificar todos os quartos? — eu sussurro, deslizando para mais perto dele no sofá.

— Não cheguei ao escritório. Nada nos armários do quarto. Totalmente vazio.

— E você checou embaixo das camas também, certo?

— Nada debaixo das camas — diz ele.

— Você deveria ter feito o escritório primeiro.

— Você pode dizer isso agora — diz William. Nós nos entreolhamos. *O que podemos fazer agora?*

— A cozinha tem um armário grande o suficiente — digo.

As caixas da sala são pequenas demais para guardar as pinturas.

— Tem certeza de que está bem? — William pergunta.

— Pessoas zombando da minha arte não é novidade — digo. — Simplesmente não esperava que Vinnie me acusasse de desmaiar, então não estava preparada.

Edmund aparece na porta com Vinnie.

— Edmund! O que você está fazendo aqui? — pergunto.

Edmund parece ainda mais magro perto da figura de ombros largos de Vinnie. Os sapatos de ponta dele estalam quando atravessa a sala e se senta em uma poltrona de vime ao meu lado. Cruzando as pernas, ele alisa a calça listrada.

— Estou interessado em comprar uma ilustração de Agatha Boonland e o Versal. Aquela pintura a óleo de Versal é particularmente requintada. Vinnie os representa.

— Acabei de comprar o Agatha Boonland — diz Vinnie. — Felizmente. Eu estava contando com o Kimimoto para sobreviver.

Que momento suspeito. William olha para mim, inclinando a cabeça.

— As coisas não estão indo bem financeiramente? — eu pergunto.

Vinnie faz uma careta.

— Eles poderiam ser melhores.

Outra resposta honesta.

— Aqui, Vinnie, comprei este presente para você. — Edmund entrega a Vinnie uma caixa estreita e me diz, com um sorriso malicioso: — Vi o artigo no *The Squirrel*. Eles gostam de implicar com você.

— Sim, eles gostam. — Quando nossos olhares se encontram, sei que foi ele quem contou ao *The Squirrel*. Ele tem aquele brilho nos olhos quando pensa que me enganou. Ainda assim, isso não significa que realmente roubou as pinturas.

— Talvez você devesse aproveitar essa publicidade — diz ele.

— Não foi exatamente positivo.

— São quinze minutos de fama. Use-os ou perca-os — diz Edmund. — Me dê um toque se quiser entrar em contato com meus contatos.

— Você já desenvolveu conexões na arte contemporânea? — Não que eu queira ficar em dívida com Edmund. Especialmente depois que disse à minha irmã para não casar com ele.

— Eu adoro fazer conexões — diz ele. — Eu estaria disposto a encomendar um retrato meu e de Annabelle. Se isso ajudar.

Ele está mais seguro dele e de Annabelle desta vez.

— Faria isso de graça.

Vinnie pega meu portfólio e começa a folheá-lo.

— Com qual deles Jade estava animada?

Folheio meu portfólio até um dos meus favoritos, mas hesito. Não quero ser humilhado na frente de Edmund. Mesmo assim, assim que Vinnie vir meu trabalho, acho que ficará impressionado.

Vinnie estuda cuidadosamente as fotos das minhas pinturas. Ele leva o tempo necessário. Eu me mexo na cadeira, esperando, e meu estômago se aperta. William olha para eles também.

Talvez William devesse tentar ver o último cômodo, mas seria mais difícil com Edmund aqui. Eu tento falar por telepatia para William olhando diretamente para ele, mas não está funcionando. Bato nele com o cotovelo, e ele balança a cabeça.

— Você melhorou. — Vinnie fecha minha pasta de portfólio. — Mas não consigo pensar em nenhum negociante que estaria disposto a arriscar uma exposição com você agora. Pelo menos não imediatamente.

Edmund sorri.

— Tenho certeza que você chegará lá no final das contas.

Alguns colegas de escolas de artes já eram representados por galerias e se sustentavam como artistas em tempo integral. Eu tinha sido uma das estrelas na escola, mas parecia que não conseguia ter sucesso no mundo real. Vinnie abre o presente de Edmund.

— Uma caneta-tinteiro. Isso é lindo.

— Encontrei-a em uma loja de segunda mão perto de casa, que costuma estocar tesouros — diz Edmund.

— Não acredito que você se lembrou do quanto adoro canetas-tinteiro — diz Vinnie. — Deixe-me experimentar isso. — Ele pega um bloco e escreve com a caneta. — Suave.

— Eu mesmo também prefiro usar canetas-tinteiro — diz Edmund.

— Experimente esta. — Vinnie vai até o aparador onde há um longo suporte de canetas-tinteiro. Edmund se junta a ele e experimenta várias canetas em um bloco no aparador. Eles estão de costas para nós.

Meu telefone emite um sinal sonoro.

> William: *E você se chama de Sherlock? Podia tê-lo distraído por horas se trouxesse algumas canetas-tinteiro.*

> Eu: *Não acredito que perdi o memorando sobre a fraternidade das canetas-tinteiro.*

— Onde está o Versal? — Edmund pergunta. — Miranda, você viu?

— Está no escritório — diz Vinnie.

— Posso mostrar a Miranda o Versal? — Edmund pergunta a Vinnie.

— Claro.

Edmund inclina a cabeça, indicando que eu deveria segui-lo até a outra sala.

Olá, sim, estamos entrando no escritório.

Olho para William e depois me repreendo. Eu não deveria parecer tão emocionada por acompanhar Edmund ao escritório. William acena com a cabeça e pergunta:

— Precisa de ajuda com a louça, Vinnie? — Ele empilha os pratos e vai para a cozinha.

Vinnie leva Edmund e eu para o escritório. Mais estilo moderno da metade do século do que marítimo, um carrinho de barras de ouro fica em um canto. Uma mesa *Jetson* de teca bacana fica no centro da sala, de frente para a janela, com um porta-canetas-tinteiro que percorre praticamente toda a extensão da mesa. Vinnie não tinha essa obsessão quando eu trabalhava para ele. Ele nos deixa para ajudar William na cozinha.

Eu: *Vinnie para a cozinha.*

Atrás da mesa, em ambos os lados da janela, estão duas estampas gráficas abstratas modernas de metade do século.

William: *Sem pinturas na cozinha.*

— Aqui está o Versal. — Edmund fica hipnotizado pela pintura atrás da mesa.

Eu me viro para olhar para o Versal e dou um passo para trás. Um arrepio passa por mim.

— Consegue ver. — Ele olha para mim.

— Parece um retrato de Annabelle do século XVIII. — A semelhança é assustadora.

— Sim, exatamente. — Ele olha para a pintura. — Fiquei tentado a comprá-lo antes, mas pensei que seria doloroso vê-lo todos os dias. Dado que ela escolheu David em vez de mim. Mas agora... talvez.

— Então você está aqui para comprá-lo? — pergunto.

— Sim.

Ele parece ter certeza de que Annabelle irá escolhê-lo desta vez. É muito cedo. Annabelle deve estar sofrendo com a traição de David e não em condições de escolher seu próximo parceiro. Mas não é como se Edmund fosse alguém novo. E ele é bonito, com cabelos castanho e ondulados e queixo fendido, corpo esguio; mais bonito do que David, que trabalha constantemente, sem tempo para ir à academia.

Dou uma olhada casual na mesa de Vinnie. Um folheto da Exposição de Arte Vertex está no topo de uma pasta chamada Miranda Langbroek. *Repugnante*. Vinnie parecia muito desinteressado na minha carreira há pouco. Se ao menos Edmund fosse embora para que eu pudesse ver o que há na pasta.

— Você não tem nenhuma objeção, não é? — ele pergunta.

— Com você comprar a pintura?

— Comigo, namorando Annabelle. — Ele fica mais ereto, como se estivesse tentando me impressionar.

— Não. — *Sim. Ainda sim.* Mas não sou um especialista em amor.

Seus olhos se estreitam.

Annabelle contou para ele que falei que ela não deveria sair com ele?

Edmund olha em volta, se aproxima e sussurra:

— Ouvi dizer que o Kimimoto do seu tio está à venda.

— O quê? Como?

— Através de conexões com alguns tipos nefastos.

Somente Edmund usaria a palavra "nefasto".

— Você faz esse tipo de conexão? — pergunto. — Por quê?

— Quero ser o cara que comprará o próximo Renoir recém-descoberto.

Minhas sobrancelhas sobem.

— A probabilidade disso não parece valer o risco de sair com essas pessoas. Mas você contou ao policial Johnson?

— Eu assumo riscos calculados o tempo todo nos negócios. — Ele entrelaça os dedos, como nós três costumávamos fazer quando éramos crianças para sinalizar que éramos aliados contra nossos pais. — Não conte ao oficial Johnson. Pode parecer suspeito que eu conheça esses tipos.

— Por que você está me contando?

— Quero ajudá-la a recuperar sua pintura — diz Edmund. — Aquela citação do *The Squirrel* do curador da Vertex foi bastante incisiva de que você precisa do *Brincando Por Aí 1h30* para participar.

Digamos que outra pintura possa funcionar. Use a estratégia de isca de Takashi.

— Sim. — *Não posso.* Não posso arriscar que outra pintura seja roubada.

— Você precisa recuperar sua pintura — diz Edmund. — Você ouviu Vinnie lá fora. Realmente parece que esta é sua última chance.

Aperte esse parafuso bem no meu peito, Edmund, por que não?

— Sei que sempre disse que você deveria ter se limitado ao figurativo, mas quero que tenha sucesso. — Ele olha novamente para o Versal e depois para mim. — Posso dizer que te conheci até lá.

Edmund parece ter dado uma volta de 360 graus para agora se tornar meu maior apoiador.

— Devo tentar marcar uma reunião com eles para esta semana? — ele pergunta. — Você pode me pagar quando vender sua pintura.

— Estou emocionada, mas de quanto dinheiro você está falando?

— Mil.

— Mil. Você está brincando?

— Não vale tanto assim para você?

— As pinturas valem mais. Mas isso é muito caro para pagar por informações. Como saberemos que a informação é válida?

— Não parece haver nenhum mal em conhecê-los se eles estiverem dispostos — diz Edmund. — Vou te mandar uma mensagem se eles estiverem aptos. Mas tem que ser somente nós. Ninguém mais. E não conte ao policial Johnson.

Isso parece tão suspeito. Como algo saído de um filme. Mas é uma abertura que pode revelar uma pista.

— Tudo bem. Mas ofereça quinhentos. — Eu mal posso pagar por isso.

Ele abre a porta para sair do escritório. Mas... o armário. Está tão perto.

— Este é o banheiro? — Abro a porta do armário. Este armário tem dois pacotes embrulhados no canto. Eles são maiores que os meus ou do meu tio, mas o comprimento extra pode ser plástico bolha. — Só o armário.

Vinnie e William entram na sala.

— Você gosta do Versal? — Vinnie pergunta.

— Sim. — Mas não o fato de que Edmund esteja comprando-o. — Muito evocativo. Onde está Agatha Boonland? Eu adoraria ver o trabalho dela pessoalmente.

— Não está aqui. Está de volta à minha galeria.

— Achei que você tivesse vindo para vê-lo — William diz a Edmund.

— Vim para convencer Vinnie a me vender o Versal e me dar a prioridade no Agatha Boonland.

— Está na galeria. Ele viu lá na sexta-feira, quando visitou — diz Vinnie.

— Tive que pensar mais sobre isso, mas não consigo parar de pensar, então agora sei que quero — diz Edmund.

Edmund e Vinnie estiveram juntos na sexta-feira antes da festa. E agora Edmund está aqui quando William e eu interrogamos Vinnie. Eles estão em conluio?

— Seu comprador está chateado sobre o Kimimoto? — pergunto a Vinnie.

— Humm... bastante.

Como se ele não tivesse um.

— Na verdade, ainda não contei a eles. Ainda tenho esperança de que o encontraremos. — Vinnie olha para Edmund. — Eu não queria que eles saíssem e comprassem uma pintura diferente com o dinheiro necessário para esta.

— Miranda estava procurando o banheiro — diz Edmund.

— Sim, mas abri a porta do seu armário por acidente. Você está vendendo essas pinturas? — Vamos ver se isso o confunde.

— Essas são minhas duas pinturas favoritas daqui, *888* e *99"* — diz Vinnie. — Não deixo aqui quando a casa é alugada. Eu os trago de volta para a cidade.

Nenhum sinal de preocupação.

Saio para ir ao banheiro. Mantendo a temática náutica, o banheiro é azul bem escuro com toalhas brancas. Uma boia redonda está pendurada acima do toalheiro próximo ao espelho de formato de janela vigia. Mas o rodapé está desgastado e precisa de uma pintura. Uma rachadura no vidro da janela está tapada com fita adesiva.

Eu poderia esperar no banheiro até eles passarem, então inspecionar as pinturas no armário. Mas teria que rasgar o embrulho.

Muito óbvio. Seco minhas mãos. Não saber vai me matar. Poderia colocar o dispositivo de rastreamento neles, mas é grande e com certeza seria encontrado quando as pinturas fossem desembrulhadas. Ainda assim, parece valer a pena.

Saio do banheiro. Estão todos conversando na sala. Entro correndo no escritório, abro suavemente a porta do armário e deslizo o dispositivo de rastreamento sob o plástico-bolha, encaixando-o na moldura da pintura para esconder seu volume.

Eu me junto a eles na sala de estar.

— Vocês querem jantar conosco? — Vinnie pergunta.

— Não, acho melhor voltarmos — digo. William começa a se levantar ao meu lado.

Nós nos despedimos e entramos no carro de William. O cheiro de fumaça vindo de uma chaminé próxima se espalha.

— Tive certeza de que você gostaria de ir com eles e questioná-los um pouco mais. — Ele afivela o cinto de segurança.

— Não, deveríamos voltar e verificar aquelas pinturas assim que forem para o restaurante.

A cabeça de William se vira para me encarar.

— Você está louca?

— Um pouco. Mas vamos lá, duas pinturas estavam lá.

— Você o ouviu. A explicação dele fazia sentido. Não parecia estar mentindo.

— Isso vai me deixar louca.

— A casa dele tem sistema de alarme. Não podemos invadir.

— Você não precisa invadir. Eu farei isso.

— Se sou o carro da fuga, sou só um acessório. Não. — William pega o telefone e disca um número.

— Para quem você está ligando?

— Takashi. Ele conhecerá as pinturas favoritas de Vinnie. Tio Takashi? Estamos do lado de fora da casa de Vinnie. — William explica que vimos duas pinturas embrulhadas no armário e como Vinnie reagiu. Ele murmura um adeus e desliga. — Aquelas são as pinturas favoritas de Vinnie. Ele não sabe se Vinnie viaja entre as casas com eles, mas poderia.

— Você não precisa ser o carro da fuga. Vou pegar o trem para casa.

— Não seja ridícula.

— Não sou. Viemos aqui para ver se ele roubou as duas pinturas, e há duas pinturas embrulhadas no armário dele. E você quer ir para casa e não dar uma conferida. — Que decepcionante. Achei que ele teria mais coragem do que isso.

— Conferida? Esse é um bom eufemismo. Invada uma casa alarmada e seja filmado por suas câmeras de segurança. Depois desembrulhamos algumas embalagens, que provavelmente não conseguiremos embrulhar da mesma forma — diz William com a voz entrecortada. Mas então ele acrescenta em um tom mais leve: — E pensei que ele estava falando a verdade sobre aquelas pinturas.

— Ele tem câmeras de vídeo?

— Sim. No canto do hall de entrada, voltado para a entrada. Talvez seja assim que ele mantém seguro quando está fora.

Um vídeo meu invadindo uma casa postado no *The Squirrel* não seria bom. Merda. Fecho os olhos, encosto a cabeça no encosto, respiro fundo e conto até dez mentalmente. Deixa para lá.

— Tudo bem — eu digo. — Estou frustrada.

— Sinto muito.

— Não, não é sua culpa. Você tem razão. Não preciso de uma acusação de arrombamento em minha ficha.

— Quanto valem o Versal e o Boonland? — William pergunta. — Essas duas vendas compensam a perda do Kimimoto?

— Acho que não. Talvez juntos valem cem mil dólares.

— Devemos ir para casa agora? — ele pergunta gentilmente.

Desvio o olhar, pela janela. Outras casas de famílias alinham-se na rua. Um amigo fugitivo da prisão é provavelmente um anacronismo total para ele.

— Mas é estranho que Edmund tenha vindo até aqui para persuadir Vinnie a dar-lhe a prioridade — diz William. — Uma simples ligação não seria suficiente?

— Acho que ele queria comprar o Versal e levar para casa ainda hoje. Edmund é um verdadeiro colecionador. E conheço muitos colecionadores de arte, obviamente. É como uma necessidade visceral de ter isso naquele momento. E com o Edmund, por que a mãe dele morreu quando ele era muito jovem, sempre pensei que para ele colecionar é como uma proteção contra a morte. Ele está criando essa coleção que irá durar mais que ele.

— Isso é muito perspicaz.

— Não particularmente. Li isso em algum lugar quando estava estudando o que faz as pessoas colecionarem arte. Achei que era algo que eu deveria saber como artista. — Dou de ombros.

— Ainda assim é estranho. Principalmente porque eles estiveram juntos na sexta-feira antes da festa. Isso me faz pensar que eles podem estar trabalhando juntos.

— Pensei a mesma coisa. Mas Vinnie admitiu que tem problemas financeiros. E ele valoriza sua reputação. Mas tenho a sensação de que ele ainda se ressente por eu tê-lo rejeitado. — Aperto minhas mãos no colo.

— Ele certamente foi desagradável com suas pinturas, e aquele comentário sobre o conselho dele não foi legal. Mas não faz sentido. Ele ganharia mais dinheiro com comissões sem correr o risco de ser preso.

— A coisa toda não faz sentido — digo, frustrada. — Sabe, a janela da sala estava aberta. Você dirige até o estacionamento perto da locadora de esquis, e eu simplesmente voltarei e ouvirei pela janela. Não sabia que Vinnie e Edmund eram tão próximos.

— Você realmente espera que eles estejam sentados aí, discutindo isso? "Então Vinnie, onde você está escondendo o Kimimoto? Já temos compradores?"

— Não esperava ver Edmund aqui. Eles são cheios de surpresas. De qualquer forma, será no máximo meia hora, e não me sentirei tão mal com o fato de que as duas pinturas embrulhadas no armário possam ser as que estamos procurando.

— Está bem. — Ele dá um tapinha no meu braço.

— Está bem?

— Está bem. — Ele acena com a mão em um movimento.

Destranco a porta e corro para me esconder atrás de uma árvore. Ele liga o carro e vai embora. Os mosquitos zumbem na minha cabeça. Talvez esta não tenha sido minha ideia mais brilhante.

10

DOU DE OMBROS. ESTÁ feito agora. Mantenho-me entre as árvores até chegar ao lado da casa sem janelas à vista. A costa é clara. Um. Dois. Três. Corro até a casa, encostando-me na parede externa, e depois vou na ponta dos pés até a esquina. De joelhos, rastejo para me agachar sob a janela aberta da sala de estar e depois mudo para sentar com as pernas cruzadas.

— Está quente demais para pegar isso agora. — Ainda ouço a voz de Vinnie. — Espere até que esfrie.

Eu sabia! Sento-me direito para chegar o mais perto que posso.

— Você quer leite e açúcar nele? — Vinnie pergunta.

Chá. Eles estão falando sobre chá.

O chão é duro e úmido. Partes da conversa flutuam pela janela aberta. Vinnie comprou recentemente um porta-caneta-tinteiro de casca de caranguejo no Etsy. As garras do caranguejo seguram a caneta-tinteiro. Ele está muito satisfeito por combinar com o resto de sua decoração.

Aquele tapinha no meu braço quando William disse que eu poderia voltar e ouvir pela janela foi fofo. Sinto que ele entendeu minha necessidade de ouvir a conversa de Edmund e Vinnie.

O pinheiro do qual estou me cobrindo está me incomodando. Eu dou um tapa em um mosquito. O ar tem um cheiro mais fresco aqui do que na cidade de Nova Iorque.

— Estou muito feliz em conhecer outro aficionado por canetas-tinteiro — diz Vinnie.

— Você já experimentou *Graf von Faber-Castell*? — Edmund pergunta. — Esse é o meu novo favorito.

— Vou experimentar — diz Vinnie.

Eles não parecem estar em conluio roubando arte. A menos que *canetas-tinteiro* sejam o código para Kimimoto ou *Brincando Por Aí 1h30*. Se eu substituir Kimimoto por caneta-tinteiro, não faz sentido: "Estou feliz em conhecer outro aficionado por Kimimoto" ou "esse é meu novo Kimimoto favorito".

A menos que os nomes das marcas de canetas-tinteiro sejam potenciais compradores. Mas pego meu telefone, e o Google confirma que as empresas mencionadas são reais. Eu provavelmente deveria desistir e mandar uma mensagem para William. Suspiro e verifico meu telefone em busca de sua localização. Ele está no estacionamento.

— Você já tem o Versal há um ano e ainda não conseguiu vendê-lo — diz Edmund.

— Mas você o quer. E quando você quer alguma coisa, Edmund, você *realmente* quer alguma coisa. Pelo que eu vi, você fica obcecado. Sua coleção prova isso.

Ele conhece bem Edmund.

— Não nego que os colecionadores tendem a ser obsessivos, mas não é por isso que coleciono — diz Edmund.

— Por que você faz isso então? — Vinnie pergunta.

— Sem dúvidas, adoro minha coleção de arte, mas é muito mais do que isso. Conheço tantas pessoas que compartilham meus interesses e posso ir a todos os tipos de lugares remotos que nunca iria normalmente se não fosse por isso. E gosto de conhecer artistas e ouvir sobre suas paixões e o que os inspirou. Não foi por isso que você se tornou um negociante?

Vinnie murmura algo que não consigo ouvir e então diz:

— Mas há pinturas que preciso ter.

— Este não é um deles para mim. Ofereci o que estou disposto a pagar — diz Edmund.

Ah não, e se ele estiver saindo? Eu me movo para me levantar, mas meu pé está dormente e a dor formigante quase me faz gritar.

— Vendido — diz Vinnie. — Posso te mostrar outros? Tenho alguns de que você pode gostar.

A água da terra molhada agora está escorrendo pelas minhas calças e entrando na minha calcinha. Estico as pernas para poder me levantar para sair.

Meu pé faz cócegas. Eu olho para baixo. E grito. Uma coisa enorme, viscosa e parecida com uma lesma está rastejando no meu pé. Pulo e balanço meu pé.

Merda.

Corro pela lateral da casa, apenas para esbarrar em um peito duro.

William. Suas mãos se estendem para me firmar, então ele me puxa para mais perto dele.

— O que aconteceu?

— Uma lesma no meu pé.

— Sei que ouvi alguma coisa. — A voz de Vinnie. Som de pedregulhos. Eles estão fora da casa. Devem estar na trilha que leva até a porta.

William me joga contra a parede atrás de um pinheiro que fica perto o suficiente da casa para nos esconder. Seu peito está contra o meu.

Nossos olhares se encontram. Estamos a centímetros de distância. Ele cheira a ar fresco. Eu aperto ainda mais seu bíceps. Ele não me libera. Nós nos encaramos. Seus olhos se arregalam. Ele deve ouvir meu coração batendo. É como se um campo de força eletromagnética nos unisse, uma conexão que se acendesse, que nos prendesse neste abraço. Ele me agarra com mais força. *É uma sensação excitante.*

Ele coloca o dedo nos lábios e me abraça com força, e é tão quente e reconfortante. Seu olhar vai para meus lábios. Suas orelhas ficam vermelhas. Meu coração dispara. *Quero beijá-lo.*

Som de pedregulhos novamente.

Edmund diz:

— Não ouvi nada. Talvez fossem aquelas crianças gritando daquela casa ali. Não poderia ter sido Miranda. O carro deles se foi.

A porta da frente se fecha. Ficamos parados, com os nervos tensos, esperando para ver se isso é apenas uma farsa. Há apenas o som de alguns pássaros cantando. William me solta, recuando. Parece frio de repente. Olho para baixo para me recompor. William agarra minha mão, e nos esgueiramos por trás da casa em direção à estrada.

— Foi por pouco — eu digo.

— Muito perto. — William cora.

Caminhamos pela estrada curva e preta, sob a copa das árvores, passando por algumas casas espalhadas aqui e ali.

— Você conseguiu alguma coisa? — ele pergunta.

— Na verdade, não. Vinnie conhece bem Edmund. Ele comprou o Versal. Eles parecem ter uma relação revendedor/cliente. Me desculpe, desperdicei seu tempo.

Chegamos ao estacionamento, e vou até a porta do passageiro do carro.

William diz:

— Espere.

— O quê?

— Sua bunda parece muito suja daqui. Sente-se no meu casaco.

— Você está olhando minha bunda? — pergunto.

Ele tira o casaco e me entrega.

— Estou protegendo o banco do meu carro.

Eu concordo.

— Certo. E o seu casaco?

— Mais fácil de lavar. — Ele coloca no banco para mim.

— Eu me sinto mal por estar sujando seu casaco.

A luz do dia diminui até o anoitecer, e os grilos cantam. Os pneus do carro rangem ao virar o cascalho. Outro dia e ainda sem respostas.

Nós dois ficamos em silêncio enquanto pegamos a rodovia de volta à cidade de Nova Iorque. William parece estar concentrado na estrada. O silêncio parece ensurdecedor.

— Edmund disse que ouviu que o Kimimoto está à venda através de algumas conexões nefastas.

— Nefastas? — William pergunta.

— Assim que ele disse, literalmente. Mas não quer que o oficial Johnson saiba. Falou que eu poderia encontrá-los com ele.

— Devíamos contar ao oficial Johnson.

— Edmund me disse para não fazer isso.

— Você acha que o oficial Johnson é bom?

— Sim.

— Então você deveria confiar nele e não sair para encontrar conexões nefastas com Edmund.

— Talvez — eu digo. — Isso pode ser uma pista.

— Prometa-me que não irá encontrá-los sozinha.

— Iria com Edmund. Ele disse que não posso levar mais ninguém.

— Eu poderia rastrear vocês.

— Não quero que você se machuque se eles o encontrarem, se isso for realmente uma gangue de verdade.

— E quanto a você?

— Não acho que eles vão machucar uma mulher.

— Você acha que eles seguem algum código de cavalheiros?

— Provavelmente não. Mas posso cuidar de mim mesma e Edmund estará comigo.

— Não acho que você deva se encontrar com eles apenas com Edmund — diz ele. — Podemos chegar a um consenso e não agir unilateralmente, especialmente quando não estão apenas os seus próprios interesses em jogo.

Parece que a preocupação dele é a minha segurança. E eu posso cuidar de mim mesma.

O trânsito está moderadamente intenso, mas ainda estamos voltando para Manhattan em bom tempo. Tiro do bolso um pacote de M&Ms de amendoim.

— O que você está comendo?

— M&Ms de amendoim. Posso comer no seu carro, certo?

— Sim — ele diz.

— Fico mal-humorada quando estou com fome, então levo um lanchinho extra para afastar minha personalidade Hyde.

Ele ri.

— Você vai compartilhar?

— Se eu estivesse comendo uma barra de Snickers, você me pediria para compartilhar?

— Não — ele diz.

— Então, só porque os M&M vêm em porções individuais, tenho que compartilhar?

— Não se você não quiser. Mas sim, eles são compartilháveis.

— Tudo bem — eu digo. — Abra a boca, e eu coloco um pouco.

— Você pode entregá-lo para mim, e eu coloco na boca! — William fala alto.

— Você pode sujar de chocolate as mãos e depois o volante. Tem certeza de que quer arriscar isso?

— Bom argumento. — Ele olha para mim. — Está bem.

Eu sorrio sorrateiramente e coloco um M&M em sua boca. Meus dedos roçam levemente seus lábios. Ele também tem maçãs do rosto bem definidas. Quero tocá-los e bagunçar seu cabelo preto e macio. Para fins de modelagem artística. Meu estômago dança. Entre outras finalidades.

— Avise-me quando estiver pronto para o próximo — digo, enquanto ele mastiga.

— Tranquilo.

— Você fica mal-humorado quando está com fome?

— Não, na verdade não. Deveríamos parar para jantar nesta saída? A placa verde à nossa direita anuncia a próxima parada de descanso e os restaurantes disponíveis.

— McDonald's? — pergunto.

Ele pega a próxima saída e estacionamos no amplo estacionamento. Pego seu casaco, mas ele diz para deixá-lo. O ar está frio lá fora e corremos para a porta da frente. No interior há a habitual atmosfera caótica e plástica de uma parada de descanso iluminada por uma luz fluorescente brilhante; as famílias entram e saem com pressa. Tem que ser o lugar menos romântico possível. Eu coro. Não que eu esteja imaginando um romance com William. Mas o jeito que ele me segurou...

A pessoa no balcão nos acena e pede nosso pedido. Peço um McLanche Feliz com um hambúrguer extra. Ele me lança um olhar como se dissesse: "Sério?"

Agora, temos que encontrar uma mesa vazia e relativamente limpa. Limpando as migalhas restantes com um guardanapo, sentamos nos assentos de plástico laranja e desembrulhamos a comida.

— Não acredito que você comprou um McLanche Feliz — diz William.

— Às vezes eles têm bons brinquedos para minha amiga que adora casas de bonecas. — Eu seguro um mini carro.

Ele balança a cabeça.

— Achei que eles só vendessem isso para crianças.

— Sou jovem de coração. É uma sociedade secreta — digo. — Eles sabem quando eu peço.

— Existe um código que você fala?

— Não posso compartilhar isso. É confidencial.

— Você mostrou a língua para eles?

Mostro a língua para William.

— Não!

Dou corda no meu carro de corrida, e ele acelera até ele.

— Está com inveja?

— Estaria se tivesse cinco anos.

— Eu trouxe o brinquedo de menino para você — Os olhos de William se arregalam, e ele passa a mão pelos cabelos pretos. — Estava preocupada que você não soubesse o código secreto — digo.

William pega o carrinho de brinquedo, parecendo confuso. Mergulho meu nugget de frango no molho de amendoim. Ele dá corda no carro e aproxima-o de mim.

— Você não quer?

— Sim, eu quero — diz ele. Dou corda no carrinho novamente e o devolvo.

— Eu já tenho um. Eles têm um bom valor. — Termino minhas batatas fritas. —Acho que foi Edmund quem falou com o *The Squirrel*. Você acha que Vinnie e Edmund poderiam estar trabalhando juntos? Não ouvi nada suspeito.

— Achamos que poderia ser uma possibilidade — diz ele.

— Vamos colocar ambos como tendo um motivo pessoal para me machucar. —Anoto na planilha. — Mas se eles estão trabalhando juntos, por que iriam querer que soubéssemos disso? — Eu me recosto na cadeira.

— Se esse crime deveria ser pessoal, talvez eles queiram que você saiba que tem dois inimigos.

Dois inimigos. *Que ótimo.* Exatamente o que eu preciso. Vinnie ou Edmund arriscando serem presos para sabotar minha carreira é difícil de acreditar, mas tem que ser um ou ambos. William estende a mão como se quisesse me tranquilizar, depois se afasta. Eu não quero que ele se preocupe.

— Devíamos comprar um sorvete do McDonald's de sobremesa — digo.

— Engraçado — ele diz. "Eu também sempre pulo os *food trucks* de sorvete e pego um do McDonald's quando tenho vontade de sorvetes no verão. Juri sempre zombou de mim por causa disso.

— Quem é Juri?

— Ela era minha namorada na faculdade de administração. — Seus olhos ficam escuros, e suas sobrancelhas franzem um pouco, mas também há uma leve sombra de sorriso em seus lábios.

— Por que vocês terminaram?

— Ela queria voltar para o Japão, mas eu não — diz ele.

William ainda está apaixonado por Juri? Juri é quem agora está casada? Isso seria óbvio demais para perguntar. Ele se arrepende de deixá-la? Coloco meus recipientes vazios e embalagens na bandeja.

— Por que você não quis voltar para o Japão?

— Morei lá por um ano depois da faculdade, antes da faculdade de administração. Adorei, mas, no final das contas, sinto que sou americano demais para morar lá pelo resto da minha vida. Só preciso visitar com frequência para recarregar as energias. — Ele fica de pé. — Vou pedir os sorvetes.

Esvazio nossas bandejas de recipientes no lixo e espero na saída. William se junta a mim e me entrega minha casquinha de sorvete. Está escuro lá fora agora, e o ar está frio.

— Sei o que você quer dizer com "ser americano demais" — digo.

— Meu pai é holandês. Fiz um estágio de arte em Amsterdã e adorei. Mas morar permanentemente em lá... sou muito nova-iorquina. Não consegui nem me mudar para a Califórnia quando Peter me pediu.

— Quem é Peter?

— Meu namorado da faculdade.

— Vocês terminaram porque você não queria se mudar para a Califórnia? — Ele tira a embalagem da casquinha e joga fora.

— Não, eu não penso assim. Estávamos tendo problemas antes disso, mas é uma desculpa conveniente para explicar por que terminamos. E vamos continuar amigos.

—É tão importante continuarmos amigos depois? — ele pergunta.

— Se eu amei alguém o suficiente para namorá-lo, ainda o quero em minha vida, mesmo que não estejamos namorando. Não concorda?

— Sinto que quando me encontro com elas, fico inundado de lembranças de como me senti. Não há problema em conversar ou enviar e-mails, mas nos encontrarmos pessoalmente... — Ele balança a cabeça. — Sou muito grato pelo amor que tivemos juntos, mas não quero revisitá-lo. — William coloca as mãos nos bolsos e esfrega o sapato.

— Você viu Juri no casamento?

— Sim.

— E machucou? — pergunto.

— Não. Parecia que eu estava vendo um velho amigo. Mas isso não é pior? Achei que poderia me casar com ela.

— Não. Significa apenas que vocês se afastaram porque se separaram. Não reflete necessariamente o que vocês tiveram juntos. É autopreservação. É como se você tivesse contraído a doença, mas depois tomasse uma vacina que lhe desse imunidade...

—Então eu não morreria da doença? — Ele ri e balança a cabeça.

— Tudo bem, a analogia não funciona muito bem. — Eu olho para ele assim que ele desvia o olhar. Ele estava olhando para mim? Ele olha para frente.

— Não tenho certeza se poderei continuar amigo depois de namorar alguém.

Ele está me dando um aviso, não está? Está traçando uma linha que não podemos namorar. Espero que ele avise a qualquer cupido maluco da química amorosa para se comportar também.

Tudo bem. Somos apenas colegas detetives. Meu objetivo é encontrar as pinturas.

Meu telefone emite um sinal sonoro.

Edmund: *Encontraremos eles na quarta-feira.*

11

A PLATAFORMA L DO metrô está relativamente vazia enquanto espero Edmund na escada rolante. Embora ele não tenha motivos financeiros, se for pessoal, suspeito que seja ele. Talvez porque éramos rivais quando crianças, competindo pela atenção de Annabelle. Se eu passar um tempo com ele, ele poderá revelar algo.

Estou entre várias outras pessoas, cuidadosamente sem fazer contato visual e ainda assim observando onde cada pessoa está na plataforma. Os cartazes de serviço do MTA nas colunas azuis de metal confirmam que o trem L está percorrendo todo o caminho até nossa parada.

Finalmente, Edmund, vestido de terno e carregando uma pasta, desce a escada rolante. Parece que está indo para uma reunião de negócios, não para um encontro com conexões *nefastas*. Isso é reconfortante. Estou usando um boné de beisebol, óculos escuros grandes e roupas de ginástica, para correr melhor se precisar.

Não contei ao policial Johnson sobre as conexões de Edmund, mas o alertei de que ele disse ter ouvido falar que o Kimimoto estava à venda. O oficial Johnson falou que também ouviu isso. Foi um bom sinal. Não desapareceu na coleção de arte de algum mafioso como garantia futura para uma sentença mais leve ou como produto de um esquema de lavagem de dinheiro. Ele disse que eles estavam apurando isso. Eu me pergunto se eles vão montar uma operação policial. Fizeram isso uma vez, quando eu trabalhava na Christie's. Parte meu coração pensar em uma obra de arte única sendo danificada ou nunca mais vista. O oficial Johnson não tinha ouvido nada sobre *Brincando Por Aí 1h30*. Edmund me alcança.

— Desculpe estou atrasado. Eu estava conversando com alguns investidores.

Além de gerenciar remotamente fazendas de azeite, o que Edmund realmente faz é um mistério para mim. Ele deve administrar algum fundo, pois está sempre falando sobre seus investidores.

— Como vai? — ele pergunta.

— Já estive melhor.

— Parece que está bem, considerando — diz ele.

Devo fingir que tenho outro quadro para a exposição? Como Takashi aconselhou? Será que Edmund acreditaria nisso? Ele está ligeiramente inclinado para a frente, com os ombros curvados. Postura insegura típica de Edmund. Não a postura de alguém se vangloriando.

— Não posso simplesmente perder a esperança de que não encontraremos as pinturas.

Ele concorda.

— Tem isso.

— Você resistiu a alguns eventos bastante traumáticos — digo. A mãe dele morreu quando ele era bebê, e ele foi criado por um pai mais velho e distante.

— Quando Annabelle me disse que iria se casar com David, eu não conseguia sair da cama.

Ele parecia um lixo na festa de noivado de Annabelle.

— Mas você saiu.

— Lembrei-me de quantos casamentos terminam em divórcio e decidi também não perder as esperanças — diz ele. — Mas acho que as estatísticas sobre a devolução de pinturas roubadas não são tão altas.

— Você está tentando me desanimar? — pergunto.

— Não, na verdade, não — ele diz. — De qualquer forma, estou namorando alguém novo agora. Encontrei uma mulher que me aprecia.

Eu fico olhando para ele. Ele está namorando alguém? Superou Annabelle? Então talvez ele não tenha um motivo.

Uma onda repentina de ar passa pela estação, sinalizando que o trem L está chegando. Embarcamos, arrastando os pés em direção ao meio, cada um segurando a barra. Na próxima parada, as pessoas sentadas à nossa frente saem e nós nos sentamos. À nossa frente está um trabalhador da construção civil empoeirado, com os olhos fechados enquanto se recosta para descansar no assento. Edmund abre o paletó e coloca a pasta no colo. Espero sinceramente que não esteja carregando uma pasta cheia de quinhentos dólares em dinheiro como nos desenhos animados. Ele sussurra para mim:

— Tenho o dinheiro na minha pasta. Em notas não marcadas. O pagamento de mil dólares.

Merda.

— Eu falei quinhentos.

— Ele disse mil. Não é tanto dinheiro quanto a sua pintura e o Kimimoto valem no mercado aberto — diz ele. — Você pode me pagar quando vendê-los.

— Mas não vamos comprar as pinturas de volta agora — digo. — Estamos apenas obtendo informações que podem ou não estar corretas. Eu definitivamente preferiria não pagar tanto dinheiro agora. Você já se encontrou com essas pessoas antes?

— Não, mas conheci o cara que armou para nós. Ele já quis me vender uma pintura, mas eu estava preocupado com a procedência. No final das contas, decidi não comprar.

— Porque você duvidou de sua proveniência? —pergunto. — Isso não é tranquilizador.

— Porque eu não estava apaixonado por ela.

Justamente quando penso que não gosto de Edmund, ele diz algo que me conquista. Você tem que estar apaixonado por uma pintura para comprá-la. Uma pintura deve fazer você sentir algo ao olhar para ela. Mas esse era um padrão elevado a ser alcançado. E se as pessoas quiserem comprar a minha arte como investimento, também apoio totalmente essa abordagem.

— Como estão indo suas pinturas? — Edmund pergunta solícito.

— Não muito bem. Eu perdi meu charme. Mas vou recuperá-lo.

— Por causa da perda da exposição? — Sua expressão está preocupada.

— E do meu quadro. — Não gostei de saber que meu quadro havia sumido, potencialmente para sempre. Uma coisa era vendê-lo para alguém que o valorizava, e outra era pensar que ele seria destruído por despeito ou deixado para acumular poeira como garantia.

Edmund costumava se gabar abertamente quando eu me metia em encrencas. Meus olhos se estreitam. Este solícito Edmund é uma bandeira vermelha.

— Por que você estava com o sobrinho de Takashi? — ele pergunta. — Eu poderia ter levado você até a casa de Vinnie. Só precisava pedir.

— Ele quer encontrar a pintura de seu tio. Não sabia que você conhecia Vinnie tão bem. Teria sido um pouco demais para mim pedir que você me levasse.

— Iria só por você.

— Porque sou irmã da Annabelle? — pergunto lentamente.

— Porque crescemos juntos. Estou aqui por você.

É o que Edmund sempre diz, mas uma vez ele nos levou de carro até uma festa de formatura em Long Island e depois me deixou lá. Ele disse a Annabelle que eu tinha ido com Rex, e eles partiram juntos. O tempo sozinho com Annabelle era mais valioso do que me trazer para casa.

— Como você conhece Vinnie tão bem?

— Não o conheço tão bem assim — diz Edmund. — Temos gostos semelhantes em arte. Parece que podemos ser úteis um para o outro.

Quão útil assim? O gosto artístico de Vinnie é muito mais amplo, sendo Kimimoto um excelente exemplo de arte abstrata de que ele gosta.

Saímos do metrô e caminhamos pela rua larga e deserta. Um par de tênis está pendurado em um poste de luz. Nenhuma árvore quebra as calçadas de concreto. Uma placa de uma oficina metalúrgica está torta, e um aviso de despejo colado na grade da loja. Um saco plástico vazio desce a rua com o vento.

— Não deveríamos nos encontrado aqui — digo. Passamos por um açougue, os ganchos para as fatias de carne estão pendurados e vazios, o cheiro de sangue seco persistente. — Devíamos ter nos encontrado em Manhattan, em uma rua muito movimentada, em uma lanchonete lotada.

— Eles só nos encontrariam aqui — diz ele. — Eu particularmente não queria vir para o Brooklyn. — Edmund geralmente não
se afasta muito de seu bairro no Upper East Side, semelhante aos
nova-iorquinos que nunca vão para o norte da rua 14.

Passamos por um lugar de escavação que parece uma pedreira, e
um bom lugar para ser enterrado. Edmund não tem músculos em
seu corpo. Ele é magro. Nem praticava esportes no ensino médio. Sei
alguma coisa de legítima defesa, mas não posso me dar ao luxo de me
machucar. Preciso ser garçonete e atuar se não entrar dinheiro com
a venda de pinturas. Isso pode ter sido um erro.

Verifiquei o local do encontro no Google Maps. É uma cafeteria,
e a porta dos fundos dá para um estacionamento. E se formos em-
purrados para dentro de um carro? Minha imaginação está acelera-
da. Tessa está me rastreando pelo telefone, a menos que seja chamada
para uma reunião.

Meu telefone toca. É William. Silencio meu telefone.

— Como saberemos quem vamos encontrar? — pergunto.

— Ele estará com um livro — diz ele.

— Não uma rosa? — pergunto.

— É bom saber que você ainda não perdeu o seu senso de humor.
— Edmund abre a porta de vidro do restaurante pequeno e simples.
Um sino toca. Uma garçonete perto da caixa registradora no balcão
ao fundo gesticula para encontrarmos uma mesa e depois volta a
verificar o telefone. Um homem enorme, musculoso e de bigode está
na mesa de fórmica no canto, de costas para a parede. Ele segura um
livro como se o estivesse lendo. Caso contrário, o restaurante estaria
vazio.

Edmund retira seu livro da pasta. O que há com esse código das
antigas? Eu teria pensado que eles ligariam um para o outro. Estou

em um filme ruim de segunda categoria. E você sabe o que acontece com a garota estúpida desses filmes, aquela que decide passear à noite de lingerie.

O homem assente.

Nós nos aproximamos. Quando puxo minha cadeira, ouço um som áspero contra o piso de linóleo. Estremeço.

— Você disse que tinha informações sobre o Kimimoto? — Edmund pergunta.

— Sim — o cara responde com uma voz profunda e rouca, com sotaque nova-iorquino. — Primeiro o dinheiro.

— Primeiro precisamos saber se a informação realmente vale o dinheiro investido — diz Edmund.

Sim, vai lá Edmund. Eu não esperava que ele fosse bom nisso.

Os dois homens se avaliam como touros se preparando para uma luta. Afasto minha cadeira para ficar fora do caminho.

O homem diz:

— Há uma rede de arte em Staten Island. Roubam as artes e vendem na Europa, em países onde a proveniência não importa tanto. Eles espalharam a notícia de que o Kimimoto está à venda.

Inclino minha cabeça. Ele sabe alguma coisa sobre como funciona o roubo de arte.

— Como podemos contatá-los? — Edmund pergunta.

— E quanto ao *Brincando Por Aí*? — pergunto.

Ele olha para mim brevemente, com desdém.

— Sim, esse também.

— Por quanto eles estão vendendo? — Eu poderia usar minhas economias para comprá-lo de volta. Valeria a pena para mim.

Ele estende a mão grande pedindo o dinheiro.

Mil dólares. Isso é três semanas de serviço de garçonete em tempo integral para conseguir. Eu olho para ele, considerando. Sua mandíbula está rígida, protuberante, e ele cruza os braços, esperando. Ele me ignora, mantendo os olhos em Edmund.

O bigode é falso. Uma ponta do bigode está enrolada longe de sua pele. É um bigode de fantasia. Parece notavelmente real, mas não para mim. Cresci assistindo personagens criados a partir de potes de maquiagem e prateleiras de acessórios. Estendo a mão para impedir Edmund enquanto ele destrancava sua pasta.

— Não tenho certeza...

— Você não tem certeza do quê? — rosna o cara.

— Quero discutir isso com Edmund em particular — digo. — Ali fora.

Edmund fica com uma expressão contraída, e seus lábios se comprimem em um corte. Eu me levanto e saio, sem olhar para trás. Ele me seguirá. Quando abro a porta, sua cadeira raspa no chão. Ele está seguindo. Lá fora, a rua ainda está deserta. Lá dentro, o cara se levanta e pega o telefone. De pé, ele parece ainda mais imponente. Afasto-me da janela do café.

— Ele está usando um bigode falso — eu digo. — Não acho que ele seja real.

— Do que você está falando? — Edmund caminha. — Não podemos deixar de dar o dinheiro. Ele acabou de nos contar sobre um círculo artístico de Staten Island.

— Nunca ouvi falar de um círculo artístico em Staten Island.

— Você não trabalha para a Christie's há anos. Tenho certeza de que novos círculos começaram. Como você saberia? — O tom de Edmund é desdenhoso.

— Por que ele está usando um bigode falso se é real?

Edmund fica paralisado.

— Como você sabe que é falso? O que o bigode falso tem a ver com isso? — Mas ele diz isso em tom de "o que você sabe?" como se estivesse incorporando minha mãe. Eu permaneço firme.

— Tem tudo a ver com isso. Um criminoso não vai usar bigode falso. Dá cem dólares, e vamos embora. Não vamos pagar mil dólares a ele.

— E se ele não aceitar isso? — Edmund empalidece. — Prefiro dar a ele o dinheiro do que me machucar.

Nós nos encaramos. Os olhos de Edmund piscam rapidamente. Ele cruza os braços, as mãos nas axilas. Parece genuinamente assustado. Eu mordo meu lábio. Por alguma razão, esse cara está fingindo saber sobre o círculo artístico, então alguém o conduziu a fazer isso. Mas mesmo que o submundo do crime não use bigodes falsos, o fato de ele estar aqui, mesmo que esteja fingindo, ainda é preocupante.

— Vou pagar a ele os cem dólares e você fica aqui — digo. — Chame um Uber ou algo que possa nos buscar rapidamente.

Edmund verifica seu telefone.

— O único Uber fica a vinte minutos de distância.

— Pegue mesmo assim — eu digo. — Vou negociar. — Tenho cem dólares na minha carteira. Edmund clica para solicitar o Uber.

— Não posso deixar você enfrentá-lo sozinha — diz ele.

— Esteja pronto para correr então — eu digo.

Edmund me dá um breve aceno de cabeça.

Marchamos de volta para dentro. O cara avança pesadamente. Ele tem bíceps absolutamente enormes. Está vestindo uma camiseta preta, mas existem casacos que cabem nos músculos dos braços tão grandes?

Concentre-se.

— Olha, não acredito em você — digo ao cara, a uma distância de três metros. — Nunca ouvi falar de um círculo artístico de Staten Island. Pagaremos cem dólares pelo seu tempo e por essas informações, mas não precisamos de mais nada.

O cara tem uma reação tardia. Ele olha para nós.

— Isto não é suficiente. Eu dei boas informações a vocês — diz ele. — Posso colocá-los em contato com eles.

Edmund diz:

— Nós lhe daremos duzentos.

— Edmund. — Sinto que estou bancando o policial mau.

Edmund tira duzentos dólares e entrega a ele. Eu balanço minha cabeça. O cara embolsa o dinheiro.

— Azar é o teu. — Ele ri.

Estou errada? Mas não tinha motivo ele usar um bigode falso. Além disso, se houver algum círculo artístico de Staten Island, podemos descobrir daqui.

Saímos correndo do restaurante antes dele. Agora estamos presos esperando o Uber. Ando a uma distância segura da porta, mas Edmund não se apressa, como se estivesse alheio a qualquer perigo.

— Edmund... — eu sussurro.

O cara sai e vira à esquerda, mas de repente dá meia-volta, corre e pega a pasta de Edmund. Edmund dá um grito de choque, a boca aberta, o corpo congelado. O cara sai na direção oposta.

Eu o persigo. Ele é rápido, mas é pesado e mais baixo que eu. Estou ganhando.

Pelo canto do olho, um carro está parando ao lado. Merda. Provavelmente seu cúmplice. Nenhum Edmund atrás de mim.

O carro para. Última chance. Eu salto para enfrentá-lo. Ele me esbarra com o braço. Eu tropeço, mas estou de pé novamente. Ir para os ombros foi um erro. Mire nas pernas. Corro para alcançá-lo e mergulho em suas pernas, agarrando-as.

Nós dois caímos.

Argh. Dor aguda. Meus joelhos bateram no concreto.

Ele solta a pasta enquanto estende as mãos para impedir a queda. Meus joelhos doem. Pelo menos a parte superior do meu corpo está em cima dele.

— Sai pra lá — ele me diz.

Eu me levanto rapidamente e pego a pasta.

Ele se levanta, me xingando novamente, e se agacha. Vai me atacar ou pegar a pasta. Trocamos olhares, e seus olhos se estreitam. Sua mandíbula aperta.

Posso sentir o cheiro do meu medo. Eu deveria me virar e correr, mas minhas pernas estão gelatinosas. Ele projeta a testa, como um touro prestes a atacar, com as sobrancelhas franzidas. Eu choramingo e me afasto. *Tudo bem, Miranda, no três, corra o mais rápido que puder. Um, dois...*

Seu telefone toca. Ele olha para baixo.

Viro-me e corro de volta para Edmund. Ele está segurando o telefone e abrindo a porta do Uber. Grito para ele entrar. Ele entra. Eu deslizo atrás dele.

— Vá! — digo ao motorista do Uber, que se virou no banco da frente para nos encarar.

— O que é isso? — o motorista do Uber pergunta.

— Aquele homem tentou roubar nossa pasta. — Minha voz falha.

Uma mulher sai do que pensei ser o carro de fuga. Não é um cúmplice, então.

O cara desapareceu. Todo o meu corpo estremece. Ele estava tão furioso que poderia ter me batido se tivesse tido a chance. Respiro fundo e olho pela janela para os carros que passam. Minhas pernas e estômago ainda estão tremendo. A raiva em seus olhos parecia muito real. Aperto as mãos entre os joelhos para que Edmund não os veja tremendo.

— Você está bem? — ele pergunta.

— Estou bem. Apenas processando tudo.

— Achei melhor garantir nosso Uber para acelerar nossa partida. Posso senti-lo se aproximando, tentando ver meu rosto.

Fico com o rosto colado na vista das ruas que passam. *Não deixe Edmund ver. Controle-se.* Quem planejou isso? Edmund planejou isso? Ele pareceu surpreso.

Receio que minha voz fique trêmula se eu falar.

Sua mão toca meu ombro como se fosse dar um tapinha.

— Tem certeza de que está bem?

Isto é ainda pior. *Edmund me vendo assustada.* Endireito os ombros e respiro fundo. Pense em uma pintura azul calmante. Recortes de folhas de Matisse. As maçãs azuis-ultramarinas. As folhas rosa, verdes e laranja. A serenidade da vida selvagem. A pressão em meu peito diminui. Eu relaxo os músculos do meu rosto. Sorriso.

Eu encaro Edmund.

— Foi bom pegar o Uber. Não posso me dar ao luxo de perder tanto dinheiro.

— Não teria feito você pagar isso de volta. A culpa foi minha — diz Edmund. — Mas ainda acho que conseguimos algo útil dele. Um círculo de arte de Staten Island. Vou investigar isso. Deveríamos trabalhar juntos para resolver este caso. — Seus ombros se curvam, a palma da mão está para cima, mas o jeito que aquele cara olhou para mim... como se estivesse decidindo se deveria ou não me bater...

— Agradeço que você tenha armado isso, mas não sei o que foi isso — digo. — Pareceu um golpe no qual quase perdi mil dólares.

O rosto de Edmund fica vermelho.

Preciso me acalmar. Não quero irritar Edmund, ele tem que pensar que confio nele.

—Estou feliz por trabalharmos juntos. Só não agora. Quero ir para casa."

— Você está desistindo de encontrar o perpetrador? — Ele se inclina para frente, seu olhar atento em meu rosto.

Não confio em Edmund. Nunca confiei. Mas me sinto mal por não confiar nele, pois crescemos juntos e não tenho nenhuma evidência concreta para não confiar nele, exceto por algumas pegadinhas de adolescentes. Basicamente, é apenas um sexto sentido. E minha família sempre zomba do meu sexto sentido.

Não tenho provas definitivas de que Edmund foi o responsável por aquelas pegadinhas adolescentes. Num caso, fui responsável por regar a preciosíssima roseira da minha mãe. Ela me deu alguns suplementos para alimentá-la, e ela morreu logo depois. Uma vez peguei Edmund com os suplementos, antes de alimentar as plantas com o suplemento. Quando me virei, ele estava sorrindo maliciosamente até que seu olhar encontrou o meu, e seu rosto ficou branco. Mas, por quê? Só que minha mãe disse que eu precisava comprar uma planta nova — ela estava convencida de que eu não as regara direito — e ele passou um tempo sozinho com Annabelle enquanto eu tive que assumir mais trabalhos de babá.

Então ele me deu sabonete de rosas no meu aniversário. Porque ele queria que eu soubesse que ele escapou impune. Minha mãe achava o sabonete de rosas romântico. Até parece.

— Eu provavelmente deveria deixar a polícia fazer o seu trabalho — digo.

Passamos por baixo de um viaduto do metrô, negociando com outros carros enquanto nos dirigíamos para a ponte Williamsburg.

— Eles têm alguma pista? — O tom de Edmund é investigativo.

— Não sou exatamente a primeira pessoa para quem eles ligarão para contar. — Deixe Edmund pensar que o detetive não confia em mim. — Até onde eu sei, ainda sou uma suspeita.

— Lembre-se, estou aqui para ajudá-la. Vamos discutir ainda esta semana se você ainda deseja fazer alguma investigação. — Ele se mexe em seu assento. — Onde você descer? Vou encontrar alguém para jantar em Little Italy.

— Vou até lá com você. Há uma boa loja de arte naquele bairro. — Além disso, posso atravessar a cidade até o apartamento de William.

— Você não deveria desperdiçar seu dinheiro comprando mais materiais de arte. Não é como se você estivesse cheia de grana.

— Agora você como familiar — eu digo.

— Considero você minha família. Encontrei a minha família — diz Edmund. — Especialmente considerando o quão distante meu pai era.

— Ahhh... — digo, embora odeie quando Edmund diz isso. E ele sabe disso. Sabe que não o considero parte da minha família. Ele não deveria querer se juntar à minha família bagunçada. Isso apenas mostra o desastre que sua família era. — Obrigada por tentar encontrar os quadros.

— Você tem alguma hipótese sobre quem pode tê-los roubado? — ele pergunta.

— Não. — Estamos presos atrás de um caminhão branco com a etiqueta "Entregas do Sal".

— E os colegas de teatro de Tony? Não há muitas brigas internas lá? — ele pergunta.

— Não. Eles se dão muito bem. — Eu pago ao motorista os cem dólares que tenho.

— Quero ajudá-la a encontrá-los — diz ele.

O Uber nos deixa na Rua Mulberry, perto da *Di Palo's Comidas Finas*, e nos separamos. Uma sensação de alívio me preenche enquanto me afasto. Eu olho para trás. Ele acena. Ele está me observando. Subo um quarteirão porque o *SoHo Materiais de Arte* fica na rua Wooster, mas não pretendo ir para lá. Assim que Edmund desaparece dentro de um restaurante, caminho para o sul pela rua Mulberry. Fios de luzes cruzam a rua. A música italiana toca, e as conversas fervilham nos cafés lotados. Bandeiras italianas tremulam acima das placas dos restaurantes. Uma placa diz: "Produzidas Diariamente e Frescas, Mozzarella * Burrata * Ricota".

Viro à esquerda na rua Hester, passando por placas em chinês e inglês anunciando um spa para pés e um restaurante de comida para viagem. Mesmo que Edmund tenha uma namorada, duvido que ele tenha superado Annabelle. Ele acabou de comprar aquele Versal. Ela quer me ajudar e cair em minhas boas graças para que possa cortejar Annabelle sem minha interferência? Então ela contou a ele o que eu disse?

Ligo para Annabelle enquanto estou na esquina da rua Canal, esperando para cruzar para oeste. À minha frente está o *East Bank*, um belo, grande e tradicional edifício de estilo arquitetônico chinês, com telhado vermelho de telhas cerâmicas inclinado até as pontas salientes com cantos ligeiramente virados para cima. A *Freedom Tower* ergue-se ao sul. Annabelle atende.

— Você alguma vez disse a Edmund que eu achava que você não deveria se casar com ele?

— E "oi" para você também — diz ela.

— Desculpe. Mas é que Edmund parece estar tentando me causar uma boa impressão.

— Gostaria que você e Edmund se dessem melhor — diz ela. — Mesmo se eu dissesse a ele que não estou apaixonada por ele, e que você também acha que não combinamos.

— Ótimo. — Então Edmund pode estar tentando me ajudar a conseguir apoio para seu benefício, ou ele pode ser a pessoa que roubou a pintura e orquestrou aquele cenário de delator. *Alguém que me odeia o suficiente para sabotar minha carreira.*

— Sim, sinto muito por isso. Eu deveria ter deixado você de fora — diz Annabelle. — Mas ele mudou recentemente. Acho que podemos nos acertar, afinal.

Não. Você é muito melhor que ele, Annabelle. Foi o que eu disse da última vez.

— Não acredito que David te traiu — digo. — Mas com certeza, Edmund está tão apaixonado por você há tantos anos que ele não vai te trair.

— Isso é um consolo — ela diz ironicamente.

— Como são as fotos que ele te deu? — eu pergunto.

— Fotos nossas quando crianças. Uma em frente à casa da árvore onde todos brincamos.

Meu pai construiu aquela para mim. Foi a casa na árvore mais legal de todas.

— Havia algum bolso secreto? — eu pergunto. Edmund e ela passavam bilhetes quando crianças através de um bolso secreto na parte de trás da minha pintura. — Você olhou para trás delas?

— Nada. A polícia os inspecionou quando estavam aqui me entrevistando — diz ela. — Tenho que voltar ao trabalho. Você deveria deixar Edmund ajudá-la a encontrar sua pintura. Ele quer ajudar.

Prefiro ficar com William. Ligo para o policial Johnson e conto a ele sobre a reunião. Ele concorda comigo que parece que foi uma armação para tirar dinheiro de mim, e talvez me assustar.

— Não parece profissional — diz o policial Johnson.

Eu respiro com mais facilidade. Valeu a pena ir, só por essa informação. Porque ou Edmund armou isso ou foi usado por Vinnie para armar isso. Mas isso mostra que o ladrão não se contenta em apenas roubar as pinturas e ficar escondido. Então, no final de tudo, o ladrão cometerá um erro revelador.

E agora vou ligar para William, que não ficará impressionado por eu ter conhecido a conexão nefasta contra seu conselho. Enquanto caminho para oeste pela rua Canal, passando pelo McDonald's com placas em chinês e inglês, o cheiro de grãos de café recém-moídos de uma cafeteria permeia o ar. Os vendedores vendem seus produtos em frente às lojas cheias de malas, souvenirs de Nova Iorque, óculos de sol, camisetas, bolsas e chapéus.

— Oi — diz William. — Você não atendeu antes.

— Fui encontrar o contato de Edmund.

— Merda. Você está louca?

— Foi tudo bem. — Não há necessidade de contar a ele os detalhes. Eu me cheiro para ver se ainda detecto os cheiros de suor e medo. Talvez um pouco.

— Não é bom encontrar pessoas que se identificam como criminosas — diz ele, gaguejando.

— Não tenho certeza se ele era de verdade.

— O que você quer dizer com você não acha que ele era de verdade?

— Onde você está? Você quer se encontrar?

— Estou em casa.

— Tudo bem, eu irei até aí. Qual o seu endereço? — Contorno um carrinho de cachorro-quente.

— Ah, vem agora mesmo?

— Sim, sou o tipo de garota que surge no calor do momento. Além disso, estou na sua vizinhança. — Ou estou em alguns quarteirões. — Edmund acabou de me largar aqui. Por quê? Você está fazendo alguma coisa?

— Sim, eu trabalho. E abril é a época dos impostos, por isso estou particularmente ocupado.

— Tenho certeza de que você tem tudo sob controle. E você provavelmente precisa de uma pausa. Você já jantou?

— Não.

Não é exatamente um convite, mas isso não me desanima.

— Ótimo, podemos jantar juntos.

Ele me dá seu endereço. Estou a alguns quarteirões de distância. A Broadway se dispersa pelas ruas mais largas e silenciosas de Tribeca. Um metrô passa por baixo das grades da calçada. Agora estamos na terra das fachadas neo-gregas com enormes colunas cercando galerias de arte com janelas de vidro, escadas de incêndio descendo pelas fachadas frontais e degraus de metal que levam às entradas. Uma pintura abstrata laranja e roxa ilumina uma das janelas da galeria de arte. O artista era aluno do MFA alguns anos antes de mim na Columbia.

A fachada rosa brilhante de uma loja de *donuts* acena à frente. Eu deveria levar uma lembrancinha, e *donuts* dão um toque mais leve, especialmente os polvilhados e com cobertura rosa. Qual ele escolheria entre as opções de cobertura: rosa, chocolate e branca? Chocolate puro é minha aposta, mas ele já mostrou profundidades ocultas antes. Não consigo nem imaginar a possibilidade de ele não comer *donuts*, mesmo que não coloque açúcar no café.

12

Os *DONUTS* NÃO CONSEGUEM acalmar a situação. William me deixa entrar, e eu presenteio-lhe com os donuts. Ele ainda parece chateado por eu ter conhecido a tal conexão nefasta.

— Biscoitos da *Levain Bakery* para Vinnie e *donuts* para mim — diz ele. — Detecto um padrão aqui? Você deu *cupcakes* ao Sr. Nefasto?

— Eu gostaria de ter pensado nisso. — Tiro os sapatos no *hall* de entrada e o sigo até a sala de estar. Ele coloca a caixa de *donuts* na mesa retangular da sala de jantar.

E agora dois cachorros latem entusiasmadamente ao meu redor.

— Não sabia que você tinha cachorros. — Um é um border collie preto e branco, e o outro é um pastor australiano.

— Sora e Pochi! Sentar! — Ele bagunça o pelo deles. O decote em V de sua caxemira delineia seu peito firme e ombros largos. *Foco, Miranda.*

Os cães são uma distração ainda melhor do que os *donuts*. Sento-me no chão de madeira e os acarício. Sora lambe meu rosto. O apartamento de William transmite uma vibração minimalista e descolada, pelo menos desse ângulo. Dois quadros abstratos azuis estão pendurados na parede atrás da TV. Isso é um alívio. Curto do gosto dele pela arte. Uma fotografia em preto e branco de uma rua movimentada, no que parece ser Tóquio, está em outra parede. Há um sofá branco na sala de estar, uma mesa de centro quadrada na frente e um tatame ao lado. Duas almofadas de assento estão no chão em frente. Portas de vidro deslizantes levam a um terraço em frente à sua área de estar/jantar.

— Você tem um terraço? — Um terraço na cidade de Nova Iorque é alto nível.

— Sim. Como pôde se encontrar com criminosos em alguma parte estranha do Brooklyn? — Sua mandíbula está tensa. — Você pelo menos contou ao policial Johnson?

Tenho que esticar o pescoço para vê-lo parado acima de mim.

— Disse a Tessa para me rastrear pelo telefone dela. — Sentar no chão não é uma posição de comando. Sento-me à mesa e abro a caixa de *donuts*. Pego um rosa com granulado e dou uma mordida. É melhor ficar de boca cheia quando for questionada.

Pochi se aconchega em sua caminha ao lado do sofá. Sora apoia o queixo na minha coxa. Eu a acaricio novamente.

— Essa pintura não vale a sua integridade física. — Ele balança a cabeça e se vira por um momento.

Sinto um pequeno arrepio. *Aquele olhar assassino quando ele me amaldiçoou.*

— Você ouviu a polícia: "Este é um crime sem vítimas." Então o ladrão não vai me machucar. Ele quer dinheiro.

— E ouvi você resmungar que certamente se sentia uma vítima. — Ele se senta ao meu lado.

O homem tem a audição de um morcego. Ele provavelmente usa a ecolocalização para se movimentar em salas escuras.

— E agora? — ele pergunta.

— O quê?

— Você está olhando para minhas orelhas de forma estranha. Fiquei preocupado quando não consegui falar com você porque sabia que estava indo encontrá-los com Edmund.

Droga. O homem pode me ler. Mas preocupado? Isso quase soa como que ele se importa. Provavelmente não é especificamente por mim. É mais provável que isso faça parte da vibração do Serviço Secreto que ele mantém, o código de proteção de mulheres e crianças. Esperemos que eu esteja na categoria feminina e não na categoria infantil.

— Sinto muito — eu digo. — Eu realmente sinto muito. Da próxima vez, atendo.

Ele bufa.

— Obrigado por isso. Então posso ter uma sessão de audição remota, passo a passo, sem poder fazer nada.

— O que você gostaria de fazer? — Eu me inclino para mais perto dele. Ele não recua. Meu batimento cardíaco acelera e mantenho seu olhar. Mais uma vez, quero passar as mãos pelos seus cabelos lisos. E então passar meus dedos sobre suas maçãs do rosto e seus lábios. Devagar. Seu olhar parece estar igualmente atento a mim. Sinto meu rosto esquentar. Sinto o cheiro do açúcar do *donut* e do cheiro de cachorro da Sora. Minha mão se agarra na madeira dura da minha cadeira. Sora late.

Ele olha para ela e a coça entre as orelhas. O feitiço está quebrado. A questão é que estou atraída por ele. Gosto de fazer buracos nesta parede de tijolos que ele ergueu. Ele pega um *donut*. Um com cobertura de chocolate. Com granulado. Ainda há esperança.

Para quê? Mesmo que os opostos se atraiam, eles não duram. Veja meus pais, por exemplo. Duas pessoas completamente diferentes que não podiam se encontrar. Minha mãe durona, tensa e glamorosa, e meu pai sensível, emocionalmente aberto e completamente bagunçado. O que soa um pouco como William e eu. Não que ele seja necessariamente durão ou tenso, mas é difícil de ler. E definitivamente bonito. Eu nem deveria estar pensando nele. Provavelmente é apenas o estresse da perda da minha pintura e o fato de estarmos investigando isso juntos, criando camaradagem. Ele pergunta:

— Você conseguiu saber de alguma coisa? — Ele se esquiva da pergunta.

— Não, na verdade não.

— Então se colocou em perigo por nada?

Essa crítica está mais de acordo com o que eu esperava.

— Não estava em perigo. Eu conheço autodefesa.

— Sério? Foi uma conversa amigável?

—Bem, não exatamente. — Sora desiste de levar migalhas de donut e pateia para a cama do cachorro.

— O quanto foi hostil?

— Houve momentos de tensão — digo. — Era um cara extremamente musculoso. Eu me pergunto se quem planejou isso fez um teste de elenco e escolheu o mais musculoso que conseguiu encontrar.

— Acha que isso foi uma armação? — William pergunta.

— Ele estava com um bigode falso. O oficial Johnson também disse que isso não parecia profissional.

William olha para mim, surpreso.

— Tem certeza sobre o bigode?

— Sim, tenho.

— O que você deduz disso tudo? Acha que os colegas do tio Tony estão envolvidos?

— Não — eu digo, surpresa. Nem tinha pensado nos colegas de Tony. Mesmo que o disfarce tenha sido bem aplicado. — Se pensar bem, uma hora o cara olhou para Edmund como se estivesse procurando instruções, embora ele parecesse surpreso quando o cara pegou a pasta. Toda a aventura me faz pensar que foi Edmund quem roubou as pinturas. Ou orquestrou seu roubo. Ele está envolvido. Essa é uma das razões pelas quais fui. Porque se eu passar um tempo com ele, ele revelará alguma coisa.

— Talvez o cara apenas tenha olhado para ele como a pessoa que o contatou pela primeira vez.

— Isso também. Mas havia algo a mais ali. — Não espero que William acredite em mim.

— Está bem, digamos que seja Edmund — diz William. — Ele deu um pacote para sua irmã. Ela o ajudou, talvez sem saber?

— E contou a ele que eu falei que ela não deveria se casar com ele. Isso pode ser motivo suficiente se pensarmos que é pessoal. Mas não é como se Annabelle e eu fôssemos tão próximas, e ele sabe disso. Sabe que ela não seguiria minha opinião cegamente. A decisão ainda é dela.

— Mas isso dá a ele uma desculpa conveniente para culpar você, em vez de encarar o fato de que ela não está interessada.

— Isso é verdade. E não tenho certeza se Edmund é a pessoa mais racional.

— Você não marcou um encontro com o tal círculo de arte, no qual você entrega o dinheiro e eles entregam as pinturas? — William pergunta.

— Não, porque pensei que era uma trapaça e me recusei a pagar por mais informações. E eu não me sentia tão segura. — Descrevo a briga pela pasta.

— Edmund não correu para atacar o cara?

— Não.

William balança a cabeça.

— Mas você está bem?

Eu balanço a cabeça, dizendo sim.

— Se for Edmund, como podemos provar isso? — ele pergunta.

— Devemos pedir um jantar? Assim pelo menos poderemos comer enquanto discutimos o caso.

— Vou pôr a mesa enquanto você termina seu trabalho.

— Meu escritório fica nos fundos — diz ele. — No quarto de hóspedes.

Ele liga para um restaurante tailandês e faz um pedido para entrega, depois me leva até a cozinha, um cômodo separado em um corredor que sai da sala de estar, e me mostra onde estão os pratos. Quando desaparece nos fundos, entro no banheiro em frente à cozinha.

Devo colocar a mesa de centro ou a mesa de jantar? A mesa de centro é mais romântica, estaríamos sentados no chão, um ao lado do outro. Mas talvez ele achasse isso estranho. Além disso, prefiro ficar de frente para as janelas. Arrumo a mesa de jantar e acendo as velas sobre a mesa. Então vou até as portas de correr para conferir seu terraço. Tem cerca de seis metros por treze metros. Ele tem uma mesa de pingue-pongue ao ar livre. Outro lado de William é revelado.

A campainha toca, e o vídeo porteiro mostra o entregador. Saio, deixando a porta destrancada, e desço pelo elevador para pegar nossa comida. Entrego a ele meu cartão de crédito, mas ele diz que já foi pago.

De volta ao apartamento, tiro os sapatos, coloco a comida na mesa e vou de meias até o escritório de William. A porta está aberta. Bato na porta mesmo assim.

Ele olha para cima.

— Deixe-me salvar isso.

William está sentado em uma mesa com duas telas. Acima dele estão estantes com livros e pastas. Uma estante de livros do chão ao teto ocupa o outro lado. Dou uma conferida em seus livros. Muitos são textos de contabilidade, mas na estante perto de mim estão *thrillers* e mistérios e até alguns quadrinhos de mangá. Escolho um. Está em japonês.

— Meu pai sempre trazia isso de suas viagens ao Japão. Eles me ajudaram a melhorar meu japonês. Aprendi japonês básico escrito quando estava na escola primária em Tóquio. — Ele está ao meu lado na estante.

— O que seu pai fazia?

— Ele trabalhou para a Sony como executivo, então conheceu minha mãe e pediu para ser transferido para cá permanentemente — diz William. — Ainda fizemos algumas visitas ao Japão, o que foi bom para mim e minha irmã para aprendermos japonês e vermos a família.

— Ele se mudou para cá por amor? — pergunto. — E eles ainda são felizes?

— Sim. Gosto quando os ouço rindo juntos. Não que eles não discutam às vezes.

Eu concordo. Tio Tony certa vez citou os pais de William como um exemplo de sucesso da trupe da os opostos de atraem. — Sempre quis ler um mangá em inglês. —Coloco-o de volta.

Ele pega um livro diferente.

— Aqui está um.

Pego-o, e caminhamos até a mesa de jantar, eu o seguindo. De repente, parece que está menos confortável entre nós, se é que alguma vez foi confortável. Ele para e gesticula para que eu me sente primeiro. Eu engulo. Estamos prestes a jantar juntos e já é tarde da noite.

Eu sento, colocando meu mangá de lado. Ele parece notar as velas; seus lábios se curvam ligeiramente. Ele se senta na minha frente. Sem conversar, nós dois nos ocupamos abrindo as caixas e os pratos. William me dá dois bolinhos fritos enquanto pega os outros dois. Coloca um pouco do molho de soja em um prato e o pequeno recipiente de plástico entre nós. Ele abre o molho de amendoim para o aperitivo de espetinhos de frango. Pedi frango agridoce, então coloco um pouco de arroz na tigela e coloco a mistura de frango, pimentão e abacaxi por cima.

— Você quer um pouco de Pad Thai? — ele pergunta. — Ou isso é como os M&Ms de amendoim, e você não compartilha refeições?

— Eu compartilho refeições. Adoraria um pouco. — Ofereço a ele um pouco do meu prato.

— Me preocupa que você tenha sentido que o cara poderia bater em você. — Ele franze a testa.

— Isso também me preocupa — eu concordo. — Roubar minha pintura parece um golpe fundamental. Levar uma surra não vai destruir minha carreira artística, a menos que ele machuque minha mão.

— Isso poderia destruir seu sustento. Não conseguiria cantar ou ser garçonete.

— Isso é verdade. Mas não é como se eu não pudesse me defender — digo. — Já fiz aulas de defesa pessoal. Como sou bartender tarde da noite, pensei que deveria estar preparada.

Nossos olhares se encontram. Ele tem um olhar muito cético no rosto.

— Vou te mostrar depois do jantar — digo. — Mas deveríamos colocar alguns travesseiros no chão aqui para você não se machucar.

Ele balança a cabeça.

— Treino caratê há muitos anos.

— Excelente — eu digo. — Você será um desafio. Mas acho que o cara teve um acesso de raiva depois que eu o abordei. Não creio que a violência tenha sido intencional, especialmente porque isso colocaria Edmund em posição de se juntar a mim na luta ou parecer um covarde. E como demonstrado, Edmund não é do tipo musculoso.

— Você acha que foi o Edmund e não o Vinnie? — ele pergunta.

— Se for pessoal, acho que foi o Edmund, e ele pagou um ator para atuar como informante, então eu perderia mil dólares. E talvez ele tenha pago ao Vinnie para retirar os quadros. E então Vinnie ia lhe dar as pinturas quando Edmund aparecesse, mas nós estávamos lá. O aplicativo de rastreamento mostra essas pinturas indo para as galerias de Vinnie. Se esses dois pacotes fossem suas pinturas pessoais, deveriam ter ido para sua casa, não para sua galeria. Acho que Vinnie os levou para sua galeria para entregá-los a Edmund sem suspeitar, como se fosse mais uma venda de arte. Edmund poderia ter pago a Vinnie mais do que a comissão pela venda do Kimimoto. Vinnie tem duas casas. Muita manutenção. E uma imagem a manter para competir no mundo artístico de Nova Iorque. Se ele receber dinheiro pelas pinturas, poderá pagar seus empreiteiros em dinheiro, lavando o dinheiro.

— Você contou ao policial Johnson sobre um círculo de arte em Staten Island? — ele pergunta.

— Sim, ele nunca ouviu falar de nada parecido. Falou que iria verificar, mas também concordou que o bigode falso era estranho. Sem mencionar até mesmo o encontro pessoal. Ele disse que as pessoas não precisam mais se encontrar pessoalmente. São todas por mensagens de texto e dinheiro transferido. Devíamos dar uma olhada na galeria de Vinnie e ver se aqueles pacotes embrulhados são nossos quadros.

— Você quer dizer invadir a galeria dele?

— Você irá legalmente comigo. — Dou uma mordida na minha comida. — Devíamos ir durante o horário comercial e acidentalmente entrar no depósito em vez do banheiro. As portas ficam uma ao lado da outra.

— Não fará isso sem mim.

— Você está disposto a fazer isso? — pergunto, com as sobrancelhas levantadas.

— Sim, porque senão você fará isso de qualquer maneira sem mim. E há algo estranho aí.

— Mas não o suficiente para que o oficial Johnson conseguisse um mandado.

— Quando?

— Sábado de manhã? Farei um show amanhã à noite e trabalharei amanhã — digo. — Você deveria ir ao show e conversar com a namorada de Rex. Ela pode revelar algo se tiver bebido um pouco.

— Não acho que tenha sido o Rex, mas não sou totalmente neutra. Além disso, William pode me ver cantando. Não hesito em usar minha vibração de estrela do rock para atraí-lo.

— Por que ela vai querer falar comigo? — Ele pega um pedaço de frango com os pauzinhos.

— Por que não?

— Bem, ela tem namorado.

— Não estou dizendo que você deveria seduzi-la. Estou dizendo que você deveria falar com ela — digo. — De qualquer forma, você é mais bonito que Rex...

William lança um olhar para mim e cora.

— Você é. É que Rex sabe cantar, e quando canta uma balada de amor dirigida diretamente a você, é difícil resistir.

— Ela vai falar comigo quando Rex estiver cantando no palco?

— Aproxime-se dela quando eu estiver cantando. Ela ficará lisonjeada por um cara atraente estar dando em cima dela. Provavelmente vai querer deixar Rex com ciúmes. É difícil ser namorada do guitarrista de uma banda, com todas aquelas garotas se atirando em cima dele.

— Foi difícil para você?

— Sim. Eu não gosto de compartilhar. — Descrevo como ela é para ele. — Ele geralmente dedica a primeira música a ela e a destaca no público.

— Vou me sentir como um idiota dando em cima dela depois disso.

— Não estará dando em cima dela — eu digo. — Não há necessidade de ir tão longe. Basta fazer algumas perguntas a ela. Pode fingir que é fã da banda. Ela é nossa chave interna para Rex. E então você deveria me encontrar nos bastidores, no meu camarim. Sou a única que usa o vestiário feminino depois de uma apresentação. Ling e Ayanna encontram amigos no meio da multidão e não precisam se mudar. Podemos fazer o interrogatório onde Rex não possa nos ver. Rex sempre se junta à multidão para estar com seus fãs. — Uso vestidos vintage para me apresentar, fruto da minha experiência em compras em lojas de segunda mão.

Seu olhar encontra o meu, e ele assente.

— Tudo bem. — Ele toma um gole de água. — Se você está apenas pintando assuntos sombrios e deprimentes, as músicas da banda são sombrias ou deprimentes?

— Geralmente, a melodia é meio otimista e pop. Mas as letras podem ser cruas. Ou é assim que esperamos.

— Você será capaz de atuar?

— Tenho que. — Envio uma mensagem para ele com o passe para os bastidores.

Terminamos o jantar, e William limpa nossos pratos. A vela sobre a mesa crepita e fica mais forte. Movemos o tatame e as almofadas para o espaço aberto em frente às portas de correr.

— Está bem, vamos ver — diz ele.

Ele se levanta, e eu o encaro, avaliando-o. Ele é alto, com ombros largos e, embora seja magro, sei que ele é todo musculoso.

Ele avança.

— Segura aí. — Minha voz sai mais trêmula do que eu gostaria.

Eu recuo. A primeira regra é criar distância.

Ele ataca, me empurrando contra a parede de seu apartamento pelos ombros. Ele está tentando fazer isso com cuidado. Ele me agarra pelo pescoço. Seu aperto em volta do meu pescoço não é tão forte; ele está pegando leve comigo.

Dou uma risada nervosa.

— Isso não é motivo de riso. — Ele coloca força no seu aperto.

Foco.

Encosto meus ombros, dando-lhe menos espaço, e agarro um de seus braços, segurando-o firmemente contra meu peito. Com a outra mão, puxo um dos dedos do meu pescoço. Preciso apenas de um dedo dobrado para trás para criar dor suficiente.

— Argh. — Ele me libera imediatamente.

Nós dois respiramos profundamente. Tento recuperar o fôlego. Fico imóvel, preparada para a batalha, com os pés afastados na distância do quadril.

— Eu quebraria se você fosse um agressor — digo. — Também poderia ter chutado você nas bolas. Ficou exposto lá.

Ele dá um passo para trás e tem um leve sorriso, um sinal relutante de respeito.

— Ficarei corretamente. Você pode se defender.

Ainda estamos perto, e o ar pulsa entre nós.

— Jiu-jitsu para autodefesa feminina — eu digo. — Quer que te mostre o que posso fazer se você me agarrar por trás?

Ele acena com cautela.

— É aqui que vou me machucar?

Fico de costas para ele, os travesseiros atrás de mim. Olhando por cima do ombro, faço um gesto para que ele fique bem atrás de mim. Ele chega perto de mim. Posso sentir o calor de seu corpo.

— Está bem, agarre-me pela cintura.

Ele me agarra pela cintura. Eu me abaixo rapidamente e alcanço a perna dele entre minhas pernas. Agarro sua perna com força e puxo, mas não muito, porque não quero que ele bata a cabeça.

Uma exclamação abafada escapa enquanto ele tenta recuperar o equilíbrio.

— Está bem, está bem — ele diz.

Paro de puxar, mas estamos desequilibrados. Ao cair, ele me leva consigo, amortecendo minha queda. Seu corpo envolve o meu e, de repente, tudo parece muito diferente. Seu corpo é todo quente e musculoso, e nós dois estamos suando.

Inclino a cabeça e olho para ele.

— Então admita, posso me defender.

Ele vira a cabeça para encarar a minha. Nossos olhares se encontram, e há um lampejo de consciência. Ele está atraído por mim. Nós dois estamos apenas nos segurando, suspensos no momento. Estou perdida em seus olhos castanhos. Meu estômago se agita. Seu hálito quente roça minha bochecha. Seus lábios estão próximos. Devo beijá-lo?

Nossas mãos se tocam, e quero enrolar meus dedos nos dele. Suas mãos deslizam de volta para minha cintura, fazendo uma pressão quente em minhas roupas. E então é como se uma cortina caísse. Ele se afasta.

— Estou impressionado. — Ele tira as mãos da minha cintura. Rola para ficar de costas e se levanta. E sinto a falta dele. Eu engulo.

O problema é que não vejo as paredes como impenetráveis. Aprendi sozinha a vê-las como um desafio. Estou disposta a encontrá-las e tentar ultrapassá-las como obstáculos. E então, aquele meu lado travesso e safada está dizendo: "Então você acha que pode erguer um muro?" Ele não quer jogar justo. Eu dou uma bronca. Esta parede é eletrificada e tem arame farpado no topo. É como se estivéssemos na zona desmilitarizada entre a Coreia do Sul e a Coreia do Norte, e quaisquer faíscas devem ser rapidamente apagadas antes que criem uma conflagração e atrapalhem a paz dos nossos tios.

Vou até a mesa e bebo um pouco de água do meu copo para me dar algum tempo para me recompor.

— Faço curso de atualização, de vez em quando, para minha memória muscular não esquecer.

— Você já teve que fazer isso? — Seus olhos parecem preocupados, e eu me sinto toda pegajosa novamente. Isto não é bom.

— Uma vez, alguém se pressionou contra mim quando eu ia pegar estoque no fundo do bar, mas me virei tão rápido e levantei a mão, me posicionando, que ele se assustou e saiu correndo. — Mudo de assunto porque ele parece ainda mais preocupado agora. Ele está franzindo a testa e olhando para mim. — Vamos ligar para o tio Tony e Takashi e ver se eles podem ir no sábado de manhã. Eles podem manter a assistente da galeria ocupada enquanto verificamos o depósito.

Tio Tony diz que a galeria está fechada neste sábado porque Vinnie e sua assistente estão fora para uma exposição de arte. Ele entrará em contato com Vinnie para saber quando a galeria estará aberta novamente.

Desligo o telefone. William apaga a vela sobre a mesa. Eu deveria ir embora.

— Espero que você não se importe, mas na verdade preciso trabalhar um pouco. — William voltou a ser formal.

Consigo entender a sugestão.

— Obrigado pelo jantar.

— Obrigado pela sobremesa — diz ele.

— Às vezes a sobremesa antes do jantar é uma coisa boa — digo.

— Às vezes. — Ele olha para mim atentamente, mas com aquele meio sorriso. — Mas geralmente é melhor esperar.

Eu acaricio Sora e Pochi e vou embora. Respiro fundo enquanto desço o elevador.

Acho que não estávamos falando só de sobremesa lá atrás. Isso significa que ele está esperando? Que ainda há uma chance? Ele poderia ter dito que não acredita em comer sobremesa antes do jantar.

Verifico meu telefone em busca da *Citi Bike* mais próxima. O ar da noite é fresco, e há uma brisa vinda do Hudson quando atravesso as ruas. Ele está atraído por mim. Sei disso. Quero um relacionamento? Se não der certo, teremos que nos ver durante anos na casa do tio Tony. Eu poderia ficar bem com isso. Continuo amigo dos meus ex-namorados. Mas ele não faz isso. Ou pelo menos não se estiver apaixonado por elas. Eu particularmente não gosto de ser a ex de quem ele poderia continuar amigo, porque não estava apaixonado por mim. Se é apenas porque estou atraída por ele, não deveria agir de acordo. Mas há algo mais, como se nos entendêssemos. Um calor me preenche.

Ele definitivamente está se contendo, então não parece se sentir o suficiente.

Desbloqueio uma *Citi Bike*, puxo-a com um pouco de força para fora do suporte e coloco meu mangá na cesta plana.

Ele não está disposto a correr esse risco, o que significa que sou eu quem corre o risco de sofrer um desgosto.

Enquanto pedalo para casa pela ciclovia, lembro-me de quando Peter fazia uma pintura durante a noite, e a professora elogiava seu trabalho. Eu teria passado semanas trabalhando em minha pintura e receberia um reconhecimento muito mais discreto. Fiquei feliz por ele, mas também com vergonha de estar com ciúmes. E agora estou com vergonha de estar irritada porque William não gosta um pouco mais de mim.

O semáforo à frente fica vermelho. Eu paro. Deveria estar grata por seu julgamento racional de que seria melhor não agirmos de acordo com nossa atração. Uma bicicleta elétrica passa zunindo por mim, ultrapassando o sinal vermelho. Mantenho um pé no chão, outro apoiado no pedal duro de metal, pronto para dar impulso. A luz vermelha permanece estável. Eu deveria elogiá-lo por seu autocontrole, se puder me gabar de que isso é autocontrole.

A luz de pedestres do outro lado da rua pisca, avisando que em breve mudará.

Estou bem em esperar por agora. Eu deveria ter certeza de que há algo mais entre nós antes de agir de acordo com meu desejo, dadas as consequências.

13

Meu vestido balança em minhas pernas enquanto danço em direção a Rex; meus lábios roçam o microfone enquanto canto nossa última música do repertório.

— *Eu olho para a porta fechada. Achei que aquelas noites na cobertura significavam mais* — canto para a multidão. — *Contar as estrelas, confiar, discutir, beijar. Eu pensei que você fosse o único. Mas agora fiquei com saudade. Uma nuvem bloqueou o sol.* — Viro-me para encarar Rex e canto a última linha. — *Não me deixe agora.*

Seguro as últimas notas de "Don't Leave Me Now", deixando a saudade reverberar pelo salão silencioso. As luzes se apagam e o público explode em aplausos. Deixei minha cabeça cair para frente, exausta. Quando as luzes se acendem, fico em pé. O público está gritando:

— Miranda!

Eu engasgo quando tento falar e Ling me dá um tapinha nas costas. Todo aquele amor do público está me fazendo chorar de novo. Eu sorrio fracamente, mas reúno minha voz para agradecer aos nossos fãs e apresento Ling novamente na guitarra enquanto enxugo uma lágrima. Rex assume, dizendo que não será um show completo se eu não chorar. Uma fã grita:

— Nós amamos você, Miranda! Nunca mude!

Rex apresenta Jamal como nosso baterista e Ayanna nos teclados. Todos nós nos damos as mãos e nos curvamos novamente para outra salva de palmas.

Eu consegui. Se ao menos eu não tivesse chorado enquanto William estava assistindo. Dirijo-me para a saída do palco, meu vestido azul colante e justo balançando contra minhas pernas. Surpreendentemente, Rex me segue, esbarrando em mim nas escadas do palco.

— Onde você vai com tanta pressa? — ele pergunta em um sussurro baixo.

— Mudar de roupa. — Espero que ele não queira discutir alguma música nova que tenha pensado.

Ele me segue. Paro na frente da porta do meu camarim, minha mão na maçaneta, de costas para Rex, bloqueando a abertura da porta.

— Eu tenho que tirar esse vestido e ir para casa. Foi uma semana difícil. A multidão te adorou. Você não precisa ir até eles?

— Você não precisa que eu desabotoe a parte de trás do seu vestido? — Rex se inclina contra a porta, sua voz é um sussurro sedoso.

— Não — eu digo, irritada. Definitivamente não quero que William ouça isso.

Olho para ele por cima do ombro e seguro a maçaneta da porta, mantendo-a fechada. Sua mão cobre a minha enquanto ele abre a porta.

— Não — eu digo. — Rex! Vou ficar bem. — Dou um passo à frente para dentro da sala. Não vejo William no escuro, mas sinto um formigamento. Ele está bem ali, à direita da porta, encostado na parede.

— Fiquei olhando para esses botões a noite toda. Você nunca usou esse quando estávamos namorando — diz Rex.

— Não quero sua ajuda — digo com firmeza, virando-me para encará-lo.

— Apenas um botão — diz ele, estendendo a mão.

De repente, uma figura toda vestida de preto o bloqueia, colocando seu corpo entre mim e Rex.

— Ela disse que não precisa da sua ajuda — diz William.

Rex se vira.

— Quem é você?

A luz do corredor ilumina William. Ele parece elegante todo preto, como um guerreiro. Nenhuma *vibe* de contador agora.

— Você não me disse que estava namorando alguém novo — Rex me diz.

— Eu não sabia que precisava fazer isso — digo. Mesmo que não estejamos namorando, e devo dizer isso. Mas, atrás de William, sinto um calor tão grande, como se estivesse sendo banhada pela luz do sol.

Rex olha para nós e estende a mão para apertar a de William.

— Espero que você a faça feliz.

William aperta sua mão. Rex cumprimenta William.

— Eu vou embora então.

William fecha a porta.

Olho para baixo, envergonhada. Minhas bochechas ficam vermelhas. Por que William não o corrigiu? Ele se afasta e eu também recuo para colocar alguma distância entre nós.

— Carrie está com ciúmes de você — diz ele. — Quando você cantou o dueto com Rex, ela me perguntou se parecia que vocês ainda estavam dormindo juntos.

Eu olho para ele, surpresa.

— Não estamos.

Ele voltou a se inclinar como se estivesse segurando a parede. Seu olhar encontra o meu.

— Estamos atuando no palco. Deveríamos estar apaixonados um pelo outro naquela música, e eu me aproveito da atração que senti por ele. Penso sobre o que gostei nele. Ele pode ser muito divertido e é atencioso. É um letrista brilhante, e vê-lo criar letras é incrível.

— Até você perceber que precisa cancelar todos os planos que o envolvam porque ele não pode interromper suas reflexões.

— Eu não perguntei — diz William rigidamente.

— Você perguntou com seus olhos. O que você disse a ela?

— Falei que duvidava. Seria muito bagunçado.

"Muito bagunçado" é tão William. Eu levanto minha sobrancelha. Era uma bagunça, mas isso não nos impediu inicialmente. Um arrepio me atravessa. Seria ainda mais complicado se eu namorasse William, e terminássemos. Essa é outra razão pela qual ele está se afastando. Não que nossos tios algum dia tivessem que escolher um lado, mas e se eles achassem que seria necessário? Diria a Tony para me culpar. Tenho que parar de pensar em namorar com William. Deve ser por causa do súbito aumento de adrenalina quando ele se colocou entre Rex e eu.

— Não sou contra bagunça, mas não dormiria com um cara que está namorando outra — digo. — Terei que encontrar uma maneira de tranquilizá-la novamente de que tiramos isso das nossas cabeças, e agora não há risco de eu voltar com Rex. Nunca mais.

— Não parece que Rex tirou você da cabeça dele.

Eu sorrio maliciosamente para ele.

— Posso ser difícil de ser esquecida.

Um leve rubor mancha as bochechas de William. Ele é fofo quando fica vermelho. Não é justo. Ele está minando minhas boas intenções. Ele limpa a garganta.

— Mais importante, ela disse que queria passar as férias de verão e Rex disse que não tinha dinheiro. Ela se ofereceu para pagar por ele, e ele disse que não podia aceitar, que tinha que poder pagar do seu próprio jeito.

— Ele tem seu orgulho.

— Falou que, ao invés disso, eles iriam para a casa do pai dele, nos Hamptons, para umas férias de dez dias. Também disse que um representante musical o contatou recentemente, então ele está esperançoso de ter sua grande chance.

— Isso é verdade. Ele mencionou isso em nosso último ensaio. Então, qual é a sua impressão geral?

William morde o lábio e olha para o lado, considerando.

— Parece improvável. — Ele olha para mim. — Principalmente porque acho que ele se preocupa com você e ainda gostaria de voltar com você.

Eu franzo a minha testa.

— Não é baseado no que aconteceu agora?

— E a maneira como ele olha para você no palco.

Eu suspiro.

— Ele é um garanhão e um artista experiente. Lembre-se, começamos a nos apresentar juntos no ensino médio.

— Tem certeza de que não quer voltar com ele?

— Sim, tenho. Isso não vai acontecer. Não estou mais apaixonada por ele. — Eu me jogo em uma cadeira. Realmente quero tirar meu vestido apertado, mas não consigo desfazer os botões sozinha. Tessa abotoou-o para mim antes de eu sair para o show. Rex estava certo sobre isso. Tiro os grampos do cabelo e prendo-o em um rabo de cavalo.

— Devo encontrá-la lá fora? — William pergunta.

Hesito, depois fico de pé.

— Poderia desabotoar meu vestido? — pergunto. — Eu realmente gostaria de vestir jeans e uma camiseta.

Ele se aproxima. Apresento minhas costas para ele, enquanto minhas mãos seguram as alças em meus ombros. Inclino minha cabeça, expondo meu pescoço para ele. Seus dedos roçam meu pescoço suavemente, enquanto ele usa as duas mãos para desabotoar o botão superior. Eu fecho meus olhos. Seu toque é leve e seguro. Engulo em seco quando ele desce pelos os botões, com leves toques em minha pele. Meu coração palpita. Ele pode ouvir?

— Pronto. — Sua voz é quase um sussurro. Seu hálito quente acaricia meu pescoço. Envia arrepios na minha espinha. Sem pensar, encontro-me arqueando em direção a ele.

Ele limpa a garganta. O ar frio enquanto ele se afasta é como um jato de água gelada me trazendo de volta à realidade.

Olho por cima do ombro para ele.

— Obrigada.

Ele está virado, de frente para a porta.

Vou para trás do biombo no canto da sala, rapidamente troco de sutiã e visto minha camiseta de algodão e jeans. Quando saio de trás do trocador, William ainda está de costas para mim. Ele está estudando o pôster do nosso show. Rex está com a mão possessivamente em volta de mim na foto do grupo.

— Daqui dois dias, fará uma semana que as pinturas foram roubadas — digo. — E ainda não sabemos o suficiente.

— Alguma coisa da polícia?

— Não. Takashi estava certo ao criar um pote de mel atrativo. Pensei em como fazer isso agora que o artigo deixou claro que não posso estar na Exposição de Arte Vertex sem o *Brincando Por Aí 1h30*. Se for pessoal, preciso fingir que isso não importa. Que a perda daquela pintura não me machucou. Eu não deveria ter ido com Edmund conhecer aquele cara. — Balanço minha cabeça. — Isso apenas mostrou meu desespero.

— Você encontrou outra pintura que poderia servir para a Vertex?

— Não. Amanhã verei Edmund novamente na arrecadação de fundos de John. Vou dizer a ele que tenho outra exposição.

— Tem certeza? Estou preocupado com o que ele fará em resposta. — Ele me encara.

— Eu também. Mas se for ele, ele reagirá.

William me dá um tapinha.

— Você consegue.

— Eu sei. Afinal, o que eles podem fazer comigo, agora que o *Brincando Por Aí 1h30* e o Kimimoto já foram roubados? Você pode ir amanhã?

— Eu realmente tenho que trabalhar. Prazos fiscais. Mas se você precisar de mim...

— Não, está bem. Não estarei lá por muito tempo. Falarei com Edmund e ir embora. De qualquer forma, temos outro show amanhã à noite.

William acena com a cabeça e gesticula para o pôster.

— Por quanto tempo vocês namoraram?

— Um ano — eu digo. — Mas também namoramos no ensino médio. — Ele foi meu primeiro namorado. Sempre sentirei um pouco de amor por ele.

— E quando vocês terminaram?

— Há uns sete meses atrás. Já faz um tempinho agora. — Meus calcanhares batem no chão. Não trouxe os tênis para trocar porque seria muito para carregar.

— Então um pouco depois da festa do tio Takashi — diz ele.

— Não foi culpa dele que a fã o beijou. Mas fico com ciúmes, e namorar uma estrela do rock não é uma boa opção para mim. — Eu abro a porta. Preciso sair deste quartinho com William. — Vem, vamos lá. — No corredor, aponto para uma saída nos fundos para não termos que passar pela multidão da frente.

— Mas você é uma estrela do rock.

Eu rio.

— Não sou uma estrela do rock.

— Vi você cantando *caraoquê*, obviamente, então eu sabia que você era uma boa cantora. Mas lá em cima, naquele palco... — Ele parece procurar as palavras certas e depois diz: — Você era definitivamente uma estrela do rock.

Minha vibração de estrela do rock funcionou? Eu sorrio para ele.

— A magia das luzes.

— Você está dividida entre cantar e pintar?

— Não, na verdade não. Eles se equilibram. Tenho meu tempo sozinha quando estou pintando e depois tenho a camaradagem da banda que me satisfaz socialmente. E meus amigos mais próximos, é claro. Eu gostaria de desistir de ser garçonete, mas pelo menos assim consigo me sustentar. É social também. E às vezes, quando não consigo me expressar na minha pintura, é um alívio ter as letras das músicas. Mas Rex escreve a maioria das nossas músicas.

— Vocês são bons.

— Sim, mas não somos bons o suficiente. Há muitas bandas boas por aí — eu digo. — Talvez eu também não seja boa o suficiente com minha arte, mas essa é minha paixão. E tenho toda a minha vida para melhorar.

Abro a porta dos fundos, e saímos para a rua. Pequenos círculos de amigos circulam pela calçada, conversando sobre o show e discutindo para onde vão em seguida. Puxo meu boné de beisebol mais para baixo para cobrir meu rosto, mesmo que meu cabelo ruivo seja uma revelação escancarada. Rex está ali, no meio de um grupo de mulheres. Ando rapidamente passando pela multidão até o final do quarteirão, William acompanhando o passo ao meu lado.

— Como você vai para casa? — ele pergunta quando paramos na esquina no sinal vermelho.

Ele está me matando com seu autocontrole. Estou acostumada a esperar e a ter que conquistar isso – tipo minha carreira artística, em resumo – mas não gosto disso.

— Vou de bicicleta. — Prendo meu capacete. — É uma boa maneira de eliminar o excesso de energia. — Eu olho para ele.

— Da apresentação?

— E outras coisas. — Eu mantenho seu olhar um pouco mais do que confortável. — Vejo você segunda-feira.

A bicicleta não funcionou. Estou muito excitada para dormir. Aquela chama de desejo que acendeu quando ele desabotoou meu vestido ainda está tremeluzindo, e preciso me livrar de todo esse excesso de energia. Fecho a porta do meu apartamento atrás de mim suavemente, caso Tessa esteja dormindo.

Tirando os saltos, calço os chinelos e caminho pelo chão de madeira desgastado até o cavalete. Sinto vontade de pintar novamente e só isso já me deixa feliz. Quero retratar esse sentimento de possibilidade, mas também aquela dor de desconhecimento que senti ao cantar "Não Me Deixe Agora" – a música que escrevi com Rex. Eu deveria escrever outra chamada "Fora dos Limites". Mas Rex é o letrista. Eu apenas gosto de brincar com ele em busca de palavras. Esses foram os melhores momentos do nosso relacionamento. Ele rabiscava ideias em um guardanapo, alimentando-se da energia de todos nós no bar. E interpretei essa colaboração criativa como a base para algo mais.

Estou fazendo isso de novo? William e eu formamos uma equipe para rastrear as pinturas e, mais uma vez, acho que isso simboliza algo a mais.

Vou pintar "Fora dos Limites".

Na minha paleta, escolho o amarelo cádmio – alegria pela forma como William me faz sentir. Adiciono traços de incerteza com violeta, contrastando com o cinza de Payne para a parede entre nós. Marrom por aquela onda de calor quando discutimos. Prata pela eletricidade que está por trás de tudo. Uma onda de azul – arrependimento.

Porque não pode ser.

Coloco a tela sobre uma lona no chão e pinto com spray um fundo azul claro, depois despejo a tinta a óleo amarela mais espessa por cima, espalhando esperança. Talvez a esperança devesse ter sido pintada com *spray* – mais leve, mais tênue – mas a exuberância flutuante tem sido mais como ser encharcado por uma onda do mar, até mesmo derrubado. Com um pincel, pinto linhas pesadas de cinza. Bato no pincel com prata para pontilhar a tela.

Eu recuo.

Dependendo de como a luz atinge, a prata brilha. É inesperado – captura aquela centelha. Eu aplico flashes marrons aqui e ali – chamas.

Lavo meu pincel na pia de aço inoxidável e olho novamente para a pintura.

Ainda parece muito esperançoso, a tinta amarela superando o cinza. Mas é exato. Não estou resignada a ficar atrás dos muros. Estou explorando as brechas, tentando ver se existe uma maneira de esse relacionamento funcionar.

14

PREPARE-SE, EDMUND. A OPERAÇÃO "Ponte de Mel" está prestes a começar. Eu uso um vestido vintage, justo, azul-meia-noite para a arrecadação de fundos de John. Temos um show começando às 20h, e assim não terei que me trocar. Ao colocar meus óculos escuros, sinto-me blindada. *Que comece o jogo.*

Subo os degraus até a porta da frente da casa de arenito marrom da minha mãe no West Village, e a porta se abre. Um homem vestido com o uniforme típico do serviço de bufê, camisa branca e calça preta, me dá as boas-vindas. As portas francesas duplas que levam à sala de estar estão abertas, e a onda de conversas chega ao hall de entrada.

Paro na soleira e tiro os óculos escuros.

O lugar está lotado de pessoas idosas e bem vestidas. A única cor na sala da mamãe é o branco. Nenhuma pintura e nenhum objeto pessoal perturbam a esterilidade. Quando éramos crianças, não passávamos muito tempo aqui porque era preciso mantê-lo impecável para entreter os visitantes. Nos reunimos na sala de TV no térreo. Ainda tem fotos de família e até algumas obras de arte emolduradas minhas e de Annabelle do ensino médio.

Dei algumas pinturas para minha mãe, mas ela só pendurou uma em seu escritório em casa, ao lado de um recorte emoldurado do

Wall Street Journal cobrindo o litígio de Annabelle. O resto está em um armário. Sempre que dou um a ela, diz: "Esses são os genes do seu pai". Na verdade, John pendurou o quadro que dei a ele em seu escritório oficial quando era presidente do distrito.

— Miranda — exclama uma voz masculina perto de mim. É meu amigo Max. Nós nos conhecemos da faculdade. Ele me dá um beijo em cada bochecha. — Modo *rock star* completo, hein?

— Você também está adequado — eu digo.

Uma tigela de vidro com rosas brancas flutuantes está no aparador esmaltado branco ao meu lado. Um pequeno bar foi montado no canto da sala.

— Pelo menos agora você está aqui; só posso fazer algo educado sozinho com os amigos dos meus pais — diz Max.

— Achei que você tivesse que trabalhar até tarde — digo.

— Terminei antes do esperado. Achei que ganharia pontos extras por chegar mais cedo, então teria você para me entreter.

Eu bufo.

Pedimos bebidas no bar e depois nos retiramos com nossos copos para o canto, perto de uma das janelas salientes do chão ao teto. Lá fora está escuro. Edmund está conversando com um casal mais velho no meio da sala. Tenho que esperar que ele se aproxime de mim. Ele sabe que eu não iniciaria contato. Mas ele virá se eu falar com Annabelle.

— Além disso, agora Audrey e Eve estão morando juntos — diz Max. — Eu mal as vi antes, devido aos seus empregos, mas agora estou definitivamente em segundo plano em relação aos seus homens. E acho que Jake está prestes a propor casamento. Jake é o namorado de Audrey.

— Você sempre tem as melhores fofocas — eu digo. — Como você sabe?

— Eu estava brincando sobre ser tio dos filhos deles, e Jake tinha aquele olhar meio em pânico e meio determinado no rosto que outros amigos tinham antes de proporem casamento.

— Você acha que Audrey sabe?

— Eu não contei a ela.

— Eles ficam bem juntos — eu digo. — Está na hora de arranjar sua própria namorada.

— É mais difícil do que parece.

— É mesmo. — Eu sorrio para Max. Estou tentado a contar a ele sobre William.

Max balança a cabeça.

— Duas horas, pais se aproximando.

— Minha aposta é que eles tentam promover a nossa união desde o início — digo.

— Eu dou cinco minutos para se atualizar — diz Max. — O jantar é o prêmio.

— Um jantar caseiro. As finanças estão frágeis.

John e minha mãe nos alcançam primeiro.

John diz:

— Que bom que você veio, Miranda. Você está em boa forma. Queixo para cima, como sempre digo.

A mãe de Max, Anya, se junta a nós.

— Então esperávamos você um pouco mais cedo, para ajudar. Estou feliz que Max tenha conseguido sair do trabalho mais cedo — diz minha mãe. — Vocês dois formam um casal tão deslumbrante. Não é, Anya?

— Sim, claro que sim. — Anya sorri.

Eu dou um sorriso de satisfação para Max.

— E Max é um ótimo cozinheiro. — Eu belisco sua bochecha.

— Ai! — diz Max. — Essa é a minha deixa para alimentar Miranda. Ela fica mal-humorada se não for alimentada.

— Você me conhece tão bem — eu digo. — Parece um bom público.

John diz:

— Graças à Anya por convidar tantos amigos dela.

— Você sempre dá uma boa festa. — Anya bebe seu vinho. — Miranda, você deveria falar com a mulher de vestido roxo no bar. Mas espere até que ela tenha algumas bebidas dentro dela. Ela realizou uma reunião do clube do livro em seu apartamento, repleta de arte abstrata.

— Muito obrigada, Anya. Eu irei.

— Você conversou com Takashi sobre seguir uma carreira em TI? — minha mãe pergunta.

— Ainda não — eu digo. — No momento, estamos focados em descobrir quem roubou os quadros.

Minha mãe franze os lábios, e um silêncio constrangedor toma conta.

Um garçom pergunta se gostaríamos de um *satay* de frango. Todos pegamos um espetinho e um guardanapo.

— A comida parece deliciosa — diz Max. — Eu ainda não jantei.

— Você deveria comer — diz minha mãe.

Max e eu escapamos e vamos até a mesa de aperitivos.

— É uma loucura o fato de sua pintura ter sido roubada — diz Max. — Uma amiga vem esta noite e quer aumentar sua coleção. Sugeri que ela desse uma olhada no seu trabalho. Talvez você possa vender um quadro para ela.

— Isso seria incrível.

Seguro os nossos copos enquanto Max prepara dois pratos para nós. Recuamos com nossos aperitivos para duas cadeiras encostadas na parede e comemos alegremente.

— Como você sabia que sua mãe pularia as preliminares? — Max pergunta.

— Minha mãe sempre gostou de ter um homem em sua vida. E como minha carreira estagnou, ela está se concentrando no aspecto masculino — digo. — Você é o favorito dela entre os candidatos.

— Sua mãe tem bom gosto — diz Max.

— Não leve isso muito para o lado pessoal. Você está enfrentando Rex e Peter, mais o medo dela de que eu me case com outro artista.

— Você sabe como machucar o ego de um cara — diz Max. — Necessita-se para o meu curso de Direito.

— Ah. Eu também gosto da sua comida. — Dou um gole no meu vinho.

— Talvez eu envenene você desta vez — diz Max. — Annabelle veio com Edmund. David não fica irritado com o fato de Edmund estar sempre por perto?

— David e Annabelle estão se divorciando.

— Estão? Surpreendente.

— Não é mesmo? Estou chocada. E um pouco triste. David é um cara legal. E pensei que Annabelle gostava de ser casada com ele. Deve ter sido muito ruim.

— Não sei — diz Max. — Posso vê-la livrando-se de seus problemas rapidamente. Você é mais do tipo que tenta se segurar.

— Talvez — eu digo. — Eu deveria procurá-la e dizer olá.

Nós dois terminamos nossos pratos de comida.

— Algum suspeito até agora? — Max pergunta.

— Três, uma das quais é Annabelle — digo lentamente. Minha irmã está do outro lado da sala, vestida com seu habitual terninho preto, digitando em seu telefone. — Mas ela não poderia ter feito isso.

— Parece que você tem suas dúvidas.

— Não no meu coração. — Eu olho para Max. — Mas se eu me separar das minhas emoções e olhar para isso de forma lógica, ela saiu com duas pinturas. Faz um tempo que não estamos próximas.

— Se você olhar logicamente, roubar as pinturas não a beneficia em nada — diz Max. — Vamos dizer olá. Dou minha opinião.

Entregamos nossos pratos vazios a um garçom que volta para a cozinha.

— Sim, vamos. Então poderemos nos recompensar com a mesa de sobremesas.

— As sobremesas parecem boas — diz Max. — Eu as verifiquei quando cheguei.

— Seus sócios sabem que você tem a alma de uma criança de cinco anos?

— Não, então não conte a eles — diz Max. — Talvez você pudesse ter se dado bem como sócia jurídica.

— Não sou tão boa em esconder minha criança interior de cinco anos — digo.

Enquanto caminhamos para cumprimentar para Annabelle, Max é abordado por alguns amigos de seus pais. Continuo e sento ao lado de Annabelle, que murmura que está terminando um e-mail de trabalho enquanto digita no telefone.

— Uma entrada bastante grandiosa — diz Annabelle.

— Se há uma coisa que John e mamãe me ensinaram, foi fazer com que sua entrada conte.

Annabelle bufa, elegantemente.

— Você precisa parar de se basear por eles.

— Eu não faço isso.

Annabelle balança a cabeça.

— Você é quem fala — eu digo. — É fácil para você fazê-los felizes. Você gosta de ser advogada.

— Nem sempre. — Annabelle gira no dedo um anel de rubi que substituiu seu anel de noivado.

— Sinto muito por David. Estou realmente surpresa.

— Por quê? Cinquenta por cento dos casamentos terminam em divórcio.

— Não pensei que o seu fosse — digo.

— Você gostava tanto assim do David? — ela pergunta. — Tive a impressão de que ele não era seu tipo.

— Acho ele um cara legal. Eu simplesmente não consigo acreditar que ele te traiu.

Os olhos de Annabelle se arregalam e depois fecham. Ela está mais chateada com isso do que suas palavras sugerem.

— Meus amigos o viram. — Ela olha para frente.

— Viram com outra mulher? — pergunto. — Provavelmente era apenas uma amiga.

— Eles o viram beijando-a.

— Talvez ela o tenha beijado, como quando a fã de Rex o beijou.

— David não é uma estrela do rock — diz ela.

— Ele é um comerciante de fundos de *hedge*. Isso se qualifica como uma estrela do rock em alguns círculos de Nova Iorque. E ele não usa aliança de casamento — digo. — O que ele disse quando você o confrontou?

— Falou que *ela* o beijou e ficou todo ofendido por eu pensar que ele m trairia — diz Annabelle.

— Mas você não acredita nele? — eu pergunto.

— Já estávamos nos distanciando há algum tempo. Concentrei-me em me tornar sócia do meu escritório de advocacia, e ele está focado em ser promovido a diretor administrativo. Acabou. — Sua afirmação impede qualquer discussão adicional. — A propósito, você pode passear com Pepper na próxima semana? David e eu estaremos em viagem. Eu ia perguntar a Edmund, mas isso não vai agradar a David. E estou tentando manter as coisas amigáveis.

— Claro — eu digo. — Edmund ainda tem a chave da sua casa?

— Não. David disse não queria mais isso — diz ela. — Além disso, se você vir o cara vendendo arte na Terceira avenida sob o andaime, e ele estiver com o cachorro, você precisa levar Pepper para passear em direção à Segunda avenida. Pepper não se dá bem com o cachorro daquele cara.

— Tudo bem. Você ainda tem a chave da casa de Edmund? — eu pergunto.

— Sim.

Max se junta a nós e me entrega um *cookie* de chocolate embrulhado em um guardanapo que está na mesa de sobremesas. Nós ficamos de pé.

— Annabelle. — Ele oferece a ela um biscoito. — Aqui está um para você, se quiser.

— Não, obrigada — ela diz. — Tem algo no meu rosto? Você está me olhando de forma estranha.

Sutileza não é o forte de Max.

— Não, nada — diz Max. Um garçom nos pergunta se gostaríamos de camarão. Max e eu dizemos que não, já que passamos para a sobremesa. Annabelle pega um.

— Posso pegar uma bebida para você? — Max pergunta.

— Não, Edmund foi pegar uma água com gás para mim — diz ela. — Embora acho que ele foi detido por política. — Edmund está conversando com um monte de gente da idade de nossos pais. Ele parece estar se divertindo. — Parabéns pelo seu teste recente, Max.

Edmund se junta a nós, entregando a Annabelle uma água com gás, enquanto ela coloca o rabo de camarão no copo da travessa.

— Sobre o que vocês estavam falando ali? — ela pergunta.

— Aquele caso de falsificação da Manhattan *Gallery* — diz Edmund. — É louco.

— É uma loucura que eles pensaram que iriam se safar — diz Annabelle.

— Eles quase conseguiram — diz Edmund.

— As falsificações são as piores coisas — digo. — Literalmente estão pegando sua criatividade, sangue, suor e lágrimas e fazendo-os passar como se fossem deles.

— Como estão as fazendas de azeite oliva? — Max pergunta. Ele é um conhecedor de vinhos. — Ouvi de um colega que estava de férias na Itália que tem estado muito seco lá este ano.

— Estão bem. Nossa região teve chuvas adequadas. — Edmund faz sua manobra irritante em que acaricia o queixo para parecer superior. Então cobre a boca com a mão. — Na verdade, agora há apenas mais demanda pelo nosso produto.

Edmund está mentindo. Tenho uma lembrança vívida dele: seus dedos magros cobrindo a boca, insistindo não tinha pegado o meu bloco de desenho. Tínhamos dez anos. Peguei sua mochila e encontrei meu bloco de desenho ali, cheio de rabiscos.

Eu tinha esquecido como ele destruiu minha arte no passado.

— Você ainda está satisfeito com aquele serviço de limpeza que manda pessoas diferentes a cada vez? — pergunto a Edmund. — Estou procurando um serviço de limpeza.

— Sim. Eles são muito profissionais e, por isso, não tenho nenhum apego pessoal. Sem bônus de Natal.

Edmund às vezes é tão mesquinho.

— Tessa quer contratar um serviço de limpeza — digo. — Acho que não precisamos de um.

Ele sorri abertamente.

— Eu os recomendo fortemente. Acabei de conseguir o horário de sexta-feira.

— Você não costuma visitar a Itália nesta época do ano? — Max pergunta.

— Sim — diz Edmund. — Mas não tive tempo. Tanta coisa tem acontecido. — Seus lábios se inclinam ligeiramente para cima. — Mas você tem certeza de que pode pagar um serviço de limpeza, Miranda?

— Acabei de conseguir outra exposição — eu digo.

É hora de seguir o conselho de Takashi.

Sua testa se enruga.

— Isso é ótimo! — Annabelle me abraça. — Tão boa quanto a Vertex?

— Boa o bastante. — Eu sorrio amplamente. — Várias das minhas últimas pinturas. Eles gostaram particularmente de uma marrom que acabei de terminar. — Talvez o ladrão possa roubar minha mistura de lama.

— Achei que você estava tendo problemas para pintar — diz Edmund.

— Eu estava. Mas então, depois da nossa viagem ao Brooklyn, tudo funcionou novamente, como uma injeção de adrenalina para minha criatividade. Estou muito feliz com essa exposição. Fui rejeitada no ano passado. — Meu estômago treme. *Não exagere.* Não quero me arrepender disso.

A senhora de roxo está sozinha na mesa de sobremesas.

— Tenho que falar com alguém. Vamos, Max. — Agarro a mão de Max, puxando-o comigo. — Ótimo conversar com vocês.

Max e eu emboscamos a senhora de vestido roxo.

— Olá, sou Miranda — digo. — A mãe de Max sugeriu que nos encontrássemos. Ouvi dizer que você é fã de arte abstrata. E provavelmente já conhece o Max.

Eles acenam um para o outro.

— Meu falecido marido era fã de arte abstrata — diz ela. — Você também é fã?

— Sim, mas também sou artista — digo. — Estou procurando vender obras de arte. Às vezes sinto que deveria usar uma placa: "ARTISTA EM BUSCA DE PATRONO".

Ela ri.

— Gosto que você seja direta. Não gosto tanto de colecionar quanto meu falecido marido, mas gostava de visitar estúdios de artistas e ter vislumbres de outras vidas.

— O estúdio da Miranda é um lugar muito feliz — diz Max. — E ver o processo dela é fascinante.

— Adoraria que você visitasse meu estúdio — digo. — Porém, um aviso: é a sala do meu apartamento no Upper West Side.

— Bem, pelo menos isso será fácil de chegar — diz ela.

Trocamos cartões.

Max então me leva para conhecer sua amiga que se interessa por arte, e converso brevemente com ela. Trocamos cartões, então peço licença porque devo chegar ao local do show da nossa banda mais tarde hoje à noite.

Max diz:

— Talvez possamos conferir seu show depois dessa festa.

— Vocês deveriam — eu digo. — Rex escreveu algumas músicas novas.

Quando saio da sala, uma mulher que entra para e diz:

— Você!

Olho para ela e paro. Kimberly.

— Pensei ter reconhecido, mas não consegui identificá-la — diz ela. — Salgueiro-chorão. Oh, desculpe.

— Tudo bem. Acho que você vai servir a festa da minha mãe. — E aqui pensei que ela me reconheceria das festas de Tony.

Ela assente.

— Desculpe. Agora entendo por que seu namorado estava pre-ocupado com a discrição. Ficarei feliz em atendê-los.

— Foi um pouco estranho — eu digo. — Mas já contratamos a Star Catering. Não que ele seja meu namorado.

— Bem, mantenha-me em mente.

Enquanto pego meu casaco no cabide, minha mãe se junta a mim. Ela me entrega uma pasta.

— Encontrei esses recortes antigos. As primeiras críticas positivas de seu pai. Ele também pensou que seria um sucesso. Não é tão fácil — diz ela. — Uma amiga minha mencionou que a escola da neta dela está procurando um professor de artes. Isso lhe daria folga nos verões, e você poderia pintar então.

— Mãe, sei que você acha que não consigo ser artista, mas consigo.

— Muito poucos conseguem — diz minha mãe. — Vi seu pai se esforçar tanto e falhar. E não quero ver isso acontecer contigo também.

— Eu sou diferente do papai. Estou muito mais motivada e mais resistente.

— Mais resistente? Miranda, você chora o tempo todo.

— Isso não significa que eu não seja durona. Não tenho medo de compartilhar minhas emoções. Talvez isso seja um sinal de bravura.

— É, acho que sim. — Ela parece duvidosa. — Mas dê uma olhada neste trabalho de professora de arte escolar.

Normalmente, eu agrado minha mãe. Mas estou farta da dúvida dela.

— Mãe, vou conseguir ser artista, mas tenho que fazer isso em tempo integral. Não é um hobby. Não vou tentar o emprego de professora ou me formar em TI. Vou encontrar minha pintura e participar da Vertex. — Devolvo-lhe a pasta e visto meu casaco.

Os olhos da minha mãe se arregalam, mas ela é muito instruída como esposa de político para demonstrar qualquer outra emoção.

— Quero que você encontre sua pintura.

— E eu agradeço seu apoio. — Fecho a porta atrás de mim.

15

Não verei William até segunda-feira, e isso parece uma eternidade, embora seja sábado de manhã. Além disso, estou ansiosa esperando para ver se Edmund reage à minha nova isca. Entrevistar o pessoal do bufê na festa de segunda-feira é menos urgente agora que acho que Vinnie pegou as pinturas, mas ainda precisamos conversar com eles. Perdemos uma semana agora. Faltam apenas quatro semanas para a Exposição de Arte Vertex. Envio uma mensagem para William.

> Eu: *Edmund disse que suas fazendas de azeite estão indo bem. Acho que ele está mentindo.*

> William: *Vou dar uma olhada nisso. Você contou a ele que tinha uma nova exposição?*

> Eu: *Sim.*

Nunca tenho paciência quando estou interessada em alguém. Eu deveria ficar longe, mas talvez o contato próximo diminua minha atração. Costumava pensar que William era chato e reservado, então só preciso ver mais disso e meu interesse certamente diminuirá. Ele deve ter alguns hábitos irritantes.

— Estou pensando que preciso fazer nosso teste divertido e de espírito livre com William — digo a Tessa.

— Achei que William não fosse seu tipo. — Ela bebe seu café.

— Ele não é, então se ele falhar, não ultrapassarei nenhum limite.

— E se ele não falhar?

— Talvez então valha a pena o risco.

— Você precisa ter certeza — diz Tessa. — Você sabe que eu curto correr riscos. Mas vocês vão se ver em eventos familiares. Você definitivamente deveria colocá-lo à prova.

— Qual será então entre as opções de primavera/verão: passeios de bicicleta por Manhattan, canoagem em Hudson, batalha com armas de água no Central Park? — As opções de inverno incluem uma luta de bolas de neve no Central Park, mas isso exige um timing perfeito, você tem que estar interessado em alguém quando neva em Nova Iorque.

Há uma batida na nossa porta. É Penélope.

— Oi, vocês querem ir para Fire Island neste fim de semana? — Penélope pergunta. — Tenho a casa para o fim de semana. Rory e eu vamos, junto com Zelda e Kareem. Como estão indo com a investigação?

— Nossos principais suspeitos ainda são Edmund e Vinnie trabalhando juntos.

Penélope se encosta na porta.

— Edmund transmite vibrações de amante rejeitado. Para Annabelle. Mas não vejo como roubar sua pintura o fará conquistar sua meia-irmã.

— Assim ele se vinga por eu ter dito a ela para não se casar com ele, o que Annabelle aparentemente contou a ele.

— Ela contou? Ela não deveria ter feito isso — diz Penelope. — Então, e sobre Fire Island neste fim de semana?

— Tenho um show hoje à noite, mas posso ir no domingo. — Eu sorrio para as duas. — Batalha com armas de água em Fire Island? Vou convidar William.

— Você tem um *crush* por William? — Penélope pergunta.

— Ainda usamos a palavra *crush*? — eu pergunto.

— Ela definitivamente tem um *crush* por William — diz Tessa. — Tenho que trabalhar neste fim de semana, então não posso ir. Além disso, se forem todos casais, não tenho certeza se quero ser a única solteira lá.

— Você pode ir no domingo — eu digo. — E William e eu não somos um casal.

— Ainda... — diz Tessa.

— Posso perguntar ao William se ele tem algum amigo que queira convidar. Solteiros vs. Casais — eu digo. — Você sabe que adora batalhas com armas de água. E você não pode recusar um dia em Fire Island. Não é nem o fim de semana inteiro.

— Está bem, está bem. Mas é melhor eu trabalhar um pouco para ter certeza de que minha agenda está livre. — Tessa coloca a caneca de café na máquina de lavar louça.

— Vou ligar para William agora — digo.

— Ótimo — diz Penélope. — Me fala se ele concordar. — Ela sai pela porta para voltar para seu apartamento no andar de baixo.

— Devo sair da sala para lhe dar privacidade? — Tessa prepara alguns lanches para o escritório.

— Por que eu precisaria de privacidade? — eu pergunto. — Não estamos sussurrando palavras doces ao telefone. E se ele rejeitar meu convite, então você poderá me consolar.

Limpo a garganta e ligo para William.

— Olá, aqui é Miranda. Estou ligando para saber se você quer ir de carro até Fire Island no domingo. Minha amiga Penelope me convidou. Posso trazer amigos. Pronto, eu o convidei.

Há silêncio.

— Você está me convidando porque eu tenho um carro? — William pergunta.

— Isso é uma vantagem na sua coluna de convites, mas não. Estou convidando você porque gosto de sair com você — digo. — Não me importo de pegar o trem, o que podemos fazer se você não quiser dirigir.

— Tudo bem", diz William. — Eu posso ir dirigindo.

— Está bem. — Dou um sinal de positivo para Tessa. Ela sorri de volta para mim.

— Mas devo avisar que haverá uma batalha com armas de água — digo. — É uma das nossas tradições quando vamos para Fire Island.

— Seus amigos têm filhos? — ele pergunta.

— Ainda não — eu digo. — Precisamos manter nossas habilidades voltadas para crianças atualizadas.

— Essa é uma maneira de colocar as coisas — diz ele. — A que horas devo buscá-la?

— Tenho um show hoje à noite, então por volta das 8h? — eu pergunto. — E Tessa virá conosco. Além disso, Tessa e eu usaremos roupas de mergulho.

— No carro?

— Não.

— Por quê?

— Porque pode estar úmido e frio.

— Vou manter isso em mente. Vejo você de manhã — diz ele.

— Por que estou me sentindo uma acompanhante? — Tessa pergunta.

— Definitivamente não seja uma acompanhante — eu digo. — Saia se você acha que alguma coisa vai acontecer.

— Você se esqueceu de pedir a ele para trazer amigos — diz ela.

— Esqueci. Desculpa. Vou mandar uma mensagem para ele agora.

— Não, não — diz Tessa. — Eu só quero relaxar e não ter que conversar com um cara qualquer. É meu dia de folga.

— Tem certeza?

— Tenho.

O jogo é uma combinação de captura da bandeira e batalha com armas de água, perfeita para Fire Island. Nossa base é a área atrás da casa, que tem a vantagem de ter mangueira e chuveiro externo. Penelope, Rory, Kareem e Zelda ficam com a área frontal, que conta apenas com a mangueira e o chuveiro de pés. A primeira decisão é onde colocar a bandeira. Como já jogamos este jogo antes, não há novos lugares.

— Precisamos colocá-la no alto para que haja um pouco de esforço para recuperar. Isso nos dará algum tempo para encontrar a deles — diz Tessa.

— O problema é que as cores brilhantes podem ser vistas nas árvores. — Meus pés afundam na areia fria. Ambas as bandeiras são toalhas de mão vermelhas brilhantes.

William parece um pouco cético em relação a todo esse jogo. Isso pode funcionar. Ele pode falhar no teste divertido.

Olhamos ao redor do nosso território: um terreno arenoso com dunas, alguns pinheiros, um poste telefônico, um arbusto de bambu em um canto. Uma cerca de madeira para dunas o separa dos lotes vizinhos. A casa principal é suspensa por postes, então você pode passar por baixo ou ao redor dela para atacar o outro time. Degraus de madeira levam até o deck de trás.

— Podemos colocar a bandeira dentro de uma toalha verde e colocá-la naquela árvore ali? — William pergunta.

— É uma boa ideia — diz Tessa. — Vou pegar uma. Comecem a encher as armas.

William e eu nos agachamos e seguimos as ordens. Encho dois baldes com água para nossas pistolas de esguicho, enquanto ele enche a pistola de água *Super Soaker* usando a mangueira.

— Nunca vi uma dessas. — Ele aponta para as pistolas de esguicho de água feitas com espuma em volta.

— Essas são ótimas — eu digo. — São perfeitas para a praia porque você pode encher com a água do mar. E são muito rápidas para reabastecer, ao contrário daquela, que demora um pouco. Mas não se preocupe, uma de nós geralmente volta aqui para reabastecer. Além disso, está vendo aquela abertura na grama bem ali perto do poste que sustenta o deck? Essa é uma das melhores rotas para passar por baixo da casa para atacá-los. Mas eles também podem estar embaixo da casa, então certifique-se de estar totalmente abastecido antes de ir.

— Vocês levam isso muito a sério.

— As roupas de mergulho não previram isso? — eu pergunto brincando. Todas as nossas pistolas de esguicho d'água em espuma agora estão cheias.

— Achei que talvez fosse porque você não queria sentir frio — diz ele. — Mas parece que vocês duas vão estrelar um filme de James Bond.

Tessa retorna com a toalha verde e a camiseta vermelha para ser a isca. Envolvemos a nossa bandeira vermelha na toalha verde. William o coloca no alto do pinheiro enquanto orientamos do chão se ele está visível. Quando estamos todos satisfeitos, Tessa apita, sinalizando que estamos prontos para iniciar o jogo.

— Vou jogar na defesa — diz Tessa. —Vocês dois atacam.

Há um apito de resposta. Começou o jogo. E agora William está com tudo dentro. Ele pega sua pistola de água e foge furtivamente pelo lado norte da casa. Sorrio e me esgueiro pelo lado sul da casa. Imagino que todos eles também tenham se dividido, mas com uma pessoa a mais, isso significa que alguém está atacando por baixo da casa.

Eu me agacho atrás de um arbusto, com a pistola de água pronta para disparar.

Um *flash* de azul. Rory está escondido atrás de um arbusto.

Não há muitos arbustos atrás dos quais se esconder. Rastejo um pouco mais perto, olhando para os dois pinheiros para ver se consigo identificar a bandeira vermelha. Está em uma árvore ou nas vigas do andar superior.

Não há vermelho nas árvores. Saio correndo, atirando com as duas pistolas de água em Rory, atrás do arbusto, e corro em direção a parte da frente para ver se a bandeira está lá. Rory me borrifa água e fico encharcada. Ouço um grito, e William está atrás de mim. Estamos costas com costas, borrifando água em Rory e Kareem. Suas costas estão quentes e sólidas. Esse apoio literal é ainda melhor do que figurativo. *Foco. Mente fora da sacanagem.*

Penelope está recarregando as pistolas, então Zelda deve estar atacando Tessa.

— Estou ficando sem água — digo a William. Felizmente, todas as nossas pistolas de água são iguais, então ambas as equipes ficam sem água ao mesmo tempo. Mergulho embaixo da casa para voltar ao nosso posto de reabastecimento. William me segue, cabeça baixa, curvado. Temos que nos abaixar porque não é alto o suficiente para ficarmos em pé. Subo a sustentação de madeira.

— Sou alto demais para isso — ele murmura.

Zelda surge de trás de um poste e joga água em nós.

— Peguei! — Ela ri da nossa surpresa.

William se move para me proteger e suportar o impacto do ataque dela. Como ela ainda tem água? Corremos, agachados, de volta para onde Penélope está reabastecendo. Nós dois estamos encharcados. A camiseta molhada de William contorna seu peito musculoso. Há uma razão pela qual este jogo não é apenas para crianças.

— Você viu a bandeira? — ele pergunta.

— Não. — Eu recarrego minha arma.

Tessa entrega uma arma recarregada para William.

— Eu só recarreguei duas antes de Zelda atacar.

Zelda, Kareem e Rory surgiram do canto da casa. Kareem nos borrifa enquanto Zelda corre em direção à nossa bandeira isca.

— Vamos. — William corre para o outro lado. Fico para trás e reabasteço mais pistolas de água enquanto Tessa borrifa Rory e Kareem.

— Não é isso — Zelda grita. — Está vendo?

Agora eles ficaram sem água, exceto Zelda. Pego as duas pistolas de água cheias e as sigo, enquanto Tessa e Zelda borrifam uma na outra.

William está subindo em uma árvore enquanto Penélope borrifa nele a mangueira. A bandeira vermelha deles está ao nosso alcance.

— Cuidado! — eu digo. — Não o machuque. — Isso é tudo que preciso: que William se machuque brincando com meus amigos.

Esguicho em Penélope na base da árvore. Ela ainda não está tão molhada porque está reabastecendo as pistolas de água. Ela estremece quando a água fria atinge sua camisa. Rory e Kareem devem estar do nosso lado, à procura da nossa bandeira.

Penelope grita para Rory voltar.

William desce pela árvore com a bandeira. Impeço que Penelope o agarre, e ele corre de volta para o nosso lado. Se ele chegar lá com a bandeira, ganhamos. Ouvimos um grito atrás da casa. Eles têm a nossa bandeira.

Mas William cruza a linha primeiro. Nós ganhamos.

E William passou no teste divertido. Não estou surpresa.

Todos nós apertamos as mãos e nos abraçamos.

Tessa sorri para mim.

— Tudo isso para o seu teste.

Penelope nos dá prêmios em placas de papel que anunciam que somos os vencedores dos *Jogos Primavera Molhada Captura da Bandeira*. Piscando para mim, ela faz com que nós três nos juntemos para uma foto.

Tessa diz:

— Deixe-me pegar minha câmera.

Penélope diz:

— Tudo bem. Enquanto isso, vou tirar uma foto de vocês dois.

William coloca o braço em volta de mim, e eu coloco meu braço em volta dele. Ele aperta minha cintura.

— Nós fazemos uma boa equipe. — Ele olha para mim.

— Sim — eu digo.

William insiste em nos levar até a porta do apartamento em vez de nos deixar pegar o metrô a partir de Tribeca. Enquanto ele diminui a velocidade na frente do nosso prédio, vejo uma figura solitária.

— Merda — eu digo. — É aquele jornalista do *The Squirrel*.

— Tem certeza? — Tessa pergunta. — Ele não aparece há anos.

— Ele ainda está usando aquele maldito chapéu fedora. Ele parece pensar que isso lhe dá o ar de um verdadeiro jornalista. E ele está bem na frente da nossa porta.

— Você quer que eu vá primeiro e diga a ele que você estará ausente por uma semana? — Tessa pergunta.

— Não — eu digo. — Nunca ajuda mentir. Depois eles descobrem a verdade e pensam que você está encobrindo alguma coisa. Talvez eu devesse ficar com um amigo.

— Por que você deveria se esconder? — William pergunta. — Apenas diga a ele que você não está respondendo perguntas, se não quer responder. Mas pode ser interessante saber por que ele está aqui.

— Provavelmente é apenas um dia com poucas notícias — eu digo.

— Este repórter é meio que obcecado por Miranda — diz Tessa.

— A grande história dele foi a do Salgueiro Chorão — digo.

— Vou encontrar uma vaga para estacionar e irei com você. — William pega uma vaga para estacionar na avenida Columbus e saímos do carro.

Viramos a esquina, e percebo no minuto em que o Chapéu Fedora me vê. Sinto-me úmida e fria. Memórias de quando o artigo intitulado "Salgueiro Chorão" surgiu e todos os flashes da câmera me cegando quando saía da casa do meu amigo naquela noite fizeram minha boca ficar seca.

À medida que nos aproximamos, ele grita:

— Miranda, recebi uma denúncia de que você roubou sua própria pintura. O que você diz sobre isso?

O quê? Eu congelo. William coloca a mão nas minhas costas como se estivesse me apoiando.

— Sem comentários — diz Tessa.

— Você deveria falar com a polícia então, não comigo — digo com um sorriso. Passamos por ele e entramos em nosso prédio.

Quando subimos as escadas e entramos em nosso apartamento, William se vira para mim.

— Você acha que Edmund deu a ele o material para aquele primeiro artigo. E você acabou de dizer a Edmund que tinha um novo programa. Esta poderia ser a contra-ataque de Edmund.

Eu digo:

— Ele sabe o quanto odeio publicidade.

— Vamos ligar para o oficial Johnson e ver o que ele fala — diz William.

— Não. Precisamos ligar para a secretária de imprensa de John. Ela descobrirá a fonte do Fedora. Ele nunca revelará sua fonte à polícia, mas ela já descobriu suas fontes antes.

— Como? — William pergunta.

— Ela sai com alguns outros jornalistas em um bar perto da prefeitura. E gosta de se exibir quando está bêbada.

Ligo para a secretária de imprensa de John e conto o que Fedora disse. Ela diz que está lidando com isso.

— Você lidou bem com o Fedora — diz Tessa. — O melhor que você já lidou com ele.

Eu concordo.

— Lidei, não foi? Eu tinha vocês dois ao meu lado e pensei que deveria lidar com ele como minha mãe faz.

— Ele pareceu bastante chocado por você não ter ficado chateada — diz Tessa.

— Acho que devo ir — diz William. — Você vai me ligar se ela descobrir alguma coisa?

— Vou — eu digo. — Mas provavelmente levará alguns dias.

— Encontraremos os quadros. — William aperta minha mão e ajeita alguns fios de cabelo atrás da minha orelha. — Não gosto que isso esteja ficando tão pessoal.

Eu também não. E se o Fedora é a contra-ataque de Edmund, duvido que ele já tenha feito isso.

16

Finalmente chegou a hora de entrevistar (sutilmente) a equipe do serviço de refeições, Lena e Miju, enquanto servimos na festa de William. Apresento-me a elas, e nos instalamos na cozinha de William, desempacotando os *coolers* térmicos. A cozinha de William é estilosa, com armários cinza e estantes abertas de vidro e madeira de cerejeira. A combinação de cores é agradável, e ele tem tudo que precisamos, o que me faz pensar que ele realmente deve cozinhar aqui.

Debati o comentário dele sobre *fazermos uma boa equipe* com Tessa, e ela disse que isso não parecia particularmente romântico. Eu achei que sim. Mas ela definitivamente percebeu a química entre nós e achou que ele parecia muito protetor na noite passada. Zelda disse que eu deveria convidá-lo para sair de uma vez. Penelope se ofereceu para pedir a opinião de Rory como opinião de homem.

Lena é bonita, com cabelos pretos elegantes, olhos castanhos e uma figura curvilínea. Ela acaba de ser escalada como a personagem Danielle em uma produção *off-Broadway* de "Ladrão de Casaca". Ela ricocheteia, falando a mil por hora. Mas ainda está trabalhando com eficiência.

— É um dos meus filmes favoritos, e Danielle é uma personagem tão complexa porque ela tem uma paixão não correspondida por

Robie. — Lena prepara vários aperitivos. — Mas é complicado, ela também acha que ele os traiu. No final das contas, ela o trai fingindo ser o ladrão. — Ela olha diretamente para mim, sem sorrir, e sinto um arrepio. — Espero poder fazer jus a ela. — Lena desembrulha os bolinhos de caranguejo. — O papel tem um grande alcance. Posso flertar, ser maldosa com Frances, roubar as joias e ficar de luto quando meu pai morrer.

— Você interpretou aquela mulher desonesta muito bem em seu último show — diz Miju. — Devo esquentar essas quiches?

— Acho que sim. Como foi seu encontro? — Lena pergunta a Miju. — Miju teve um encontro às cegas ontem à noite.

— Lembre-me de não aceitar mais encontros às cegas. — Miju geme. — Estou aderindo ao namoro online. Pelo menos assim poderei fazer algumas verificações.

O micro-ondas emite um sinal sonoro. Retiro os bolinhos e os coloco no prato.

— Você é muito exigente — diz Lena enquanto coloca uma bandeja de mini quiches no forno.

— Não sou. Eu simplesmente apreciaria não passar o resto da minha vida com alguém que arrota. Não acho que seja pedir muito. E você realmente não pode falar. Você é como namorar alguém com a aparência de Timothée Chalamet.

— Eu sou. — Lena suspira de contentamento. — O anfitrião daqui, William, é fofo. Você pode seguir meu manual e dar em cima dele.

— Acho que ele está comprometido — digo, embora não esteja. — Talvez seu o seu pretendente estivesse nervoso em conhecer você. — Lavo alguns recipientes e os coloco de volta no carrinho do *Star Catering*.

— Talvez. — Miju não parece convencida. — Mas achei isso deprimente. Eu odeio encontros.

— Eu também — digo. — Certa vez, tive um encontro marcado, e o cara teve que ir embora depois do primeiro *drink*. Ainda não tenho ideia do que disse que o fez decidir tão rapidamente que não estava interessado.

— Então foi a aparência, mas você é atraente, então isso é estranho — diz Lena.

— Ele viu minha foto online. E era uma recente — digo. — Como você conheceu seu namorado, Lena?

Lena calça luvas de plástico e arruma cuidadosamente os rolinhos californianos em uma travessa.

— Éramos funcionários do bufê de uma de suas festas e tivemos algumas brincadeiras de flerte antes da festa. E então fiquei para ajudar a limpar...

— E me disse para ir para casa — diz Miju.

Lena ri.

— E uma coisa levou à outra, e agora estamos namorando há cerca de três meses — diz ela. — Ele é lindo. E independentemente financeiramente. Ele apoia muito minha carreira.

— Você perguntou a ele novamente se ele tem algum amigo? — Miju pergunta.

— Essa é a única falha dele. Ele parece ter apenas amigas — diz Lena. — E você? Está namorando alguém?

— Não, estou evitando homens no momento — digo quando William entra na cozinha.

— Vocês têm tudo que precisam? — Ele não olha para mim.

— Estamos todas bem — diz Miju. — Não precisa se preocupar. Relaxa e aproveita sua festa.

— Ótimo — diz William.

Ele veste um suéter cinza claro com gola em V, e as mangas estão arregaçadas. A maciez do tecido do suéter já me dá vontade de me esfregar nele. E não porque eu sei que seu peito é um músculo duro por baixo. Definitivamente não.

Esvazio um saco de gelo no balde de gelo.

— Vou terminar de montar o bar agora que os petiscos estão prontos.

— Sim, você deveria cuidar do bar comigo durante a primeira meia hora para suprir a primeira rodada — Lena me diz —, e depois voltar aqui para ajudar Miju a servir. Com nossa experiência, as pessoas geralmente não querem comida no início.

Lena e eu montamos o resto do bar conforme os convidados chegam. Trabalhamos bem juntas, e mal tenho tempo de ver os amigos de William enquanto sirvo. Eles parecem muito mais descolados do que um bando de contadores. Eles estão todos elegantemente vestidos de preto. Ele conseguiu convidar cerca de trinta pessoas. Eu o vejo rindo com amigos diferentes. Não sinto mais as vibrações de Serviço Secreto.

Faço perguntas a Lena sobre suas finanças e arte, tentando determinar se ela tem algum motivo para roubar as pinturas. Mas ela parece bastante sem noção. Ela modela também. Está prestes a deixar o emprego na *Star Catering*, mas continuará fazendo isso nesta outra empresa porque sente que deve à proprietária, Kimberly, que a contratou quando ela acabara de chegar em Nova Iorque e não sabia de nada. Sua afeição por Kimberly parece sincera. Outro beco sem saída.

— Você quer continuar fazendo a barra do bar e eu ajudo Miju a servir? — pergunto.

Eu me junto a Miju na cozinha.

— Você estava certa sobre William já ser comprometido. E não quero mexer com ela — diz Miju enquanto abro a geladeira.

— Eu estava?

— Ele está com uma mulher muito bonita no sofá.

Olho para a geladeira. *Que bandeja eu estava pegando?*

William nunca mencionou que tinha namorada. É verdade que somos apenas colegas, co-detetives; não é como se estivéssemos namorando. Nunca me interessei antes. Ele pode ter dito algo no metrô. Só porque senti uma centelha, uma faísca de eletricidade. Como quando ele estava preocupado comigo indo sozinha. Como quando ele desabotoou meu vestido. Como quando ele quis ter certeza de que eu sabia como me defender. *Ele se vê como meu irmão mais velho?*

— Você está vindo? —Miju pergunta.

Os bolinhos de arroz grelhado. Deveria servi-los. Eu tremo. Ele tem namorada, e aqui estou eu circulando, servindo comida para os amigos dele como ajudante. Não acredito que ele nem mencionou isso. Mas nunca pensei em perguntar. São sempre os quietos que não revelam fatos importantes. Ele acha que é confidencial? Solto um suspiro incrédulo.

Caminho pela festa com minha bandeja de bolinhos de arroz grelhados. Mas evito William. William se junta à mulher no sofá. Ela é muito atraente. Ela cai na gargalhada, cobrindo a boca. William sorri.

De volta à cozinha com Miju, pergunto:

— Como você sabe que ele está comprometido?

— Depois que ela saiu, ele disse a outro cara: "E você conheceu minha noiva *omiai*" — diz Miju. — *Omiai* significa casamento arranjado, eu sei dos dramas japoneses. Um dos meus favoritos é *Omiai Kekkon*. Embora os dramas coreanos ainda sejam os melhores.

Uma noiva. Meu estômago se aperta. *É por isso que ele está sempre recuado?*

Ela pergunta:

— Como você sabia?

Tiro outra bandeja do forno, me dando algum tempo para encontrar uma resposta.

— Acho que ele mencionou isso quando cheguei. — Minha voz é baixa, rouca.

— Normalmente há fotos pela casa, mas não vi nenhuma.

Também não vi nenhuma foto, mas quando estive aqui antes, não estava me concentrando nisso. Tio Tony deveria ter mencionado isso. Não que eu já tenha demonstrado qualquer interesse em William antes. Mas, por uma questão de reconhecimento familiar, deveria ter surgido. Eu deveria estar entrevistando Miju sobre seus motivos, mas ela já desapareceu na sala com as quiches. Pego a outra bandeja. Infelizmente, desta vez estou no lado da sala com a noiva dele.

Eu a sirvo. Ela agradece graciosamente, mas não está usando anel.

Estou surpresa que ela e William não estejam tão juntos. Quero dizer, não é como se eles tivessem se visto muito na semana passada, visto que estive com ele o tempo todo. Talvez ela lhe dê espaço para realizar seu trabalho. E espaço para passear em Fire Island com outra mulher e suas amigas. Ela é muito segura. Mas se William me vê como uma "parente", então não há nada com que se preocupar.

Quando volto para a cozinha, William está me esperando no corredor.

— Alguma revelação? — ele pergunta.

Uma enorme. Tenho medo de que, se olhar para ele, meus olhos revelem o quanto estou triste. Preciso de tempo para processar isso. Eu não deveria me apaixonar tanto por William.

— Uma — eu digo.

— Qual?

— Te conto mais tarde.

Viro-me para entrar na cozinha. Ele toca em meu braço.

— Você está bem? Você parece... esmaecida.

Então, olho para ele.

— Estou bem. Simplesmente não estamos chegando a lugar nenhum na investigação, e isso está me deixando desanimada.

— Mesmo se eliminarmos pessoas, isso é bom.

Eu concordo.

— É melhor eu ir buscar o sushi.

— Tudo bem, mas talvez depois disso você deva voltar para o bar. Ou você já teve a chance de fazer perguntas a Lena?

— Já fiz, mas não o suficiente — eu digo. — Ela se sente em dívida com Kimberly.

Ele acena com a cabeça e retorna para a festa. Miju entra na cozinha.

— Você apenas trabalha para *Star Catering*? — pergunto a Miju.

— Eu preciso conseguir mais eventos.

— Também trabalho para *Kimberly's Catering*, e ela é a melhor. Mas é muito exigente com quem contrata. É o nome dela e o seu negócio que estão em jogo. Trabalho para ela desde que começou. Mas ela pode ficar feliz em contratar uma artista se sua agenda for mais flexível. É difícil para ela quando uma de nós faz um show e depois ficamos fora por meses. Ela tem algumas pessoas de apoio, mas também são todos atores. Agora, nós duas com shows, ela está procurando.

— Como ela checa vocês? — pergunto. — Espero poder passar pelo crivo dela.

— Precisamos servir essas bandejas, mas posso ligar para você mais tarde e explicar melhor — diz Miju.

Circulo novamente com o *gyoza*. Pego William olhando para mim, mas o ignoro.

De volta à cozinha, Miju diz:

— Nossa galera vai sair no domingo à noite. Você deveria vir. Lena provavelmente não virá porque estará com o namorado. Eles ficam grudadinhos nas noites de domingo, mas nós vamos sair para dançar.

— Eu adoraria — eu digo. Essa é uma melhor oportunidade para sondar. Minha cabeça voltará a funcionar. Neste momento, quero fugir ou me esconder no banheiro. *Controle-se.* Respiro fundo. *Vocês ainda podem ser amigos. Assim é melhor.* Sem ramificações familiares.

Enquanto limpamos, Miju diz:

— Pelo menos desta vez, temos a cozinha só para nós. É tão chato quando os convidados ficam por perto e dão em cima de você. A menos que sejam interessantes.

Lena diz:

— Sim, como naquela festa de algumas semanas atrás, onde aquele velho ficou dando em cima da gente na cozinha.

— Embora fosse difícil saber se ele estava dando em cima de nós ou apenas queria ser o primeiro a escolher os aperitivos — diz Miju.

— Ele queria os dois — diz Lena. — Tinha uma noção muito inflada de si mesmo.

— Então, ele era um negociante de arte. Acho que ele nos deu seu cartão. Talvez você queira procurá-lo. Mas esteja avisada, ele é lascivo.

— Miju estremece de desgosto. Ela enfia a mão na carteira. — Não sei se ainda tenho. Os anfitriões foram tão amáveis que eu não queria insultar um de seus convidados rasgando-o bem na frente dele.

Ela entrega o cartão de Vinnie.

Eu olho para ele em estado de choque. Vinnie estava na cozinha.

— Quando foi a festa? — pergunto.

— Na sexta-feira, algumas semanas atrás — diz Lena. — Como eu disse, não há muitos limites de espaço pessoal, mas você pode usar isso a seu favor, já que ele provavelmente iria querer representá-la, já que você é bonita.

Eu coro.

— Obrigada.

Vinnie estava na cozinha, bem ao lado do escritório com os quadros.

17

William: *Você vai voltar?*

Saí com Miju e Lena porque pareceria suspeito. Nós todas limpamos juntas. Estranhamente, a noiva de William também foi embora.

Eu: *Não. Cansada. Indo para casa. Deixei seu lenço numa sacola na gaveta junto com as toalhas de rosto. Obrigada.*

William: *Tudo bem, boa noite. Te vejo amanhã.*

Preciso colocar minha face neutra amanhã. Não posso ficar avoada por causa do William na hora do almoço. E isso não é o que importa agora. Já é ruim o suficiente que isso me tenha feito perder o foco durante a festa, desperdiçando um tempo valioso de interrogatório. Felizmente, terei uma segunda chance no domingo à noite. Mas não posso me distrair com sentimentos não correspondidos por um homem comprometido.

É o dia seguinte, e vamos nos reunir na casa do tio Tony para um *brunch*. Tanto Takashi quanto William ainda não chegaram de seus respectivos escritórios. Na cozinha, tio Tony me dá uma xícara pequena para provar sua limonada mágica. Eu me inclino contra o balcão.

— Diane, Donald ou Dan tiveram alguma ideia a acrescentar quando você os entrevistou?

— Não — diz Tony. — Apenas chocados que alguém faria isso. E Diane disse que Edmund ainda parece estar apaixonado por Annabelle.

— E agora ele pode até conseguir sair com ela novamente. — Ainda não acredito que ele esteja namorando alguém novo. Suspiro e bebo meu copo. — Delicioso. Qual é o segredo?

— Não economize no açúcar — diz ele.

— Quanto açúcar?

— O suficiente para fazer valer a pena. — Ele sorri maliciosamente.

Eu sorrio de volta. Isso é o que adoro no tio Tony. Ele é um cara completo, um modelo para mim. Não, vamos manter tudo abotoado, lábio superior rígido para ele.

Estou prestes a perguntar se William tem uma noiva quando Cleo late. O resto da nossa equipe chegou.

— Como você está? — William pergunta.

— Estou bem. Precisava dormir um pouco. Conseguiu algumas boas pistas na festa. — Termino meu copo de limonada do tio Tony e sirvo-me de um segundo.

— Que pistas? — William pergunta.

— Vinnie estava na cozinha durante a festa do tio Tony. Miju e Lena brincaram sobre como ele estava dando em cima delas enquanto trabalhavam aqui, e ele deu a elas seu cartão. — Mostro o cartão a William e explico por que elas me deram.

Tio Tony me entrega uma travessa de biscoitos para levar à mesa da sala de jantar. Meu telefone toca. É a secretária de imprensa de John. Atendo.

— Desculpe, demorei um pouco — diz ela —, mas meu detetive finalmente encontrou Fedora bêbado ontem à noite e perguntou sobre aquele artigo que ele publicou sobre você.

Clico no alto-falante do telefone. Ela diz:

— Parece que a fonte dele era um negociante de arte chamado Vinnie que estava na festa. Aquele cara disse ao Fedora que você coordenou o roubo com sua irmã, e ela carregou as pinturas em uma bolsa do tamanho de um portfólio. Ele viu vocês conversando e se abraçando no corredor. Aí ela foi pegar o casaco e saiu com a bolsa.

— Estranho — eu digo. — Eu dei um abraço de despedida nela no corredor. Mas como o Fedora se conectou com o Vinnie?

— Isso eu não sei — ela diz. — Mas ver você conversando e abraçando sua irmã no corredor não é suficiente para construir um caso contra você.

— Obrigada, você é a melhor. — Desligo e olho para os outros. — Foi Vinnie quem conversou com o Fedora e inventou essa história. Realmente pensei que havia sido o Edmund.

Sentamo-nos à mesa da sala de jantar, cada um com um copo de limonada. *Vinnie.* Vinnie está sabotando minha carreira porque rejeitei suas investidas há dez anos? Eu não posso acreditar.

— Devíamos dar uma olhada na galeria de arte de Vinnie amanhã — digo. — Enquanto vocês desviam a atenção, William pode ir ao banheiro e revistar o depósito. A chave está na gaveta da mesa, então você terá que pegá-la quando pegar a chave do banheiro na mesa.

Abrir a gaveta da mesa será a parte complicada. O depósito está lotado, então precisaremos de nós dois, mas só há um banheiro. Se eu subir pela escada de incêndio, você pode me deixar entrar lá. Não consigo pensar em nenhuma outra desculpa para nós dois sairmos da galeria.

— A galeria de arte de Vinnie ainda é a mesma onde você estagiou? — William pergunta.

Eu aceno que sim.

— Você já subiu pela escada de incêndio antes? — William pergunta.

— Fiz muito isso naquele verão — digo.

William levanta uma sobrancelha.

— Você fuma?

— Não, mas eu tinha uma queda pelo cara do andar de baixo, então costumava sair com ele — digo. — Ele fumava.

— Qual foi esse? — Tio Tony pergunta.

— Nunca deu em nada. Ficamos juntos o verão todo, mas nada aconteceu.

— Eduquei você melhor do que isso — diz tio Tony. — Você deveria ter dito a ele que gostava dele.

Dou de ombros.

— Foi logo após o incidente do Salgueiro Chorão. Não parecia justo submeter mais ninguém à atenção da imprensa. Às vezes eu até saía pela escada de incêndio nos fundos se alguém me avisasse que um fotógrafo solitário estava na frente.

— Precisamos ser capazes de nos comunicar com você da galeria, só para garantir. Esse aplicativo de telefone funcionou bem? — Tio Tony bebe limonada. Ele também fez uma quiche, e tem frios e bagels.

— Sim. Quanto tempo levaremos para passar pelo depósito? — William pergunta.

— Ele organiza sua arte em ordem alfabética — digo. — Mas seria estranho ele colocar pinturas roubadas entre as demais.

— Por que você acha que ele levou os quadros para a galeria?

— Para entregá-los a Edmund de uma maneira insuspeita. E espero que ele não queira que nada aconteça com eles para diminuir seu valor. Essa sala é climatizada. Podemos ir à galeria dele amanhã? — pergunto. — Vou trabalhar como garçonete à tarde e bartender à noite, mas tenho a manhã livre.

— Não consigo ir — diz Takashi. — Além disso, Vinnie geralmente está lá durante a semana. Não é melhor ir num fim de semana quando ele não está e estará apenas a assistente da galeria, e não os dois? Ela pode ser menos desconfiada.

— Sim, vamos no sábado de manhã logo cedo — diz William. — Tenho reuniões com clientes amanhã de manhã.

O tempo está passando. Sábado fará duas semanas desde que as pinturas foram roubadas. Mas seria melhor se Vinnie não estivesse lá, e só precisaríamos passar pela assistente da galeria.

— Temos um plano. — Viro-me para William. — Então, como você pediu sua noiva em casamento? — Está bem, isso não foi a transição mais suave.

— A minha noiva? — William pergunta. — Não tenho noiva.

— Ah, Miju ouviu você apresentando a alguém como sua noiva, mas talvez ela tenha entendido errado — digo muito casualmente.

William franze a testa.

— Eu me referi a Kiyoko, brincando, como minha noiva *omiai* do meu amigo Yoichi. Minha avó quer que nós fiquemos juntos, mas não sentimos esse tipo de atração. Ele está na mesma situação, onde a avó quer que ele se case com a neta de um amigo daqui. E eles também não combinam.

Sinto uma explosão de alívio. Dou um grande sorriso a William.

18

SÁBADO CHEGOU, E é hora de finalmente encontrar aquelas duas pinturas do armário de Vinnie - e ver se são Kimimoto e *Brincando Por Aí 1h30*. É um daqueles dias abafados em que simplesmente ficar do lado de fora me faz suar. Será um verão quente se estamos apenas em abril.

Estamos em um beco estreito atrás dos prédios. Além por algumas latas de lixo, está vazio. Uma cerca corre ao longo da passagem, contra a qual confinam os jardins dos edifícios opostos. A escada de incêndio está mais enferrujada do que costumava estar e está mais alta do que me lembro. Eu estava claramente em melhor forma quando era mais jovem. Pulo para alcançá-la.

— Aqui, vou te dar uma ajuda. — William coloca as mãos em volta da minha cintura e me levanta.

— Obrigada. — Coloco o pé em um degrau e subo. Seguro com uma mão e olho para ele. — Ainda está sendo usada para socialização. Veja, eles até adicionaram uma cadeira.

— Isso deve fazer com que tudo pareça menos suspeito — diz William. — Vejo você daqui a pouco.

Ele desaparece na esquina, indo se juntar aos nossos tios na galeria. Se alguém consegue falar alto e manter uma atendente de galeria ocupada, são esses dois.

Subo pela escada de incêndio até a varanda do lado de fora da janela do estúdio de arte e tiro um livro da mochila para fingir que estou lendo. Isso deve ser um comportamento não suspeito, se alguém estiver atento. Meu telefone emite um sinal sonoro.

> Tio Tony: *Apenas 4 pinturas na galeria!*

Com o fone de ouvido colocado, ligo meu aplicativo para ouvir a conversa. Uma pintura é aparentemente toda branca, e os tios estão fazendo o possível para discutir em profundidade. Terminaram de perguntar sobre a técnica do artista e agora passaram ao significado.

— O que você acha que ele estava tentando transmitir? — Takashi pergunta. Suas vozes saem claramente.

— É desesperança absoluta? — Tio Tony responde.

— Ou é esperança? — Takashi pergunta.

A atendente da galeria de arte lê para eles um trecho do catálogo.

— Sim, mas deveríamos ir mais fundo do que isso. O que isso significa? — Takashi pergunta.

William, ao fundo, pede a chave do banheiro. Ligo para o telefone do tio Tony.

— Você vê aqui como o branco fica quase translúcido? Você acha que isso foi intencional? O que você acha que isso pretendia transmitir?

O telefone do tio Tony toca com a música "Burning Down the House". Planejamos aquela música tocando para abafar o som da gaveta da mesa abrindo e fechando. Eu espero que dê certo. A janela é coberta por uma cortina de proteção contra luz UV.

Barulho de ferro. William abre a janela. Parece que aquela janela não foi aberta desde que saí. Rastejo para dentro, balançando a perna e pousando no chão de madeira do depósito. Através do aplicativo, ouço o tio Tony dizer:

— Talvez o significado seja que todo branco parece uma tela em branco, aberta e reveladora, mas é uma tela tão eficaz quanto qualquer outra cor. Somente quando ela se torna translúcida é que o espectador pode ver a tela. Você acha que o artista quer que vejamos a tela? Isso é para revelar a realidade?

A atendente diz:

— Isso é interessante.

— Chama-se *Ausência de Ilusões* — diz Takashi.

Bom título. Alguma ilusão está me impedindo de descobrir o ladrão?

A sala de armazenamento parece a mesma. As pinturas ficam em armários profundos de madeira, organizados pelo sobrenome do artista. Pinturas maiores são guardadas na segunda fila, perto do armário.

— Tudo bem, vou dar uma olhada no armário nos fundos — digo. — Você procura as pinturas do Kimimoto e *Brincando Por Aí*. Ou os dois pacotes embrulhados. — O aplicativo de rastreamento ainda mostra a localização como galeria. Mas talvez Vinnie tenha desembrulhado os pacotes e encontrado o dispositivo de rastreamento.

O closet também continua o mesmo. Uma bagunça de embalagens e materiais de escritório. Olho pelas prateleiras e caixas, mas não há pinturas escondidas.

Tony diz:

— Bem, branco é uma ausência de cor, então isso está relacionado ao título.

— Você conhece o cara que foi ao banheiro? Ele já se foi há muito tempo — diz a atendente da galeria.

— Você pode nos explicar mais sobre essa pintura toda laranja? — Takashi pergunta.

Junto-me a William no depósito principal.

— Nada de Kimimoto ou brincadeira no armário. — Folheio a seção de pinturas que William ainda não viu.

— Olha! Suas duas pinturas embrulhadas — diz William.

Retiro o dispositivo de rastreamento, guardo-o de volta na mochila e retiro meu canivete. Cortei cuidadosamente entre a fita e o papel.

— Vinnie! Que bom ver você — exclama tio Tony em voz alta.

Nós nos olhamos com horror.

— Vamos — eu digo. Minhas mãos estão tremendo. — Segure com cuidado. — Deslizo a pintura do embrulho de papel. É o *888* de Vinnie.

— Devíamos ir — diz William.

— Vamos verificar este aqui — eu digo.

— Eu deveria verificar o banheiro — diz a atendente da galeria. — Aquele cara está no banheiro há muito tempo.

— Vamos — diz William.

— William foi ao banheiro — diz Takashi.

Enquanto William cola a outra pintura, abro a próxima e olho dentro. Não é uma de nossas pinturas.

— Ele está com problemas no banheiro? — Vinnie pergunta. — Ele parece bastante saudável, mas ele realmente deveria consultar um médico sobre isso. Também passou muito tempo no banheiro da minha casa de campo.

— Apenas uma dor de estômago — Takashi desdenha. — Mas, por favor, dê a ele uns minutinhos. Ele está envergonhado com isso.

— Só que também preciso ir ao banheiro — diz Vinnie. — Você está procurando algo em particular para comprar?

Hora da campainha. Corro para a janela, William atrás de mim. Rastejo rapidamente de volta para fora, raspando os joelhos no parapeito de tijolos da janela. Eu me agacho. William fecha a janela apressadamente.

Desço a escada de incêndio, ouvindo atentamente.

William retorna à galeria, desculpando-se por demorar tanto.

Cheguei à última varanda da escada de incêndio, mas a escada ainda está a cerca de um metro e meio do chão, então meu plano é esperar por William para que ele possa me ajudar a descer.

— Pensamos que ver um pouco de arte poderia nos animar — diz tio Tony. — Mas não parece estar funcionando.

— Particularmente essas peças — diz Takashi. — Eles deveriam provocar alegria ou tristeza?

O Kimimoto, com suas cores rosa brilhante, amarelo e verde, era como uma explosão de euforia.

— Acho que depende da pessoa — diz Vinnie.

— Este laranja e branco me dá vontade de comer um picolé *Creamsicle* — diz tio Tony.

O telefone da galeria toca. A assistente atende à ligação.

— Claro, então eles estão embrulhados e prontos para serem recolhidos? E eles estão no armário ao lado da porta? Ótimo. Estarei aí por volta das três.

— Oi, o que você está fazendo aqui? — alguém grita perto de mim.

Eu me viro. Uma mulher coloca a cabeça para fora da janela bem ao meu lado.

— Sem vadiagem! — ela grita. — Saia daqui. Isto não é propriedade pública. Você está invadindo.

— Desculpa. — Desço a escada de incêndio e paro no último degrau. O chão parece muito distante.

— Saia da escada de incêndio ou chamo a polícia — ela grita.

— Só estou esperando por um amigo — digo. — Eu trabalhava aqui e nos encontrávamos na escada de incêndio.

— Estou chamando a polícia! — Ela balança o telefone.

Eu pulo. A dor sobe pelo meu pé quando atinge o chão.

— Ah! — Eu atinjo o chão e desabo. Ondas de dor disparam pelo meu corpo. *Uau.* Fecho os olhos e mordo os lábios para suprimir os gemidos guturais que estou fazendo. *Aaahhh.*

Alguém grita meu nome. William corre em minha direção.

— O que aconteceu? — ele pergunta.

— Tive que pular. Ela ia chamar a polícia. — Minha voz está vacilante.

— Você deveria apenas ter esperado ou me ligado. E se você quebrou o pé?

Eu gemo.

— *Aahh.*

Ele coloca os braços em volta de mim.

— Vai ficar tudo bem.

A dor é penetrante. Cerro os dentes para me controlar.

— Eu preciso de um momento. — Eu mordo. Ele esfrega minhas costas. — Pelo menos não são minhas mãos. — Eu mostro a eles. — Merda, me lasquei. — Estão todas raspadas da escada enferrujada.

— Você tomou vacina antitetânica?

— Eu acho que sim? — Desamarro o tênis para olhar meu pé. Está inchando.

— Vamos, vou levantá-la.

— Você não pode me carregar.

William bufa.

— Eu consigo carregar você. — Ele me pega tão gentilmente. — Precisamos examinar seu pé.

Descanso minha cabeça em seu ombro muito sólido. A pulsação está diminuindo.

— Seu rosto ainda está todo branco. — Ele me aperta seu peito.

— Precisar ser pelo plano de saúde — digo. — Não posso pagar uma conta fora do plano.

— Vou ligar para meu ex-colega de quarto da faculdade. Ele é pediatra.

— Pelo menos ele não é veterinário.

William ri.

— A dor deve estar melhor. Você está recuperando um pouco de cor nas bochechas.

Talvez seja porque William está me segurando com muita força. E não posso acreditar que ele possa realmente me levantar. Ele me carrega pelo quarteirão. Tio Tony e Takashi aparecem. Eu conto a eles o que aconteceu.

Tio Tony cuida de mim.

— Você acha que quebrou?

— Espero que não — eu digo. — A dor está diminuindo. Parece mais uma reviravolta do que uma pausa. Vocês fizeram um ótimo trabalho.

Takashi balança a cabeça.

— Isso foi insuportável. Nunca tive que pensar em tantas emoções transmitidas pelo laranja e branco.

— Eu realmente quero um picolé *Creamsicle*. E não como um há anos — diz tio Tony. — Nenhuma das pinturas?

William e eu balançamos a cabeça.

O carro de William fica a outro quarteirão de distância. William me carrega rapidamente até lá e me coloca no chão para pegar sua chave. Descanso meu peso contra o carro, tirando meu pé. Takashi destranca o carro, e William me coloca cuidadosamente no banco da frente. Meu pé bate levemente no chão. Outra onda de dor surge. Eu estremeço.

William olha para mim.

— Desculpe.

— Não é sua culpa — eu digo.

Ele liga para o amigo e combina para irmos vê-lo. Tio Tony e Takashi se amontoam na parte traseira do carro. William sai do estacionamento.

— Ainda assim, foi bom termos confirmado que os quadros não estão lá — diz Takashi.

— Podem estar no apartamento dele — diz tio Tony.

— Tivemos uma pista — diz William. — Naquela sexta-feira, você ligou para Vinnie na galeria e disse que as pinturas estavam embrulhadas e guardadas no armário para a festa. Se Edmund estava lá naquele momento, ele poderia ter ouvido a conversa. Exatamente como fizemos hoje, quando a assistente da galeria repetiu onde as pinturas estavam prontas para serem retiradas enquanto anotava. Edmund poderia ter sabido na sexta-feira que os quadros de vocês estavam na sala dos fundos.

— Isso é verdade — diz Takashi.

William dirige para a parte alta da cidade. Ele vira à esquerda para descer a rua oito até Irving Plaza, onde mora seu amigo. Procuramos uma vaga de estacionamento.

— Eu pago o parquímetro — digo enquanto William estaciona.

— Provavelmente posso mancar até lá, apoiada em você.

— Não seja ridícula — diz William. — Você não é problema para carregar.

Tenho um metro e setenta e oito e sou musculosa. Mas senti que William é todo musculoso quando fui pressionada contra ele. Ele me levanta novamente e grunhe um pouco dessa vez. *Ahá*, não sou tão leve quanto ele imaginou. Mas é legal que esteja tentando. Ele tem cheiro de roupa limpa. Deslizo minhas mãos em suas costas para segurá-lo. Ele está vestindo uma camisa de mangas compridas de algodão *waffle* que é macia em meus braços.

Nossos tios seguem atrás.

— Nos K-dramas, é sempre uma carona nas costas — eu digo.

— Você quer que eu te dê carona nas costas? — Ele olha para mim.

Encosto minha cabeça em seu peito.

— Não, isso funciona para mim.

Dou uma olhada. Ele está corando.

Nós quatro pegamos o elevador até o apartamento do amigo de William. Ele me coloca no chão, e eu fico em pé, evitando o peso do meu tornozelo inchado. Quando chegamos ao décimo primeiro andar, William me pega novamente enquanto protesto, mas não muito.

Um carrinho dobrado, botas de chuva e um triciclo ficam de sentinela do lado de fora da porta. A porta se abre e William me apresenta seu amigo Advik e sua esposa, Saanvi. Advik é alto, com olhos castanhos e calorosos. Saanvi está usando um vestido vermelho; seu rosto se contorce de preocupação.

— Ah, isso parece muito inchado. — Saanvi ri de mim enquanto uma garotinha de cerca de três anos espia por trás das pernas. Ela pega a menina pela mão e caminha à nossa frente pelo corredor.

— Cuidado com a entrada — digo a William. O batente da porta parece um pouco estreito para podermos entrar direto.

— Estou cuidando. — Ele me desloca um pouco. Acho que está começando a se cansar.

— Vá para o lado para não bater no meu pé — eu digo.

— Você parece estar com menos dor. — William grunhe.

— É meu pé que está machucado. Não minha boca.

— Que pena.

Eu o soco levemente. Seu olhar encontra o meu.

— Isso não é sábio. Poderia deixar você cair.

Aperto meus braços em volta dele.

— Na frente de seus amigos? Duvido.

Ele abaixa ligeiramente os braços, e eu caio um pouquinho.

— Ah! — Eu agarro ainda mais forte. — Está bem, está bem, vou confiar na sua navegação.

— Não se preocupe em tirar os sapatos — diz Saanvi. — Basta levá-la para o sofá.

William se vira para passar pela porta da frente. O corredor é estreito e, como muitos pequenos apartamentos familiares em Nova Iorque, tem um cabide com mochilas e uma sapateira para sapatos, então há ainda menos espaço para manobras. É como se ele estivesse dando uma investida lateral no corredor. Ele grunhe de acordo. Sinto-me tão atraente quanto um gigantesco saco de batatas.

Por fim, chegamos à entrada da sala, onde ele deixa cair minha bunda no sofá como um saco de farinha, mas meu pé está protegido porque ainda está de fora.

— *Argh* — eu digo. Ele afunda ao meu lado. Tio Tony e Takashi vem atrás depois de tirar os sapatos. As duas crianças me examinam.

— Aqui, deixe-me tirar sua meia. Eu tenho um ângulo melhor. — William segura meu pé com cuidado e rola minha meia suavemente. Eu ainda gemo porque dói. Ele balança a cabeça. Meu pé inchado já ficou azul arroxeado.

— Você gostaria de um pouco de água? — Saanvi pergunta.

— Sim, isso seria ótimo — eu digo. Ter sete pessoas olhando para mim e meu tornozelo machucado só está me fazendo sentir pior.

Advik examina meu tornozelo. Eu estremeço. Ele dobra-o para frente e para trás.

Ele diz:

— Parece que é apenas uma entorse, mas pode haver uma fratura por estresse, então você ainda deve fazer um raio-X. E fiquei de resguardo por pelo menos cinco dias.

— Isso é um alívio — diz tio Tony.

Cinco dias. Isso não é sem renda e sem investigação.

Tio Tony está sentado no chão, conversando com as duas filhas de Advik e Saanvi. Tio Tony adora crianças. A menina mais velha pega o tio Tony pela mão e quer mostrar-lhe o quarto dela.

— Talvez precisemos apenas pensar mais investigativamente. — William pega minhas mãos e pede antisséptico a Saanvi. Ela retorna com uma bolsa de gelo, copos de água e antisséptico.

— Sinto muito por colocar você para trabalhar — digo a Saanvi.

— De jeito nenhum. Esta é uma surpresa bem-vinda. — Ela pisca para mim. — Sentimos falta de conversar com adultos.

— Fique parada — diz William. Seu aperto é leve, mas firme em volta do meu pulso. Ele limpa os cortes nas minhas mãos com o antisséptico. Fecho os olhos enquanto dói.

Advik olha para minha mão e franze a testa.

— Vou consultar meu médico sobre a vacina antitetânica — digo.

— Muito obrigado, Advik e Saanvi — diz William. — Lamento por colocá-lo para trabalhar no seu dia de folga.

— Sim, muito obrigada — eu digo. Eles têm uma sala de estar muito confortável com cozinha aberta. Uma casa de bonecas Barbie de plástico fica em um canto, com as bonecas Barbie deitadas de bruços no chão em várias posições de bruços. Essas bonecas sou eu.

— Estamos felizes em ver você — diz Advik. — Especialmente porque perdemos a sua festa. Não conseguimos uma babá em tão pouco tempo.

— Sinto muito por isso — diz William.

— Seus tios estão entrando na casa de papelão das nossas filhas — diz Advik. — Você deveria vir ver.

William sai com Advik. Somos só eu e Saanvi. A bolsa de gelo é incrível em meu tornozelo. Eu pressiono-a com firmeza.

— Há quanto tempo vocês estão namorando? — Saanvi pergunta.

Eu olho para ela.

— Não estamos namorando.

Ela me lança um olhar surpreso.

— Ah, parecia que vocês estavam.

— Nossos tios são casados. E é por isso que ele é... solícito — eu acho.

Ela me dá um "sério?" olhar.

— Nunca o vi discutindo com ninguém assim — diz ela secamente.

Eu coro.

— Há quanto tempo você o conhece?

— Frequentamos a faculdade juntos.

Eu estou surpresa.

— Mas certamente com as namoradas dele?

Ela diz:

— Na faculdade, ele teve um relacionamento sério com Itsuki e definitivamente a adorava. Eles pareciam nunca discutir, pelo menos não na nossa frente. Eles estabeleceram um padrão de casal perfeito.

Não é isso que eu quero ouvir.

— Ela provavelmente não pulou da escada de incêndio para irritá-lo — digo.

Saanvi ri.

— Por que eles terminaram? — eu pergunto.

— Não sei. Itsuki terminou com ele. Ele ficou arrasado. E demorou um pouco para superá-la. E a sensação de que não era suficiente. Ele às vezes discutia com Juri, sua namorada na escola de administração. Ele terminou com ela.

— Por que ele terminou com ela? — pergunto. Há mais nesta história além do fato de ela querer viver permanentemente no Japão? Itsuki era quem ele ainda amava depois que eles terminaram?

— Você está bastante interessada em alguém que não é namorada dele — diz Saanvi com um sorriso.

— Não sou namorada dele — eu digo. — Mas isso não quer dizer que não esteja interessada em William.

Saanvi ri.

— Ele é um bom partido.

William e Advik voltam do quarto das crianças. Espero que ele não tenha ouvido minha confissão.

— Muito obrigada por olhar para o meu pé — digo a Advik.

— Não há problema. Foi muito bom conhecê-la. E já faz um tempo que não vejo William. E finalmente conheci Takashi. Já ouvi muito sobre ele — diz Advik. — Mas você nunca mencionou suas capacidades de babá.

— Eu não sabia que tinha — diz William.

Saanvi me lança um olhar malicioso.

— Você deveria fazer isso enquanto pode tirar vantagem.

William coloca as mãos nos bolsos.

— Eu estou trabalhando nisso.

Ele está? Comigo ou com mais alguém?

Saanvi levanta uma sobrancelha para mim sugestivamente. Eu coro.

— Devo encontrar Miju hoje à noite em um clube — digo a William.

— Você terá que cancelar — diz ele.

— Mas...

— Você não pode dançar com o pé assim — diz ele.

— Eu ainda posso falar.

— Reprograme — ele diz com firmeza. — Você tem que manter o pé levantado.

— Liguei para minha clínica na esquina, e eles podem fazer um raio-X agora. — Advik envolve meu tornozelo com firmeza, me mostrando como fazer. — Eles aceitam o seu plano de saúde.

Agradecemos a Advik e Saanvi. Tio Tony chama o elevador, e William me carrega de volta para dentro dele. Isso é um desastre.

— Como vou subir as escadas?

— Pelo menos quando estiver lá, você ficará presa em seu apartamento e não poderá mais investigar sozinha — diz William.

— Não tente conter sua alegria — eu digo.

Ele dá um sorriso sarcástico.

— Se bem me lembro, Sherlock Holmes pensava muito em casa.

— Ele também fez pesquisa de campo — digo. — De qualquer
forma, você deveria ser mais solidário. Terei que cancelar todos os
meus shows.

— Você ainda poderá pintar.

— Tem isso.

O elevador para em um andar, mas a pessoa que espera balança a
cabeça, ela quer subir.

— Provavelmente precisamos pensar mais sobre isso do que investigar — diz Takashi.

— Seria a semana em que Tessa está viajando. Ela volta na quarta-feira — digo. — Acho que posso pedir comida para entregar.

— Você pode ficar na minha casa esta noite — diz William. —
Será mais fácil com o elevador. E então amanhã poderemos encarar
as escadas.

— Também temos elevador — diz Takashi. — Você também pode
ficar conosco.

Tio Tony olha para Takashi, e alguns olhares passam entre eles.

— Eu não quero me intrometer. Vou ficar bem em casa. — Se eu
conseguir subir as escadas.

— Meu sofá se transforma em cama. É fácil — diz William.

— Tudo bem — eu digo.

A porta do elevador se abre.

— Aqui vamos nós. — William me pega de novo, deslizando
firmemente os braços sob minhas pernas e em volta das minhas

costas. Eu mantenho meu rosto contra seu peito. A dor diminuiu agora, e estou muito consciente de quão próxima estou dele. Inspiro seu perfume reconfortante. Ele me leva para fora do prédio de Advik e segue pelo quarteirão até a clínica para fazer meu raio-X.

Nenhuma fratura por estresse, felizmente. Eu só tenho que manter meu pé para cima. William dirige para a parte alta da cidade para deixar tio Tony e Takashi primeiro em seu apartamento. Estamos estacionados em fila dupla do lado de fora do prédio deles.

— Devo pegar sua escova de dente e outras coisas no seu apartamento? — Tio Tony me pergunta.

— Isso seria bom.

— Me manda uma mensagem com uma lista do que você precisa e onde está — diz tio Tony.

Eu mando uma mensagem para ele com minha lista. Não há nada como ter seu tio vasculhando sua gaveta de roupas íntimas. Mas caso contrário, seria William, e isso seria pior. O carro estacionado na nossa frente arranca, e William entra na vaga. Foi um golpe de sorte.

— William, por que você não vem comigo e eu lhe dou a bengala e as muletas? — Takashi diz. Ele e William vão embora, enquanto tio Tony repassa minha lista comigo.

Assim que William desaparece no prédio, tio Tony pergunta:

— O que está acontecendo entre você e William?

— O que você quer dizer?

Tony levanta as sobrancelhas.

— Ele apenas a carregou por quarteirões.

— Eu não conseguia exatamente andar. — Movo meu pé para que fique no ar com minha panturrilha apoiada no outro joelho.

Tony bufa.

— A maneira como ele estava carregando você, como se você fosse algo precioso para ele. Aconteceu alguma coisa no seu caminho até a casa do Vinnie?

— Não. Conversamos um pouco. E fiquei chateada por ele não querer me deixar invadir a casa para conferir as pinturas.

Tony ri.

— Sim, não consigo vê-lo fazendo isso.

— Acho que estamos nos conhecendo — digo. — Nós nunca conversamos antes.

— De qualquer forma, William pode parecer reservado, mas ele parecia muito emocionado quando estava carregando você.

— Sou uma idiota. Entrei em pânico quando a mulher ameaçou chamar a polícia. Imagine a imprensa sabendo disso — digo. — Salgueiro Chorão presa por invasão. E minha foto policial estampada em todos os jornais.

— Mas estou preocupado com ele. Ele parece um pouco machucado com aquela coisa da Kiyoko — diz tio Tony. — Ele também estava realmente apaixonado por Itsuki e arrasado quando eles terminaram. Ele não é o tipo que você costuma procurar.

Foi Itsuki.

— Não, ele não é meu tipo habitual. Tento me ater a outros artistas — digo. — Estou um pouco magoada por você não estar preocupado comigo.

— Estamos preocupados com vocês dois. Vocês vão se ver em eventos familiares durante anos.

— Entendo. Eu também não quero meu coração partido.

— Mesmo assim, seu relacionamento com Rex era muito volátil, e William é muito equilibrado — diz tio Tony.

— Era muito volátil. — Foi exaustivo. Haveria esses altos quando não nos cansávamos um do outro e depois esses baixos onde eu não o suportava.

— Rex e William são muito diferentes — diz tio Tony. — Tenha cuidado com William. Tem certeza de que você e Rex terminaram?

— Sim. Temos muita história juntos, tanto boas quanto ruins — digo. — Às vezes, quando o vejo, sinto-me envolvida por bons sentimentos e gostaria que tivéssemos dado certo. Mas nós definitivamente tentamos. Não me arrependo de não termos tentado o suficiente para fazer funcionar.

— Isso é importante — diz tio Tony.

— Não esperava que você estivesse me alertando sobre William. — Achei que poderia ser confuso, mas não esperava que eles vocalizassem isso. Esperava que eles pensassem que éramos adultos. — Quem é Kiyoko? Ela é a mulher com quem a avó dele quer que ele se case?

— Sim, ela é. — Tony balança a cabeça. — Ela é adorável, mas quando a conhecemos, definitivamente não parecia interessada em William.

Não posso deixar de sentir uma pontada de alívio. Mesmo que tenham acabado de me dizer para ficar longe de William. Como se eu fosse o equivalente feminino de algum libertino do século XIX. Eu bufo.

— Ele a perseguiu, no entanto — diz tio Tony.

— Como assim ele a perseguiu? — pergunto.

Tio Tony me lança um olhar de "você não está me ouvindo". Ele dá um tapinha no meu ombro.

— Eu não estou te colocando para baixo. Só estou dizendo que um relacionamento com William não será simples e, a menos que seja real, é melhor continuar apenas amigos.

— Somos apenas amigos. Somos completamente opostos, de qualquer maneira.

— Os opostos podem funcionar de maneiras complementares. Como peças de um quebra-cabeça. Como eu e Takashi. Normalmente acho que os opostos são os melhores pares, apesar dos seus pais. — O telefone de Tony emite um sinal sonoro.

— Takashi e você são parecidos comigo, exceto talvez no seu gosto de design — eu digo —, mas vocês dois parecem confortáveis em qualquer decoração.

— Nós ficamos mais suaves ao longo dos anos. — Ele olha para o telefone. — Mas tenha cuidado com William.

— Takashi acabou de enviar uma mensagem para você falando isso?

— Sim — diz tio Tony. — Mas não é porque ele não te ama.

— Você pode acalmar seus medos. Prometo que nada vai acontecer esta noite. — Meu pé lateja. — Você pode tranquilizá-lo de que sedução é a última coisa que me passa pela cabeça com um pé inchado.

19

Apoio-me em William e entro em seu apartamento com meu novo conjunto de muletas. Pochi e Sora imediatamente me farejam para ver essa nova pessoa que anda com pernas extras de madeira. William me coloca no sofá com um bloco de folhas, meu pé elevado em uma almofada, então Pochi fica ao meu lado enquanto Sora o segue até a cozinha.

— Você vai me fazer companhia? — acaricio Pochi. — Ou você está me protegendo?

Cancelo meus trabalhos de garçonete da semana e remarco com Miju, explicando que torci o tornozelo por causa de um buraco na calçada. Remarcamos para a próxima quinta-feira. William coloca a cabeça para fora da porta da cozinha.

— Você está a fim de um ensopado de peixe marroquino? — ele pergunta.

— Definitivamente. Sou grata por qualquer refeição caseira.

Ele me traz uma bolsa de gelo.

— Então Advik e Saanvi são amigos da faculdade? — pergunto.

— Fiquei sabendo de algumas coisas bem interessantes sobre você hoje.

Ele olha para mim.

— Como o quê?

— Que você nunca discutiu com sua namorada da faculdade?

— O que você e Saanvi conversaram?

— Que você não discutia com sua namorada na faculdade. — A bolsa de gelo em cima do meu pé inchado alivia a dor.

— O que trouxe esse assunto à tona? — William se senta na poltrona.

Humm... talvez esta não tenha sido a abordagem mais sutil.

— Ela pensou que estávamos namorando porque você me carregou, e disse a ela que não estávamos namorando, e de alguma forma ela mencionou que você nunca discutiu com sua namorada da faculdade.

William diz:

— Bem, nós dois sabemos que você discute com seus namorados.

— Talvez eu só tenha discutido com Rex.

— Você não brigava com seus outros namorados? — ele pergunta com ceticismo.

— Eu brigava com Peter também, mas foi diferente — digo. — Nós basicamente nos afastamos um do outro.

— Isso é mais parecido comigo e Itsuki — diz ele.

— E você não ficou amigo do Itsuki?

— Não. Eu ouço falar dela através de amigos, no entanto. E eu a vi brevemente em nossa última reunião de faculdade. Nós namoramos durante toda a faculdade. Pensei que íamos nos casar.

Há um silêncio.

— Você ainda está apaixonado por ela?

— Não.

Sinto como se tivesse soltado um suspiro profundo que não percebi que estava prendendo. Ele olha para o chão.

— Lembro-me de quando percebi que Peter estava apaixonado por outra pessoa — digo. — Tínhamos terminado, e ele se mudou para a Califórnia. Eu visitava-o e acho que pensei que ainda havia uma chance de voltarmos a ficar juntos. Mas então ele começou a falar sobre essa outra mulher, e eu soube, pela inflexão de sua voz, que ele realmente gostava dela.

— Você ainda ia para a Califórnia?

— Sim, mas pelo menos sabia que íamos apenas saíamos juntos como amigos.

— Ele se casou com ela?

— Não, eles terminaram no final. — Pego minha muleta e tiro minha perna do travesseiro.

— Aonde você está indo?

— Eu tenho que ir ao banheiro.

— Vou te ajudar.

Lanço um olhar mortificado.

— Não no banheiro — acrescenta ele rapidamente. — Chegar ao banheiro.

— Ah, tudo bem.

Apoio-me em William para pular até a porta do banheiro. Ele abre a porta e começa a me levar para dentro.

— Acho que consigo continuar a partir daqui — digo.

Ele sai do banheiro, mas parece estar observando atentamente. Cuidadosamente piso no meu pé e manobro para dentro, fechando a porta firmemente atrás de mim e caindo no vaso sanitário. Espero que ele não esteja do lado de fora da porta.

Eu grito:

— Por favor, vá cozinhar ou simplesmente afaste-se da porta. — Os passos recuam, mas ainda abro a torneira.

Termino e volto para fora.

Ele vem imediatamente, e eu me inclino nele para voltar para o sofá. Relaxo contra os travesseiros apoiados.

— Talvez você devesse conhecer Miju e Lena. Miju te achou atraente. Você pode tirar mais proveito delas do que eu.

William balança a cabeça.

— Não estou interessado nela, então isso seria apenas uma ilusão. Não faria isso. — Ele olha para meu pé apoiado com cuidado em cima de três travesseiros. — Eu deveria preparar o jantar.

— Tem algo que eu possa fazer a partir daqui? — pergunto.

— Você quer descascar a batata-doce?

— Claro. Eu realmente esperava que encontrássemos as pinturas no depósito de Vinnie. Assim teria minha pintura de volta, e tio Tony e Takashi poderiam comprar a casa deles.

— Descobri que no começo sempre parece haver muitos becos sem saída, mas quando você tem uma pista, tudo se resolve rapidamente. — Ele me dá batatas-doces para descascar com um saco enorme embaixo de mim para pegar as cascas.

Enquanto William se movimenta pela cozinha, fico tentada a dizer que fui avisada para ficar longe dele. Balanço minha cabeça. Como estou interessada, ainda não estou pronta para rir das preocupações do meu tio. Ou fazer William rir e dizer: "Como se realmente fôssemos ficar juntos."

Termino de descascar as batatas, e William as leva de volta para a cozinha.

— Me sinto mal por não estar ajudando mais — digo.

— Não se preocupe com isso. Acho reconfortante cozinhar sozinho.

Só um bom cozinheiro diz isso. Acho que cozinhar dá muito trabalho e geralmente acaba sendo decepcionante por que meus pratos não atendem às minhas expectativas.

William tem mais livros no aparador aberto perto do sofá. Ele tem alguns guias de caminhada no norte do estado de Nova Iorque, alguns romances de autores japoneses e mais mistérios. Além das pinturas azuis, as obras de arte em suas paredes têm cores muito sutis – cinza e pretas – especialmente a ilustração da carpa saltitante, mas todas são emocionalmente gratificantes.

Eu acaricio Pochi. O cheiro de cebola salteada com canela e cominho está me deixando com fome. Pochi parece dividido, como se não conseguisse decidir se consegue parar de observar esse ser estranho no sofá, mas gostaria muito de dar uma olhada na situação da comida na cozinha.

Envio um e-mail ao meu médico para confirmar se estou em dia com minha vacina antitetânica e esboço algumas ideias para outra pintura.

— O jantar está pronto. — William serve na mesa de centro. Ele me ajuda a descer, e eu levanto meu pé sobre um travesseiro.

Delicioso. Dou a primeira mordida no peixe com arroz e os temperos de canela, coentro e cominho misturados. O peixe é macio e desfia facilmente com o garfo e a faca.

— Então você pensou que eu tinha uma noiva? — Seu olhar encontra o meu. — Você não acha que eu teria mencionado se estivesse noivo de alguém?

Meu pé está latejando novamente devido ao esforço para passar do sofá para o chão.

— Estava surpresa que ela estivesse deixando você passar tanto tempo comigo. — Ajusto a bolsa de gelo, mesmo que não esteja mais frio.

Ele fica parado.

— Eu teria que pedir permissão a ela?

— Não. Claro que não. Mas acho que ela também teria se envolvido. Eu a teria conhecido, considerando o quanto já tinha te visto.

— Isso é verdade.

Eu digo:

— E vocês mal estavam juntos na festa.

— Você estava controlando?

— Eu deveria estar investigando — digo mal-humorada. — Especialmente agora que não posso encontrar com a Miju.

— Ainda temos sua irmã saindo com objetos do tamanho de uma pintura. E as pinturas que Edmund deu a ela são pinturas nossas ou pinturas que Vinnie ou o pessoal do serviço de refeições trouxeram.

— Não é minha irmã. — Suspiro. — E eu gostei tanto de Miju quanto de Lena.

— Não se trata de sentimentos — diz ele.

Esta investigação parece ser toda sobre sentimentos para mim.

— Eu sei. — Bebo minha água. — Se fosse, eu ainda pensaria que foi Edmund. E agora também temos conhecimento em sua coluna. — Abro o documento do Google com nossa planilha suspeita em meu telefone e adiciono um X em "Sabe do armário" para Edmund.

— Parece óbvio demais para Edmund contratar o ator e depois convidar você para ir junto. Não poderia Vinnie ter planejado isso, usando Edmund? Você tem algo mais concreto para vincular isso a ele? Por que você acha que foi ele?

Conto a ele sobre meus incidentes de infância com Edmund.

— E ele fez muitas ilustrações da minha irmã.

— O quê?

— Conheço um bom número de outros artistas na cidade. Certa vez, alguém estava me mostrando seu portfólio e havia cinco ilustrações diferentes da minha irmã em fotos diferentes. Ela disse que um cara entrou em contato com ela e enviou as fotos.

— Talvez ele estivesse dando um presente para ela.

— Ainda assim era assustador — eu digo. — Talvez tenha sido a forma como o artista descreveu o quão específico Edmund era em relação à ilustração, quase como se a estivesse criando ou fixando na ilustração. Ele melhorou o nariz dela.

— Hum. — A cabeça de William está inclinada. Gosto do jeito que ele me escuta.

— Não parece muito, não é?

— Eu também ficaria perturbado se visse ilustrações de minha irmã e suas feições tivessem sido alteradas.

A irmã de William é deslumbrante. O equivalente feminino dele. É improvável que alguém queira alterar suas características. Ela mora em Oregon.

Nós dois terminamos o jantar e descansamos no sofá. William não faz nenhum esforço para se levantar. O silêncio se prolonga. Olho para ele e o pego olhando para mim com um olhar suave. Um lampejo de eletricidade, como um fio carregado, passa entre nós. Meu coração pulsa. Estou animada. Meu estômago está dando cambalhotas. William sustenta meu olhar. Minha mão se apoia na palha lisa do tatame.

Então ele desvia o olhar e vai pegar a louça.

— Por que você e Itsuki terminaram? — pergunto.

— Ela falou que eu não era o cara certo.

— Ai! — eu digo. — Como ela sabia disso?

— Não pedi para ela explicar — ele diz ironicamente, depois se levanta com a louça. — Você quer usar o banheiro primeiro? Vou lavar a louça e depois transformar isso em cama. — Ele acena para o sofá.

— Me desculpa, não posso ajudar — eu digo.

Eu me apoio nas muletas e vou até o banheiro com minha sacola de roupas e produtos de higiene pessoal. Tio Tony embalou meu pijama menos sexy. Ele procurou a camiseta maior e mais disforme que encontrou? Isso devia estar no fundo da gaveta do meu pijama. Ele também encontrou calças de pijama listradas e muito largas que eu deveria ter jogado fora, mas não fiz por sentimentalismo. *Que jeito de ser um padrinho de casamento, tio Tony.*

Lavo o rosto, escovo os dentes e troco de roupa com cuidado. O armário do banheiro de William é bem espaçado, apenas com o essencial masculino.

Ele grita que está levando os cachorros para passear.

Saio e o sofá agora é uma cama. Eu pulo de volta com as muletas.

Acomodo-me na cama, apoiando a cabeça e os pés nos travesseiros. Olhando para o teto branco, duvido que adormeça facilmente. Há claramente uma química forte entre nós, visto que tanto Saanvi quanto o tio Tony comentaram sobre isso. Acho que sou boa para William.

A porta se abre e os cachorros correm de volta para dentro de casa. Eles me cheiram novamente no sofá, e eu acaricio os dois. William se aproxima mais devagar.

— Você está confortável o suficiente?

— Sim, obrigada. Cinco estrelas para o jantar e acomodações.

— Vou apagar a luz então — diz ele.

Eu concordo.

Ele apaga a luz. A luz externa chega até as cadeiras e o sofá.

Nossos olhares se encontram na penumbra. E essa eletricidade pulsa entre nós. Eu não sou a única que sente isso. Mas vou me comportar. À medida que me movo ligeiramente, a dor aumenta. Eu faço uma careta. Realmente não estou em condições de pensar em sedução.

20

Com muito esforço, algumas paradas para descanso e muito apoio em William, subimos as escadas até meu apartamento. Afundo em uma cadeira perto de nossas janelas. Meu reflexo me cumprimenta nas vidraças.

Ele estuda minhas pinturas na parede.

— Estas são realmente boas. Eu só vi o *Brincando Por Aí 1h30* e *Maré Alta 4h30* pessoalmente.

— Obrigada. Elas estão melhorando.

— Elas são muito mais complexas do que eu imaginava. Não apenas realçadas com cores alegres. Mas assim como essa, dá essa sensação de exuberante, mas esse cantinho aqui parece triste onde tem as cores mais escuras e uma mistura de pinceladas pesadas e leves. Como se chama?

— *Autorretrato 14h30.*

— Ah.

— Era isso que eu queria — digo. — Fico feliz em saber que funcionou.

— Por que você estava triste?

— Eu não estava chegando a lugar nenhum em minha carreira artística. Outra galeria de arte acabara de me rejeitar. Estava começando a duvidar se algum dia conseguiria. — Puxo outra cadeira e cuidadosamente coloco o pé nela. — E não quero ser uma pessoa frustrada e amarga.

— Não consigo imaginar isso acontecendo com você.

— Sim, não acho que isso vai acontecer comigo. Mas eu vi alguns assim. Não é bonito.

— Sei. É difícil começar seu próprio negócio. — Ele puxa uma cadeira para se sentar ao meu lado. — Você geralmente parece bastante confiante.

— Artistas são uma mistura estranha. Só para ser uma artista é preciso ter alguma confiança porque o caminho para o sucesso não está necessariamente definido com clareza. Tenho que pensar que sou talentosa o suficiente para conseguir. Mas há tanta rejeição que você fica se duvidando muito. Comecei com essa atitude arrogante, de "eu-sou-boa", pensando que os galeristas iriam imediatamente escolher minhas pinturas. Isso não aconteceu. Minha atitude definitivamente deu uma moderada. Mas ainda existe. — Eu sorrio para William.

Agora ele está olhando para *Fora dos Limites*. Como vou explicar essa?

— Você pintou esta depois do show de quinta-feira? — Ele olha para mim e sorri.

— Sim. — Eu namoro com as minhas pinturas.

— Devo pegar um pouco de água para bebermos? — Ele pega nossa caneca "SOU UM CONTADOR, NÃO UM MÁGICO". — Por que você tem isso?

Dou uma risada.

— Compramos isso por causa do nosso contador, Stewart. Quando ele veio discutir nossos impostos, servimos água para ele. Você deveria usá-la. Devemos pedir burritos do Harry? Eu pago. O que você quer? — Faço nosso pedido e pago por telefone. — Estará pronto para retirada em dez minutos.

William se senta à mesa, me entrega um copo de água gelada e toma um gole de nossa caneca de contador. Bebo metade do meu copo.

Ele me pergunta sobre outra peça e eu explico meu processo de traduzir emoções em arte. Por um lado, peguei um recorte de jornal que dizia pare e colei na tela, depois pintei ao redor e levemente sobre ele.

— Por que "pare"? Não parar de criar?

— O oposto. Pare de duvidar de si mesma, pare de questionar, pare com todos os pensamentos negativos — eu digo.

— Concordo. Sei que você acha que precisa encontrar esta pintura ou que perdeu a chance, mas você é tão obviamente talentosa que esta não será sua única chance.

Ele me olha atentamente. Está tão certo disso, estou até com inveja.

— Demorei tanto para chegar a esse ponto que não sei. Pintei o *Brincando Por Aí* há cinco anos. E eu tive uma ótima crítica. Mas depois nada. Quero dizer, alguns eventos aqui e ali, mas principalmente nada.

— Você não sente que está melhorando? — ele pergunta.

— Sim — digo. — Você consegue ver isso nas minhas pinturas?

— Não tenho um olho treinado, então tudo isso me parece forte. Sinto algo quando olho para elas. Mas, por experiência própria, aprendi muito desde que comecei meu próprio negócio. Mesmo quando o código tributário muda, entendo melhor o raciocínio. Conheço a história das mudanças. Sinto-me muito mais competente do que quando comecei.

— Tem isso. Mas então, toda vez que começo uma nova pintura, me pergunto se conseguirei fazê-la novamente. Acho que agora tenho mais memória muscular e técnicas artesanais para recorrer. — Eu olho para nossa parede de tijolos. — Mas eu não sabia pintar. Nas duas noites anteriores ao roubo, não consegui pintar. E eu nunca deixei de fazer isso, então isso realmente me impressionou. E aí o *Brincando Por Aí* foi roubado. Foi demais. Também percebi que alguém realmente me odiava, se isso foi realmente pessoal.

— Não levaria isso tão pessoalmente. É mais sobre a esquisitices deles do que sobre a sua. Apenas se fixaram em você. Mesmo que seja Edmund e seja porque você disse a Annabelle para não se casar com ele, ele quer se casar com uma mulher que é tão facilmente influenciada?

— Eu não faria isso — digo.

— Exatamente. — Ele olha para o relógio. — Esqueci dos burritos; é melhor eu ir buscá-los.

— Sim. Obrigada por isso.

— Estou falando sério — diz ele. E do jeito que ele olha para mim, não quero que ele vá.

— Você deveria ir buscar os burritos antes que eu vire uma Miranda muito rabugenta — digo.

— Talvez eu queira ver a Miranda muito rabugenta.

— Confie em mim, você não vai querer. — Assim como não quero olhar para o meu pé. Está ainda mais roxo e azul do que ontem.

Meu telefone toca e eu atendo. É o tio Tony. Coloco no viva-voz.

— Estava pensando que talvez devesse seguir Vinnie e Edmund quando estiver de folga na segunda e terça — diz tio Tony. — A senhora que está vendendo a casa está ficando impaciente e quer colocá-la à venda se não tivermos dinheiro.

— Gostaria de poder ir com você — eu digo.

William balança a cabeça.

— Avise-nos se encontrar alguma coisa — digo. — Lamento não ter tido nenhum sucesso.

— Te mando um relatório completo — diz tio Tony.

21

— Não acredito que meu tio me alertou sobre William — digo a Tessa e Penelope na noite de quinta-feira, depois de terminarmos de discutir alguns possíveis pontos da trama para o próximo romance de Penelope. — Me sinto traída.

— Mas faz sentido. Acredite em mim, é definitivamente estranho se ele não estiver interessado — diz Penelope. — Quero dizer, você acha que isso vai durar se vocês começarem a namorar?

Sim. Trabalhamos muito bem em equipe.

— Consigo ver que isso durando.

— Estou impressionada que você ainda não ligou para ele esta semana. — Tessa abre seu *laptop*.

— Eu também — digo ironicamente. — Foi *muito* difícil não ligar para ele. Mas sei que está ocupado com o trabalho. E estou tentando recuar e não seguir meus sentimentos. — E foi bom para pintar. Despejei todo o meu desejo não correspondido em minha arte.

Meu telefone emite um sinal sonoro.

Tony: *Edmund foi à academia e depois ao escritório no centro da cidade nos dois dias. Na casa de Annabelle, na hora do jantar, na segunda-feira.*

Confiro a galeria de Vinnie para ver se ele ainda tem o Margaret Bowland à venda ou se Edmund o comprou.

— A galeria de arte de Vinnie ainda lista o Kimimoto como disponível para compra!

— Isso é estranho — diz Tessa.

— Pode ligar para ele e ver o que ele diz? — pergunto.

— Claro — ela diz.

Tessa liga, colocando a ligação no viva-voz. A assistente atende. Ela confirma que o Kimimoto está disponível para compra e pede para anotar seu nome como interessada.

— Razzy Skunchmunden.

Eu balanço minha cabeça.

— Isso parece tão falso.

Tessa torce o nariz.

— Estou perdendo meu toque.

Eu também. Falhei com meu tio e Takashi. Não tenho mais ideias sobre como investigar Vinnie, ou como provar que foi Edmund.

Penelope termina o chá e sai para voltar para casa. Tessa e eu trabalhamos em um silêncio sociável enquanto esboço um retrato de William. Estou mal. É porque fui avisada? Fruta proibida e tudo mais. Eu sei que não é. É porque ele é um cara legal. Quero ligar para ele para contar o que tenho feito e incomodá-lo. Devo recuar e não ceder aos meus sentimentos. É tão difícil *não* ligar para ele. Seu meio sorriso faz meu coração palpitar todas as vezes. Eu suspiro.

Entretanto, não poder trabalhar como garçonete é adorável. Ter todo esse tempo para pintar está me permitindo ir mais fundo e me concentrar totalmente no que estou tentando alcançar. A amiga de Anya e a amiga de Max vieram visitar uma galeria e ambas compraram alguns quadros, então nem estou sem renda.

Meu telefone toca. É William. Meu coração palpita um pouco. *Acalme-se.*

— Como está seu pé? — ele pergunta.

— Está muito melhor, obrigada — digo formalmente. — Ficar parada está funcionando. Como estão os seus pés?

Ele ri.

— Meus pés estão muito bem. Estão confortavelmente acomodados em chinelos. E Pochi está apoiando a cabeça neles.

— Ah. Meu pé não está tão bem quanto os seus. Mas consigo colocar algum peso nele. — Eu sorrio. — E os músculos dos meus braços estão se exercitando com as muletas. Os teus músculos se recuperaram depois de me carregar?

— Sim. — Ele faz um barulho zombeteiro como se não fosse nada. — Você está bem ficando em casa?

— Sim, Tessa, Penelope e Zelda estão me mantendo bem abastecida. Tivemos um jantar de meninas outra noite e assistimos "Janela Indiscreta", de Hitchcock. E tenho pintado bastante. É ótimo não ter que trabalhar como garçonete ou bartender.

— Ah, então você não está nem um pouco entediada. — Ele parece desapontado. *William sentiu minha falta?* — Tenho estado muito ocupado com o trabalho, então não tive oportunidade de ligar.

— Não fico entediada. Sempre posso pintar, ler ou assistir filmes.

— Achei que você poderia estar entediada.

— Não — eu digo, muito alegremente.

Há silêncio do outro lado. Decido passar a bola para ele.

— Mas senti falta de detectar com você — digo.

— Ah? Bem, hum, eu... — Ele limpa a garganta. — Você estava certa sobre as fazendas de azeite de Edmund não estarem indo bem.

Fiz algumas pesquisas, e a fazenda dele está em uma área que está passando por uma seca. Ele tem um motivo financeiro.

— Eu sabia que Edmund estava mentindo. Poderíamos dar uma olhada no apartamento dele. Não pensei em nenhuma outra maneira de provar que foi ele — digo. — E o policial Johnson ligou mais cedo e disse que eles tentaram realizar uma operação secreta, mas o vendedor não apareceu quando eles deveriam se encontrar para trocar o quadro por dinheiro.

— Pelo menos a polícia está tentando fazer alguma coisa.

— Eu sei. Mas ele disse que isso era tudo o que podiam fazer.

— Como poderíamos verificar o apartamento de Edmund? — William pergunta. — Duvido que seja fácil invadi-lo.

— Tenho a chave dele.

— Ele te deu a chave dele?

— Não, Annabelle tem uma cópia, que ela guarda em um pote no quarto dela, e eu fiz uma cópia quando estava cuidando do cachorro — digo. — Infelizmente, também percebi que Edmund provavelmente poderia ter feito o mesmo com minha chave, então trocamos as fechaduras aqui.

— Se ele for inteligente, ficará quieto.

— De qualquer forma, não quero avisá-lo de que suspeito dele, então acho melhor não dar uma olhada no apartamento dele, caso ele descubra — digo. O choque do encontro quase violento no Brooklyn me deixa desconfiada.

— Isso faz sentido.

— Muito racional da minha parte, se é que posso dizer.

— De qualquer forma... — William pigarreia. — Eu estava ligando para saber se você queria fazer um piquenique no sábado. As cerejeiras floresceram no Central Park e poderíamos ir para Cherry Hill. Achei que você poderia estar entediada.

— Eu adoraria.

— Ótimo, vou buscá-la às quatro. — William desliga.

Um piquenique sob flores de cerejeira definitivamente parece romântico. Procuro no Google se há algo na cultura japonesa sobre romance e flores de cerejeira, como a primeira neve nos dramas coreanos. De acordo com eles, você está fadado a estar com quem quer que você experimente a primeira neve. Se isso for verdade, estou fadada a ficar sozinha com um punhado de estranhos numa calçada de Nova Iorque. Infelizmente, não consigo encontrar nada especificamente romântico em Sakura. Mas parece romântico para mim, então vou com essa mentalidade.

22

WILLIAM TOCA A CAMPAINHA às 16h em ponto, e eu manco para liberar a entrada. Borboletas fazem meu estômago se revira, um pouco de excitação de que algo vai acontecer com medo de que nada aconteça.

Abro e espero na porta. Ao subir as escadas, ele parece ainda melhor pessoalmente do que eu lembrava cheirando a ar externo e protetor solar. Ele está usando outro blusão com decote em V, mostrando a reentrância da clavícula e a pele macia, junto com jeans e botas de caminhada.

Eu recuo. Somos detetives juntos. Sherlock Holmes e Watson. Poirot e Miss Marple. Sim, eu deveria pensar em nós como Hercule Poirot e Miss Marple. Isso deveria acalmar esses sentimentos.

— Pronta? — ele pergunta, com um enorme sorriso no rosto. — Você acha que consegue descer as escadas sozinha?

— Acho que sim. Ficar longe disso tudo por cinco dias realmente funcionou.

Ele olha para minhas obras espalhadas pela sala; duas telas estão encostadas em nossa parede de tijolos. Minha mais recente está secando em um cavalete enquanto outra pela metade fica no outro cavalete. Meu caderno com o desenho de William está escondido em segurança, embora uma de minhas pinturas, *W com SP 8*, tenha seu perfil em abstrato. Mas duvido que ele consiga se reconhecer.

Desço as escadas mancando com minha bengala. Contanto que eu pise com cuidado, funciona.

Ele me oferece o braço para caminharmos pela rua. Entre o braço e a bengala, sinto como se tivesse oitenta e cinco anos. Minha bengala tem cabeça de cobra, então nem é uma bengala feminina, mas é apropriada para um Sherlock Holmes fumante de cachimbo. Um chapéu estilo *deerstalker* completaria o traje. Em vez disso, uso um vestido amarelo de primavera com pequenas flores rosa para contrabalançar o efeito do meu movimento manco e sustentado pela bengala.

— Isso é que é uma bengala — diz William secamente.

— Mais do que isso. Tem um daqueles encaixes de armas secretas com uma espada falsa. Tio Tony usou isso numa peça.

Aponto para suas botas de caminhada.

— Você sabe que Cherry Hill não é realmente uma colina?

Ele sorri. Afasta o cabelo da testa e coloca o boné de beisebol. Eu amo o jeito que ele empurra o cabelo para trás.

O ar da primavera é quente contra meu corpo. Todo mundo na cidade de Nova Iorque parece estar comemorando, vestindo shorts e camisetas. As pessoas ficam conversando nas calçadas. Os cafés estão lotados. À medida que passamos, o murmúrio das conversas vibra ao nosso redor.

Caminhamos até Cherry Hill e encontramos um lugar perto de uma das cerejeiras com vista para o lago do Central Park. Verificamos se há cocô de cachorro perdido e, em seguida, estendo minha toalha de piquenique na grama parcialmente gramada e parcialmente suja. Na passarela, casais tiram fotos em um local onde todas as cerejeiras convergem para criar uma copa. Outro casal sorri para nós, enquanto preparam sua toalha de piquenique ali perto. Eles se oferecem para tirar uma foto nossa se tirarmos uma foto deles. Nós concordamos. Primeiro tiramos fotos deles e depois é a nossa vez. William e eu estamos sob uma copa de flores de cerejeira. Ele coloca o braço em volta de mim, me puxando para mais perto, e esse contato me faz olhar para ele, assim como ele olha para mim. Meu estômago revira.

Sento-me de pernas cruzadas no cobertor enquanto William se espalha. Ele estende a mão para a mochila e tira duas caixas de *bento*. *Kara-age*, *onigiri* e *tamagoyaki* têm seu próprio compartimento. Nós dois desembrulhamos nossos pauzinhos e eu quebro os meus.

— Tio Takashi disse que você adora *onigiri* e *shabu-shabu*.

— Adoro. — Ele fez pesquisas. Um sinal muito bom. Mas Takashi deve tê-lo avisado para ficar longe de mim. Olho em volta, meio que esperando ver tio Tony e Takashi escondidos nos arbustos, prontos para pular para garantir que eu não enfie meu forcado diabólico no coração de William.

Ele me entrega uma garrafa térmica com sopa de missô. Um homem que cozinha e prepara piqueniques, estou maravilhada. Eu deveria ter aulas de culinária. Minha paixão está ficando perigosa se estiver me inspirando a me tornar totalmente doméstica.

— Isso é incrível — digo.

Enquanto ele se senta de pernas cruzadas, seu joelho toca o meu. Nenhum de nós se afasta. Saboreio minha omelete enrolada.

— Tessa e eu jogamos Detetive esta semana, e acho que estivemos muito focadas no motivo. Isso é o mais difícil de descobrir. É a professora Plum na cozinha com a faca. Se nos concentrarmos no acesso à sala e em quem o retirou, saberemos que é Vinnie, Lena ou Miju. Essas eram as pessoas que estavam na cozinha, e aquela sala fica ao lado do escritório. — Temos apenas mais duas semanas até a Exposição de Arte Vertex.

— Ou alguém que trabalha com eles. Mas você está certa, eles ainda estão envolvidos.

— Precisamos de provas para dar ao oficial Johnson algo para pedir um mandado — digo. — Liguei para Miju e vou vê-los na próxima quinta-feira à noite. Você quer vir?

— Claro. — Ele se estica. — Precisava disso. Esta foi uma semana de trabalho difícil. Estou feliz por ter terminado.

— Obrigada por me trazer para um piquenique para comemorar — digo.

Ele olha para mim e não consigo ler sua expressão. Ele fecha os olhos. Observo as famílias e os casais passeando de barco ao redor do lago Central Park. Viro-me para William e sugiro que façamos um passeio de barco. Ele adormeceu. Humm... os tios não precisavam se preocupar.

Pego meu bloco de desenho. Quero esboçar aquelas maçãs do rosto e aquele cabelo desgrenhado que esconde a testa, aqueles lábios carnudos. Seu pescoço e seu pomo de adão. Aqueles ombros largos. Sim, não tenho como adormecer. Eu suspiro. Adoro quando minhas linhas a lápis revelam de repente a imagem e tudo se junta. O próximo é dele com os olhos abertos, quando me lança aquele olhar avaliador de lado, e outra quando está sorrindo, com os olhos todos calorosos. Viro a página para fazer outro esboço. O primeiro é para mim, mas gostaria de dar um de presente para ele no piquenique. Posso não saber cozinhar, mas posso desenhar para ter a minha comida. Esboço outro desenho dele dormindo.

Eu olho para cima para encontrar seus olhos abertos.

— Você está me desenhando?

— Sim.

Ele se senta.

— Deixe-me ver. — Ele se inclina para olhar.

— Não pode ver até que esteja pronto. — Puxo meu bloco para o peito.

Ele desliza para mais perto.

— Nem mesmo uma espiada?

— Nem mesmo uma espiada. Volte lá para que eu possa terminar. — Aceno para ele voltar.

— Não é melhor se eu estiver mais perto? — Ele pergunta, sorrindo, aproximando-se ainda mais, seu rosto olhando para o meu.

Mais perto e estaríamos dando um beijo no nariz. Meu pulso acelera. Eu engulo em seco.

— Não. Não consigo me concentrar se você está tão perto.

Ele ri.

— Está quase pronto?

— Sim. Mas vá deitar-se e feche os olhos.

Ele se deita, mas coloca as mãos atrás da cabeça.

— Quanto tempo mais?

— Cinco minutos.

Ele abre um olho ligeiramente.

— Tem certeza de que é tempo suficiente?

— Estava quase terminando.

Ele fecha os olhos novamente. Termino o esboço.

— Tudo bem, pode olhar.

Ele se senta ao meu lado e traça com um dedo as linhas da imagem.

— Isso é realmente bom. Mas acho que você me tornou mais atraente do que sou. — Seu ombro bate contra o meu.

Dou uma risada.

— Você se acha atraente? Você tem muito ego.

Ele balança a cabeça. "

— Não. Mas você me fez assim. Este é um cara muito bonito. — Ele se vira para mim e sorri.

— Mas eu acho você atraente. — Suas sobrancelhas se arqueiam.

— Mas fui avisada. — Coloquei minha mão em seu peito para impedi-lo de se aproximar.

Suas camisas abertas e aqueles músculos peitorais quase imperceptíveis têm sido como um canto de sereia para mim. Mesmo que eu não possa tê-lo, quero aquele momento para tocá-lo, quando não estiver distraída pela dor no pé. Seu batimento cardíaco bate sob minha palma. O cheiro de grama recém-cortada paira.

— Você também foi avisada? — ele pergunta.

— Tio Tony disse que eu não deveria namorá-lo porque seria muito confuso. Você sabe que sou um risco muito grande para você. Mas minhas intenções são honrosas.

— Prefiro que sejam desonrosas — diz ele.

Eu sorrio de volta.

— Isso pode ser arranjado.

Seu olhar se intensifica, e ele abaixa a cabeça para me beijar. Seus lábios estão firmes contra os meus, e ele acaricia minha bochecha. Sua mão desliza pelo meu cabelo ao redor da minha orelha, deixando tremores de desejo abrasadores. Meus braços circulam para segurá-lo. Caio de volta no cobertor, e ele me segue, com o peito encostado no meu, enquanto seus braços me seguram. Passo a mão pelos seus cabelos macios. Não tenho consciência de nada além dele, de seu beijo, de sua boca explorando a minha, mordiscando meu lábio, seu corpo duro contra o meu.

Nós nos separamos, respirando com dificuldade. Ele nos rola para que fiquemos lado a lado.

— Estou pensando que estamos prestes a cruzar a linha PG e deveríamos voltar para sua casa — diz ele.

Eu o beijo nos lábios.

— Espero que você não pense que sou fácil.

— Acho que você é complicada.

— Muito complicada? — pergunto.

Ele me puxa para mais perto para me abraçar.

— Não, não tão complicada — ele sussurra, enquanto me beija novamente.

William ainda está dormindo. Descanso de lado e o admiro. Definitivamente estou gostando de explorar todos os lados ocultos dele. E seu lado brincalhão e carinhoso não decepcionou na noite passada.

Ele abre os olhos e sorri. Estende a mão para me puxar para mais perto dele. Eu me aconchego em seu calor.

— Humm... isso é legal — diz ele.

Eu olho para ele, e ele gentilmente afasta meu cabelo do meu rosto.

Seu telefone emite um sinal sonoro. Ele verifica e diz:

— É a minha passeadora de cães. Acabou de passear com Sora e Pochi novamente esta manhã. — Ele olha ao redor da sala. — Você tem muitos violões. — Três deles estão no meu suporte de cinco violões no canto.

— Só tenho cinco — digo. Uma leve brisa entra pela janela aberta com cheiro de folhas molhadas.

— Apenas cinco.

— Amo violões — digo. — Cada um deles emite um som diferente. Esse é meu primeiro violão e meu presente de formatura do ensino médio. Comprei aquele terceiro com minhas economias de verão. — William traça a curva do meu ombro, um toque leve e suave que causa arrepios na minha espinha, dificultando a concentração. — Os outros dois estão com a banda. Eles também foram presentes de formatura.

Ele agora está traçando minha clavícula. Seus dedos acariciam minha pele, pinceladas suaves provocando arrepios de desejo.

— Posso fazer ovos para o café da manhã — digo. — Na verdade, faço ovos muito bons. Mas isso é porque às vezes também faço ovos para o jantar. É rápido e satisfatório...

William me beija.

— Você quer café da manhã agora? — Ele está traçando círculos vagarosos cada vez mais largos ao redor da minha clavícula, descendo cada vez mais. Recupero o fôlego, desejando mais.

— Talvez não agora — digo, minhas mãos massageando os músculos de suas costas.

23

Depois de um café da manhã bem tardio, passaremos a tarde de domingo nos *Untermyer Gardens*, em Yonkers, uma antiga propriedade de quarenta e seis acres que agora é um jardim público. William diz que é como caminhar numa obra de arte viva.

Sugeri que William revistasse o apartamento de Edmund porque Annabelle mandou uma mensagem dizendo que eles iriam tomar um *brunch* com mamãe e John, se eu quisesse ir (isso era um "não"). William me lembrou de minha decisão "racional" anterior de não revistar o apartamento de Edmund, caso isso o alertasse. Afinal, nos encontraremos com Miju e Lena na noite de quinta-feira e deveríamos seguir a sugestão de Takashi para não parecermos afetados. Se Edmund ou Vinnie estiverem me seguindo, nossas atividades divertidas apoiarão essa ilusão.

Começamos no *Vista*, que é uma longa série de escadas de pedra ladeadas por cedros japoneses e grama da floresta, terminando com uma vista majestosa do Hudson. Na base está o *Overlook*, em frente ao qual podemos ver as Nova Jersey Palisades, penhascos rochosos pontilhados de árvores verdes, o marrom e o verde refletidos nas águas do Hudson. Caminhamos pelo Jardim Murado. William pede a outro casal que tire uma foto nossa em frente às hortênsias. No espelho d'água, carpas e peixinhos dourados saltam entre os nenúfares. Meu telefone emite um sinal sonoro.

> Vinnie: *Você me perguntou sobre possíveis exposições de arte. Confira este Tribeca na quinta-feira. Posso falar com o revendedor para você. Ele tem pinturas semelhantes ao seu estilo. Te mando o endereço.*

Mostro o texto para William, e nós dois concordamos que deveríamos ir antes de encontrarmos Miju e Lena.

Subimos ao redor do *Rock and Stream Garden*. Por fim, subimos o caminho rochoso até ao "Templo do Amor" e sentamo-nos num banco feito para os apaixonados. A cachoeira tamborila abaixo, e dois pássaros azuis cantam um para o outro.

Descanso minha cabeça em seu ombro. Ele coloca o braço em volta de mim.

— Não acredito que nem sabia que isso existia — digo.

— É incrível quantas pessoas nunca ouviram falar disso.

— Eu realmente gosto de você — digo.

Os ombros de William enrijecem sob minha cabeça. Ele aperta meu ombro, mas não diz nada.

O pássaro canta novamente. Uma abelha zumbe perto de nós. Abaixo, o Hudson serpenteia. O ar está pesado com o perfume de lírios e outras flores da primavera.

Talvez ele ainda não esteja pronto para me dizer em palavras o que sente por mim. Talvez fosse muito cedo para contar a ele.

Ele se vira para mim.

— Como você sabe? — Seu olhar está avaliando.

— Sinto-me feliz quando estou com você — digo.

—É isso? — ele pergunta. Soa quase amargo.

— Sinto-me amada. O que você sente quando está comigo?

Há uma longa pausa. Ele não deveria ter que pensar tanto.

— Também me sinto feliz — diz lentamente.

— Eu aceito isso. — Outro casal se aproxima e eles ficam parados, abraçados, olhando a vista.

— E tenho certeza de que às vezes você também se sente frustrado. Ele bufa.

— Sim. — Ele inclina meu queixo para encará-lo diretamente. — Eu também gosto de você. Gosto que você seja tão aberta sobre suas emoções. — Ele me puxa do banco. — Vamos para casa.

Descemos os degraus de pedra e depois caminhamos por um caminho pavimentado.

— Foi Itsuki quem ficou noiva depois que vocês terminaram? — pergunto suavemente.

— Sim. — Ele olha para frente e balança a cabeça. Fico em silêncio para encorajá-lo a dizer mais.

— Eu estava prestes a propor. E então ela ficou noiva seis meses após a nossa separação. Era quase como se ele fosse uma melhoria tão radical em relação a mim que ela não queria correr o risco de perdê-lo. E ainda não sei por que ela achou que não dávamos certo enquanto eu pensava que sim.

Não sei o que dizer.

— Acho que nem sempre confio que meus sentimentos sejam precisos — diz ele. — Até Juri. Eu não queria morar permanentemente no Japão, mas fiquei arrasado porque gostava dela. Mas agora percebo que não teríamos dado certo.

— Pensei que você tivesse terminado com ela — digo.

— Foi um pouco mais mútuo, mas eu não queria enganá-la, visto que não queria me mudar permanentemente para o Japão — diz ele.

— Com quem você falou sobre Juri?

— Tenho minhas fontes — digo.

— Suas fontes são bastante óbvias.

— Quando o tio Tony estava me alertando para ficar longe de você, ele pode ter revelado alguns detalhes. Mas foi com a melhor das intenções. — Aperto sua mão. —Mesmo assim, gosto de você, então estou feliz que eles não perceberam o erro que cometeram. — Paro e o abraço.

— Está bem, está bem. — Seus lábios se curvam ligeiramente, então suas mãos agarram meus ombros enquanto ele olha para mim. — Há um ano, naquela festa em que você gritou com o Rex, mencionei isso ao tio Takashi, e ele disse que você sempre volta para o Rex. Estou preocupado que seus sentimentos possam mudar.

Fico olhando para ele.

— Estou muito mais feliz com você do que com Rex. Não voltarei para Rex desta vez.

Ele me puxa de volta contra ele e me abraça com força. Eu descanso contra seu peito. Seu batimento cardíaco acelera. Outro obstáculo superado.

— Posso pegar carona nas costas agora? — pergunto

— O fato de eu carregar você por um dia não satisfez esse requisito?

Eu faço beicinho.

— Sem passeio nas costas?

— Talvez *você* devesse me dar uma carona nas costas.

— Farei isso quando tiver certeza de que meu tornozelo está completamente curado.

Ele me puxa para mais perto de repente e me beija com firmeza.

— Obrigado.

Voltamos, de mãos dadas, em direção à saída.

24

É DOMINGO À NOITE, estamos sentados em um nicho de madeira em um restaurante japonês *shabu-shabu* no Lower East Side. William faz o pedido em japonês. Pontos enormes. A luz das velas delineia seu perfil.

Aparecem dois pratos de fatias de carne crua e temos uma grande variedade de vegetais para colocar na panela. William habilmente os coloca na panela quente no meio da mesa. O caldo borbulha e o cheiro de carne e vegetais fervendo está me deixando ainda mais faminta.

— Por que você não quer contar para sua família? — William pergunta. — Você tem vergonha de estar namorando comigo?

Eu congelo.

— Não. Definitivamente não. Por que você pensou isso?

— Qual outro motivo você não iria querer contar para sua família?

— Porque tio Tony e Takashi me avisaram expressamente para não namorar você — digo. — Eu te falei isso.

— E o tio Takashi me avisou. Mas ainda quero contar a eles. Aceitarão que somos adultos.

— Eu sei — digo. — Não é nem isso. Não quero o escrutínio extra da família. Quero manter você só para mim e não ter que compartilhar nosso relacionamento com outras pessoas neste momento. Especialmente se o tio Tony e Takashi se opuserem. Vamos passar algum tempo namorando primeiro. E definitivamente não quero contar para minha mãe ainda, embora ficaria encantada em saber que estou namorando um contador que tem seu próprio negócio. Sua avó não ficará desapontada por você não estar namorando uma japonesa?

— Não é como se meu pai tivesse se casado com uma japonesa — diz ele. — Ela ficará feliz se eu estiver feliz. Adoraria te mostrar o Japão. Tóquio tem uma energia semelhante à de Nova Iorque. As pessoas são muito amigáveis, e acho que você vai adorar. Há muito para ver: a arte, a vida noturna e os jardins.

— E a comida. — Eu tomo uma colherada de *shabu-shabu*. — Você vai fazer outra viagem para lá em breve? — *Ou ele está falando de longo prazo?*

— Provavelmente em alguns meses. Se o trabalho permitir. Essa é outra razão pela qual comecei meu próprio negócio.

— Quais são as outras?

Ele adiciona mais vegetais à panela.

— Queria ser meu próprio chefe. Não sou tão paciente e não estou inclinado a ser subordinado.

— Nunca fui muito boa em ser subordinada. E odeio ter que desempenhar papéis definidos, como o papel da filha obediente de político.

— E quanto ao seu pai? — ele pergunta. — Não poderia ter ido morar com ele em vez de John e sua mãe?

— Isso nunca teria funcionado politicamente, minha mãe não ter a custódia da filha teria sido uma história forte. Embora meu pai seja divertido, ele não é o cara mais responsável. É muito "você está por conta própria" — digo. — Quando era criança, era como uma experiência de "Pippi Meialonga". O que foi divertido no início, mas cansei de comer sanduíches de queijo no jantar. O que era tudo que conseguia fazer.

— Você não aprendeu a cozinhar?

— Deveria ter feito isso, não deveria? — Eu como um pouco mais.

— Além disso, ele mora em Catskills. Adoro visitar, mas gosto de estar rodeada de pessoas, das luzes e da energia de Nova Iorque e até do calor dos apartamentos daqui. — A cabeça de William está inclinada enquanto escuta atentamente. — Sinto falta de poder ir à loja à noite e observar as pessoas nos bares ou espionar outras vidas pelas vitrines iluminadas.

— Entendo — diz ele.

— Seus pais ainda estão casados e felizes, certo?

Ele concorda. Pego a mão dele.

— Para ser honesta, normalmente apresentaria você ao tio Tony como o primeiro membro da minha família.

— Foi isso que você fez com Rex?

— Não. — Balanço minha cabeça. — Nosso relacionamento foi anunciado na página de fofocas do *The Squirrel* por meio de uma foto minha e de Rex nos beijando depois de um show.

— Ai!

— Sim, não é assim que você quer contar aos seus pais, especialmente porque a foto mostrava principalmente meu rosto e o bíceps de Rex com uma tatuagem. Parecia que eu estava beijando alguém de uma gangue de motociclistas, em vez de um estudante magrelo da escola de ensino médio LaGuardia — digo. — Não era nem uma tatuagem de verdade. Rex colocou uma falsa para o show. A mãe dele o teria matado se ele tivesse feito uma tatuagem de verdade.

— Rex ficou chateado?

— Não, ele ficou feliz com a publicidade — digo. — Nosso próximo show ficou lotado. E conseguimos reservar locais que normalmente não aceitariam uma banda de rock do ensino médio. Foi louco.

— Você considerou ser uma estrela do rock quando estava no ensino médio? — Ele serve mais saquê para nós dois.

— Não — digo. — Foi muito divertido. Sempre soube que queria ser artista.

William come.

— Mas então por que não contar a Tony?

— Estamos namorando há um dia — digo. — Não é como se você normalmente apresentasse suas amigas à sua família na primeira semana.

— Não, mas vamos ver o tio Takashi e não vou mentir para ele.

— Você tem razão. Não quero mentir para eles. — Dou outra mordida. — Tudo bem, podemos contar a eles, mas apenas para eles.

— William! — diz uma voz feminina.

É Kiyoko com duas amigas, de saída.

— Achei que fosse você. Estávamos sentadas ali atrás. — Ela olha para mim com interesse definido. Espero que ela não se lembre de mim como garçonete na festa de William.

— Olá, Kiyoko. Esta é Miranda — diz William.

— Oi — digo. Ele não me apresenta como sua namorada. Sussurros frios de dúvida percorrem meu estômago.

Kiyoko apresenta suas duas amigas.

— Estávamos a caminho de um local de caraoquê. Vocês querem vir?

Não, não no nosso primeiro encontro oficial, mas estas são amigas do William. E não quero parecer com ciúmes. E talvez William pareça mais divertido na frente de Kiyoko, e ele possa se sentir validado. Ele não é tão chato.

O garçom tira nossos pratos.

— Você não precisa cantar — diz Kiyoko. — Sem pressão.

— Miranda é a vocalista feminina do *The Tempest*. — William olha para mim. — Você quer ir? —

— Claro, se você quiser.

A sala de caraoquê tem um sofá em forma de L com mesinhas na frente. Uma grande tela de vídeo na frente da sala exibe a letra das músicas. Outras telas mostram o videoclipe. William faz um pedido de cinco cervejas. Também peço uma garrafa de água. William sai para pegar nossas bebidas.

Kiyoko e suas amigas escolhem músicas do catálogo ao meu lado, no sofá de couro falso.

— Como você conhece William? — Kiyoko pergunta.

Estamos namorando. Mas como ele não nos apresentou dessa forma, acho que não posso dizer isso.

— O tio dele, Takashi, é casado com meu tio Tony — digo.

— Oh, você é da família — diz ela, parecendo aliviada. Não estou sentindo a vibração desinteressada.

— Não de sangue — eu digo. Porque não consigo evitar.

— Como você conhece William? — Encosto-me no encosto de plástico do banco.

— Nós namoramos brevemente — diz ela.

— Por que vocês terminaram? — pergunto.

— Ela foi uma idiota — diz sua amiga.

Kiyoko brinca com sua pulseira.

— Eu tinha uma queda por outro cara ao mesmo tempo e fiquei irritada com minha avó por me marcar um encontro às cegas.

— Disse a ela que a avó dela pode marcar um encontro para mim sempre que quiser — diz a amiga. — A avó dela tem um gosto excelente.

— Acho que ele está namorando alguém agora — digo antes que ela tenha esperanças de que ele esteja solteiro. Folheio o catálogo para descobrir quais músicas cantar.

Quando William volta, Kiyoko o convida para uma reunião de contabilidade. Ele aceita.

Kiyoko pergunta:

— William, que música você vai cantar?

— Eu não canto — diz William.

— Por que estamos em um caraoquê se você não canta? — pergunto.

— Sou um bom ouvinte — diz ele.

— Faz um dueto comigo. Vai ser legal — eu digo.

— Eu não sou Rex.

— Vamos fazer um dueto — eu digo. — Você pode fazer a parte masculina de "Barbie Girl". Você pode falar a maioria das falas masculinas. — E isso vai mostrar seu lado lúdico. Ele parece magoado, mas empurro com minha cabeça no ombro dele.

— Tudo bem — ele diz.

Cantamos "Barbie Girl". Eu danço ao redor dele, até mesmo deslizando contra ele em determinado momento. William entra no espírito da coisa, exagerando, especialmente quando ando perto dele. Ele é um bom dançarino.

Nós sentamos. A sala é bem pequena e estamos todos amontoados um ao lado do outro. William está entre mim e Kiyoko.

— Você sabe cantar, William. — Kiyoko dá um tapinha em seu braço.

— Eu não estava exatamente cantando — diz William. —, mas obrigado. Vou continuar batendo palmas para vocês, de agora em diante.

Kiyoko traz à tona algum evento que suas avós estão participando. Parece significativo. William a lembra que eles se conheceram inicialmente naquele evento. Eles conversam sobre alguns amigos em comum.

Kiyoko termina a cerveja e insiste em cantar novamente. Ela canta "It Must Have Been Love", do Roxette, olhando diretamente para William.

William cora. Eu sussurro para ele:

— Você não deveria contar a ela que estamos namorando?

William sussurra de volta:

— Sim, mas não posso contar a ela agora. Depois daquela música.

Eu escolho "Wild Women" e canto para a sala.

Kiyoko está encostada em William. Há muito espaço, porém, entre ela e seus amigos. Ela não precisa ficar presa nele.

Ela escolhe "I Want You Back", do The Jackson 5 e canta com alguns olhares de lado para seus amigos, mas principalmente para William.

Eu sussurro para ele:

— Você deveria cantar "I'm Taken".

William bufa.

Os amigos de Kiyoko se revezam cantando várias músicas diferentes.

Eu escolho "Bizarre Love Triangle", do New Order. A boca de William se agita enquanto canto, mas não canto diretamente para ele. Isso é muito óbvio.

Ela escolhe "Only You", de Yaz e olha diretamente para William enquanto canta. Isto é brutal. Ela se senta e se enrola nele. Enquanto pego o microfone, levanto a sobrancelha para ele e ele se afasta de Kiyoko.

E encerro com "Fire for You" olhando para William, com alguns movimentos sensuais incluídos. À medida que a música desaparece, ele se levanta.

— Provavelmente deveríamos ir embora. Temos que encontrar os tios amanhã cedo. Foi ótimo ver você, Kiyoko, e um prazer conhecer vocês.

— Vocês vão sair juntos? — Kiyoko pergunta.

— Estávamos jantando juntos — diz William. — Vou levá-la para casa.

Ele diz isso como se estivesse me levando para sua casa. O que isso mesmo.

Enquanto descemos a rua de Saint Mark's Place, William me puxa para perto, passando o braço em volta de mim. Passamos por lojas amontoadas umas em cima das outras, tanto no subsolo quanto subindo uma escada. Placas anunciam tatuagens, piercings nas orelhas e médiuns. Os restos descascados de cartazes de shows de rock salpicam um prédio de tijolos. Outro edifício é pintado de laranja e preto para sugerir listras de tigre.

— Por que você não me apresentou como sua namorada? — pergunto.

— Achei que você queria manter isso apenas entre nós dois — diz William.

— Não na frente de alguém com quem você namorou.

— Você estava com ciúmes?

— Sim.

— Você não precisa ficar assim.

— Achei que você não fosse amigo de ex-namoradas.

— Ela mal é uma ex. Além disso, ela é neta da amiga da minha avó. Não posso ser rude com ela — diz ele. — Você é quem fala, tendo o Rex.

— Eu sei. Sinto muito — eu digo. — Suponho que seja bom ir nessa coisa de contabilidade.

— Parece que seria um bom lugar para fazer contatos comerciais.

— Hum.

— Você quer ir? — ele pergunta. — Eu não acho exatamente que seria sua praia.

Eu quero ir.

— Não. Eu provavelmente ficaria entediada e isso não ajudaria você.

— De qualquer forma, não é nisso que quero me concentrar agora — diz William enquanto estamos sozinhos na esquina.

— Não? Em que você quer se concentrar agora? — pergunto maliciosamente.

Ele me puxa para perto dele e me beija, sua mão alcançando minha cabeça. Passo minhas duas mãos pelos seus cabelos enquanto o beijo de volta.

— Vamos voltar para minha casa. — Ele chama um táxi.

Entramos e colocamos os cintos de segurança. Presos aos nossos respectivos lugares, há alguma distância entre nós. Além disso, prefiro mantê-lo respeitável quando estou em um táxi. William tem uma expressão travessa no rosto.

Sua mão está no meu joelho, e ele traça linhas em zigue-zague sobre minha coxa, aproximando-se cada vez mais. Minha respiração fica presa.

Estamos presos no trânsito. Nosso táxi de repente passa à frente dos outros carros. Coloquei minha mão em seu joelho e deixei minha mão subir na ponta dos pés pela parte interna de sua coxa.

Sua mão cobre a minha.

— Não mais longe.

— De acordo.

O táxi para em frente à casa dele. William paga e saímos. Compartilhamos a viagem de elevador até o apartamento dele com outro casal. Nós quatro parecemos frustrados por estarmos um com o outro.

Finalmente, estamos em seu apartamento, e Sora e Pochi latem, nos cumprimentando. William me apoia contra a parede, me beijando, sua mão entrelaçando-se na minha. Ele me levanta e eu o agarro com as pernas. Passo as mãos pelos músculos das costas dele, por baixo da camisa. Posso senti-los se esforçando para me abraçar. Ele tem gosto de saquê e batata frita salgada. Sua mão chega por baixo da minha camisa para desabotoar meu sutiã. Eu me contorço para chegar mais perto. Desabotoo sua camisa enquanto ele levanta a minha, então ficamos pele com pele, calor com calor. À medida que ele me toca, o corredor se estreita para nós, nos tocando, sentindo, desejando. É como um caleidoscópio de cores e camadas de tinta se acumulando, se intensificando, até que finalmente desabo sobre ele, apoiando a cabeça em seu ombro.

Sora late. Nós dois olhamos para baixo e a vemos sentada ali, olhando para cima com expectativa.

— Eu preciso — ele diz sem fôlego — passear com os cachorros.

— Volte logo. — Olho para a protuberância em seu jeans ainda presente. — É a sua vez a seguir.

Ele me beija com firmeza nos lábios, abotoando a camisa, e depois prende as coleiras em Sora e Pochi.

— Ah, ainda não terminei com você. — Sorrindo maliciosamente, ele fecha a porta, saindo com Sora e Pochi.

25

Eu deveria ter dito que compareceria à reunião de contabilidade. Em vez disso, fico do lado de fora da entrada do hotel vestida
toda de preto, com o cabelo preso e um boné de beisebol na cabeça.
Porque ele havia mandado uma mensagem dizendo que eles iriam
sair para beber depois e que voltaria para casa após isso. E não voltar.

Eu imediatamente pedalei até aqui. Não estou orgulhosa de mim
mesmo. Olho para a mensagem dele novamente. Podia responder
dizendo que poderia encontrá-lo em seu apartamento depois dos
drinks. Mas isso parece tão possessivo e patético. E não é isso mesmo?

Eu sou de boa. Nem um pouco ciumenta. No momento, estou
vestida mais como um personagem ninja.

Algumas pessoas saem pelas portas de vidro do *lobby* do Millenni-
um Times Square Hotel. Estou em frente à entrada, sentada no banco da bicicleta, ligeiramente escondida pela entrada do restaurante
O'Donoghue's Bar. As calçadas estão lotadas de gente correndo para
o teatro. Não quero me aproximar, dado o quão bom William é em
me avaliar.

Talvez eu devesse ter insistido para que ele me convidasse para
o encontro para beber e me apresentasse oficialmente como sua
namorada. Então, novamente, talvez eles ainda estejam discutindo

contabilidade. Só posso esperar. Eu nunca teria pensado que estaria namorando um contador.

Contanto que William não esteja se perguntando por que está namorando comigo. Por que ele está namorando uma garçonete e cantora de uma banda de rock? Não tenho certeza se posso afirmar que sou uma artista.

Não é que eu não confie nele. O que ele quis dizer com que nem sempre pode confiar em seus sentimentos? Como posso confiar nos sentimentos dele então? Se ele me comparar com Kiyoko, ele pode cair em si e perceber que ela pode ser o melhor negócio – mais compatível no longo prazo. E o fato de ele não estar disposto a contar a Kiyoko que eu era namorada dele no caraoquê, mesmo ele ficando tão apaixonado depois, não é tranquilizador.

Meu telefone emite um sinal sonoro. Leio o texto, de olho na entrada.

> Tessa: *Onde você está? Estou prestes a sair do trabalho.*

> Eu: *Times Square. Espionando William.*

> Tessa: *???*

> Eu: *Tenho problemas.*

> Tessa: *Onde? Eu vou acompanhá-la.*

O prédio do escritório de advocacia de Tessa é na Times Square.

> Eu: *Você também tem problemas?*

> Tessa: *Tantos problemas.*

Olho para a entrada.

> Eu: *W. foi visto.*

> Tessa: *Me manda aonde você está indo. Vou esperar.*

A estatura alta de William é fácil de identificar na multidão. Andando de bicicleta, sigo atrás dele e de Kiyoko, permanecendo na calçada em frente a eles. É difícil manobrar aqui andando de bicicleta, mas está lotado demais para pedalar na direção errada contra o tráfego no sentido leste. Um cara me xinga enquanto tento passar com minha bicicleta.

— Também te amo, amigo — eu digo.

Contorno o homem que segura a placa do ônibus escrito "Embarque/Desembarque".

Eles agora esperam na sinaleira de pedestre. São apenas William e Kiyoko. Eu me sentiria melhor se fosse um grupo. Eu deveria enviar algumas questões contábeis estimulantes para discussão. Por exemplo, você pode considerar uma pintura roubada como perda de impostos? Como você valoriza isso?

Uma fila de espera serpenteia do lado de fora do Carmine's. Ando de bicicleta na rua porque não tem espaço na calçada. Eles agora estão na minha frente, passando pelo Teatro Schubert. Ele abaixa a cabeça para ouvir o que ela está dizendo. Inclino a bicicleta de volta na calçada, andando sob as placas amarelas que dizem "Em cartaz agora" em letras maiúsculas pretas. Assim que passo pelos teatros, volto para a rua e ando de bicicleta na direção errada para alcançá-los.

Na Oitava avenida, eles viram à direita para caminhar pela parte alta da cidade. Envio uma mensagem para Tessa. Pelo menos agora posso andar com o trânsito na ciclovia do outro lado da rua. Mesmo assim, entre o trânsito e os carros virando repentinamente, tenho que prestar atenção ao dirigir a bicicleta. Eles finalmente vão para o *Social Bar e Grill*. Paro um pouco mais adiante no quarteirão e levo a bicicleta até um espaço entre os carros estacionados para mandar uma mensagem para Tessa.

> **Eu:** *Social Bar & Grill, na 8° com 49°.*

— Miranda! — Tessa grita do outro lado do quarteirão. Ela corre.

— Como você chegou aqui tão rápido?

— Saí assim que você mandou uma mensagem — diz Tessa.

— Tenho que devolver a bicicleta — digo. — Você quer entrar? Não deixe que eles vejam você.

— Há um limite para que possa desaparecer — ela diz ironicamente —, mas ficarei na frente e espero que eles estejam atrás.

Atravesso a rua e coloco a *Citi Bike* no suporte, empurrando com força para ter certeza de que ela foi registrada como devolvida.

> **Tessa:** *Sem William à vista. Devo pegar a mesa da frente?*

> **Eu:** *Sim.*

Não deveria estar espionando-o. Eu não sei o que estou fazendo. Confio nele.

Entro pela porta e procuro Tessa. Mas nenhuma mulher solteira enfeita as mesas altas da frente – apenas casais. Peço uma cerveja. Telas de TV exibindo um jogo da NBA dominam o espaço. As conversas são altas. Ao meu lado, no bar, um grupo de homens discute sobre uma decisão errada. Este lugar definitivamente não tem uma vibração romântica. Eu sorrio.

— Miranda! — Tessa acena de uma mesa onde está sentada com um cara. Ando até lá com minha cerveja.

— Miranda, este é Ron. — Tessa levanta o copo de cerveja. — Ele acabou de me pagar uma bebida, mas expliquei que vamos sair à noite com garotas, então não vamos conhecer rapazes.

— E eu tenho um namorado — digo afetadamente.

— Mas eu não — Tessa diz atrevidamente. — Aqui, vou anotar o seu número.

— Você não quer que eu pegue seu número? — o rapaz pergunta.

— Não, gosto de ser eu quem decide se devo ligar — diz Tessa. Ele fica surpreso, mas sorri e dá seu número a ela.

Tessa pega o número dele, e ele volta para os amigos no bar.

— Ele é fofo — digo.

— Nada mal.

— Ele acabou de vir até aqui?

— Não — diz Tessa. — Eu o vi quando entrei. Mantive contato visual por um tempo demais. Mas então eu o ignorei quando fui pegar uma bebida. Achei que deveria aproveitar a oportunidade de estar em um bar.

— Você deve.

— Um brinde à interação pessoal. — Ela tilinta meu copo. — Faz muito tempo que não vou a um bar.

— Adoro quando funciona.

— Por que você está espionando William? — Tessa pergunta. — Você não acredita seriamente que ele vai te trair com essa outra mulher, não é?

— Não — eu digo. — Ele não trapacearia. Mas Kiyoko gosta dele. Tio Tony disse que inicialmente ele estava interessado em Kiyoko e ficou magoado quando ela o rejeitou. Se ela argumentar bem a favor do namorar com ela, ele pode terminar comigo.

— Eu duvido. Receba algum crédito por ser difícil desistir. Como você sabe que ela está interessada?

Eu explico toda a noite de caraoquê.

— Ele deveria ter deixado claro que vocês estão namorando.

— É parcialmente por isso que estou preocupada. Eu disse para não contar a ninguém, mas me pergunto se ele está usando isso apenas como uma desculpa conveniente. — Brinco com o *display* de plástico listando bebidas especiais. — Achei que estava bem claro que era específico da minha família.

— Mesmo assim, se ela estiver interessada, tenho certeza que captou a vibração entre vocês dois. — Tessa se recosta na parede. — Estava ficando muito quente entre vocês em Fire Island.

— Eu cantei "Fire for You" para ele. — Eu sorrio. — E ele insistiu que partíssemos depois disso. Mas é só isso. Se eu fosse ela e pensasse que estava prestes a perder minha chance, diria a ele que gosto dele.

Tessa sorri.

— Miranda, você diria a ele que gosta dele mesmo sem aquele empurrão.

Eu dou uma risada.

— Você tem razão. Eu poderia. Sempre prefiro contar para a pessoa do que me arrepender. Mas ainda mais se eu achar que outra garota está interessada. A menos que esteja absolutamente claro que ele não está interessado também. Nesse caso, me contenho... às vezes.

— Não ficou claro que ele estava interessado quando você estava cantando no caraoquê?

— Não ficou. Ele não é muito demonstrativo em público, ao contrário do Rex — eu digo. — E eu senti que naquela noite ele estava tomando cuidado para não dar a impressão de que éramos algo mais do que amigos. Até o fim, quando saímos. — Um grito irrompe do bar. Algum time acabou de marcar.

— Ainda assim, o que toda essa espionagem vai resolver?

— Eu sou um idiota total, não sou? — Mordo meu lábio. — Queria ver se conseguia captar alguma vibração de interesse de William e me preparar emocionalmente se ele for me largar. Mas eu estava muito longe para ver alguma coisa. Mas ei, agora eu posso beber com você, então deu certo no final.

— É impossível preparar-se emocionalmente para isso — diz Tessa. — Você não os viu se tocando, certo?

— Sem toques — eu digo. — Pelo que eu sabia, de qualquer maneira, entre desviar de pedestres e carros. Eu devia ter abandonado a bicicleta.

— Você contou a Peter que está namorando William?

— Claro.

— Como ele reagiu?

— Difícil dizer pelo telefone — eu digo.

Ron volta com outro cara. Esse outro cara é alto, em forma, bonito, mas não tão atraente quanto William.

— Oi, estávamos conversando e pensei que precisava lhe dar um pouco mais de incentivo para me ligar — diz Ron. — Este é meu amigo Devon.

Devon acena. Parece que ele foi arrastado até aqui para me manter ocupada enquanto Ron conversa com Tessa. Ele não faz contato visual e observa as duas mulheres sentadas a algumas mesas de distância.

Ron puxa uma banqueta vazia da mesa ao nosso lado e Devon sai para encontrar outra cadeira. Ou talvez outra mulher. Ele pula a mesa com um homem e uma mulher e pergunta a duas mulheres se pode pegar emprestada a cadeira extra. Ele é muito conversador com elas. Ele arrasta a cadeira até a nossa mesa e a coloca ao meu lado.

As mesas são feitas para apenas duas pessoas, então com dois homens altos sentados aqui, fica apertado. Aproximo minha cadeira da parede. Estou feliz em ser ala de Tessa, mas Devon está sentado como um peso ao meu lado. Tento puxar conversa.

— Você estava assistindo ao jogo? — Aponto para a tela plana pendurada na parede perto do bar.

— Não. — Ele bebe sua cerveja.

Bebo minha cerveja, pensando em outros assuntos de conversa.

— O que você faz? — ele pergunta.

— Eu sou uma artista — eu digo.

— Uma artista? — Seu rosto se enruga como se ele tivesse acabado de comer picles.

Tessa interrompe:

— O trabalho dela tem sido no metrô.

— No *metrô*? — Ele enfatiza a palavra como se fosse abaixo da média. — Como uma grafiteira?

Eu rio.

— Não. Como a novidade na Exposição de Arte Vertex.

— Ah... — diz Devon. — Posso pegar outra cerveja para vocês?

Tessa olha para mim. Se ela está realmente interessada em Ron, eu deveria ir para casa.

— Miranda. — Uma voz familiar interrompe as conversas do bar. William está lá com Kiyoko.

Levanto-me rapidamente, empurrando minha cadeira em uma tentativa desesperada de parecer menos que estou tendo um tête-à-tête romântico aqui no canto. Mas é claro que isso só me faz parecer mais culpada.

— William, encontrei Tessa aqui para beber. — Eu deveria ter mandado uma mensagem para ele.

Kiyoko não está sorrindo e seus olhos parecem tristes. Se ela disse que gostava dele, não parece que correu bem.

Quero deixar claro que disse que tinha namorado para esses caras.

— E este é meu namorado, William.

Tessa diz:

— William, que bom te ver de novo. Pedi a Miranda que viesse me encontrar para tomar uns *drinks*. E estes são Ron e Devon, que acabamos de conhecer, mas dissemos a eles que iríamos ter uma noite de garotas.

— Acho que essa é a nossa deixa para irmos embora — diz Ron. — Me mande uma mensagem. — Ele levanta o telefone. Ron acabou de marcar alguns pontos de inteligência emocional. Ele e Devon voltam para o bar.

— Oi, Kiyoko — eu digo. — Esta é minha amiga Tessa.

— Prazer em conhecê-la. Tenho que ir. Tem sido um longo dia. Tchau, William. Obrigado pela bebida. — Ela sai.

— Estou indo para casa. Você vai ficar mais tempo? — William pergunta.

Tessa sorri para mim.

Eu digo:

— Não, estou livre para ir para casa agora. Tivemos uma boa conversa de garotas.

Nós três saímos e seguimos para a estação de metrô da rua 50. Pego a mão de William, feliz por ir para casa com ele. Dou um abraço de despedida em Tessa enquanto nos separamos para pegar o trem do centro, enquanto Tessa segue para a plataforma da parte alta da cidade.

Nosso metrô chega imediatamente. Não há assentos, então o sigo até o meio do trem. Enquanto seguramos o mastro, minha mão toca a dele por um segundo, mas ele afasta a mão.

— Como foi a conferência? — Eu pergunto.

— Tudo bem.

— Eu disse àquele cara que tinha namorado. Estava apenas sendo o braço direito de Tessa.

— Sei. Não é por isso que estou chateado.

— Então você está chateado — eu digo lentamente.

— Um pouco. — Ele mantém o olhar fixo nos cartazes do metrô.

O metrô parece levar uma eternidade para chegar à rua Franklin, a parada de William. Nós saímos.

— Devemos caminhar até o rio? — William pergunta. — Ainda está bom lá fora.

Isso parece um bom sinal.

Caminhamos, sem falar, até a beira do rio, onde atravessamos a ciclovia e ficamos junto à balaustrada com vista para o Hudson. Olho para ele, mas ele está olhando para frente. Ele também não está segurando minha mão.

William se vira para mim.

— Você me seguiu até lá?

Pode ter sido coincidência termos ido parar lá, já que Tessa trabalha na Times Square, mas não vou mentir para William.

— Sim — eu digo. — Foi estúpido da minha parte.

— Abri o Google Maps para verificar o endereço do bar e vi você me seguindo. Você não confia em mim?

— Confio em você.

— Confia? — Ele passa a mão pelos cabelos.

— Eu não pensei que você iria me trair ou algo assim. Mas não confio em Kiyoko. Ela gosta de você.

— Mesmo que ela goste de mim, estou namorando você.

— Foi realmente estúpido da minha parte — eu digo. — Se serve de consolo, não espionei você no bar. Acabei de conversar com Tessa assim que entramos. Nós realmente tivemos uma noite de garotas naquela hora.

— Mas os relacionamentos são uma questão de confiança. Você sabe disso. Se não tivermos essa base, não sei como isso funciona.

Minha respiração fica presa. Eu fui um tola.

— Eu sei. Realmente não é que eu pensei que você iria me trair com ela.

— Então o que foi? — ele pergunta.

— Eu estava preocupada que ela dissesse que gostava de você. Você costumava ter sentimentos por ela. Não sabia se talvez esses sentimentos fossem mais fortes do que o que você tem por mim agora.

Ele esfrega a testa.

— Como você sabia que Kiyoko faria isso?

Minha intuição estava certa sobre isso, pelo menos.

— Era bastante óbvio no caraoquê.

— Achei que tinha deixado isso óbvio quando saí com você — diz ele. — Você poderia ter me avisado. Que diabos? Primeiro, ela me diz que não sou o tipo dela. Depois ela canta um monte de canções de amor para mim e agora me diz que cometeu um grande erro.

Eu absorvo isso.

— Achei que era função dela contar a você, não minha.

— Devo me preocupar com você e Rex então? — ele pergunta.

— Não, já superei o Rex — eu digo.

— Mas pela sua lógica, seu histórico de relacionamento é muito mais longo e profundo com Rex.

— Eu não disse que perseguir você hoje era lógico — digo. — Mas também é diferente. Do jeito que o tio Tony disse, era como se você realmente gostasse de Kiyoko, mas ela não estava interessada. Então agora se ela estiver interessada, talvez você também se interesse. Já com Rex, sim, temos uma longa história. Mas não me arrependo de ter perdido algo com ele, nem penso que vai dar certo.

— Entendo — diz William. — Tio Takashi e Tony parecem que acham que sou realmente um desastre emocional.

— Talvez eles estivessem exagerando para me convencer a não namorar você.

Nós dois olhamos para as luzes de Nova Jersey do outro lado do rio, respirando o ar salgado. Eu não digo nada. Ele também não.

— Você pensou que eu iria terminar com você para namorar Kiyoko se ela dissesse que gostava de mim? — ele pergunta. — Isso é quase pior do que a falta de confiança. Que tipo de cara eu seria então?

Isso é pior. E William é um cara tão bom. Meu rosto se contorce. Eu preciso arrumar isso.

— Sei e entendo sua decepção comigo. Eu não quero ser essa pessoa. Esta não sou eu. — Agarro sua mão para que ele entenda. Sua mão está fria em meu aperto. E, de repente, percebo que o motivo pelo qual não estamos no apartamento dele é porque ele não pretende que eu durma lá. É mais fácil terminar com alguém quando essa pessoa não está no seu apartamento. Eu sei disso por experiência própria. — Esta não sou eu.

— Esta não é você. — Ele respira fundo e desvia o olhar.

Eu fungo. Quero chorar, mas não na frente de William. Não consigo evitar. Uma lágrima escapa.

— Vou para casa agora — digo.

— Vou acompanhá-la até o metrô — diz ele.

Um cavalheiro até o fim.

— Para ser honesta, prefiro que você não faça isso — digo. — Eu realmente apreciaria se você me deixasse andar sozinha. Eu preciso pensar.

26

DE VOLTA À NOSSA sala, estou em choque ao contar a Tessa o que aconteceu. Tessa parece igualmente surpresa.

— Mas por que você sugeriu vir para casa? — Tessa pergunta.

— Percebi que ele tinha ido para a orla porque queria terminar. E eu não queria, então queria ir para casa e me organizar.

— Mas talvez ele não queria fazer isso?

— Você acha que cheguei à conclusão errada? — pergunto.

Tessa assente.

— Mas eu não quero ser essa pessoa. Nosso relacionamento não está funcionando se eu o estiver seguindo. Um relacionamento deve elevar cada pessoa para ser melhor.

— Deveria. Vocês dois trabalham bem juntos. Acho que você só está fazendo isso agora porque Rex e Peter são muito namoradores. E seus problemas familiares. Você precisa estar mais segura de si mesmo. — Tessa me abraça.

— Entrei demais nesse modo de espionagem. Aparentemente, deveria abrir uma agência de detetives em vez de ser uma artista.

— Fico ao lado do nosso aparador, que está coberto com potes plásticos cheios de tinta. Os livros de arte estão na prateleira de baixo, com livros de ficção e DVDs e alguns jogos nas prateleiras de cima.

— Exceto que pareço ter ainda menos sucesso como investigadora particular do que como artista. Sei que foi Edmund ou Vinnie, ou ambos, mas não consigo encontrar nenhuma pista que prove isso. Espero que amanhã, quando me encontrar com Miju e Lena depois do show, eu consiga um grande avanço. Tenho minha lista de perguntas.

— William deveria ir com você para isso, certo?

— Sim. Íamos juntos à exposição e depois nos encontraríamos com Miju e Lena. Mas talvez ele não vá agora.

— Deveria ligar para ele e confirmar. Você tem a investigação como desculpa.

Balanço a cabeça e ando de um lado para o outro na nossa sala de estar.

— Não vai parecer que estou indo e voltando? Eu não deveria tê-lo depois de ontem à noite. Perdi a confiança. Farei isso apenas como uma visita e depois me encontrarei com Miju e Lena. Não se preocupe. — Passo a mão pelo cabelo. — Você vai ligar para Ron?

— Não sei — diz Tessa. — Estou pensando que talvez não, porque deixei bem claro que estávamos tendo uma noite de garotas e então ele ainda apareceu. Isso não foi legal.

— Hum... — digo.

— Mas me sinto mal por não ligar. Talvez eu não devesse pegar os números dos caras, apenas deixar essa decisão para eles. Me sinto mal por ser a pessoa que pega um número e não liga. Mesmo que eu pretendesse ligar naquele momento.

— Então talvez marque um encontro e dê a ele uma segunda chance. Quero dizer, talvez ele realmente gostou de você e estivesse preocupado que você não ligasse.

— Como ele poderia realmente gostar de mim? — Tessa pergunta. — Nós mal conversamos.

— Bem, isso apoia o argumento dele sobre querer conversar para aumentar as chances de você ligar para ele.

— Afff, tão complicado — diz Tessa. — Tudo bem, vou ligar para ele e convidá-lo para beber na próxima semana.

— Obrigado por me ouvir. Quanto custou essa sessão?

— Ainda não terminei com você. Você deveria mandar uma mensagem para William e ter certeza de que ele sabe que você acha que esse relacionamento funciona.

Sento no sofá e enterro o rosto nas mãos. Estou tão decepcionada comigo mesmo. Eu confio em William e não deveria tê-lo espionado. Não queria machucá-lo daquele jeito. Vou me desculpar amanhã pessoalmente na exposição de arte, ou no apartamento dele, se ele não aparecer lá.

27

SEGURANDO MEU GUARDA-CHUVA INCLINADO contra o vento e a chuva de granizo, caminho por uma rua de paralelepípedos molhada, decifrando os números dos prédios, tentando encontrar a galeria Tribeca que abriga esta exposição.

Aqui está. Abro a porta, puxando-a com força contra o vendaval que sopra do Hudson. No interior, é uma sala com paredes de tijolos, pé direito alto e lotada de gente.

Penduro minha capa de chuva encharcada no cabide e coloco meu guarda-chuva no recipiente preto de plástico rotulado "GUARDA-CHUVAS MOLHADOS".

Uma alcova chama a atenção ao lado. Uma mistura de sofás agrupados no meio onde as pessoas socializam, fazendo com que pareça mais uma reunião de amigos do que uma exposição de arte. A música estridente e pulsante torna as conversas mais altas. As pinturas refletem uma verdadeira mistura de estilos artísticos, embora a maioria sejam pinturas figurativas. Não está claro por que Vinnie recomendou que eu fosse ali, mas suspeito que não será boa ideia. O calibre da pintura não é tão alto; Vinnie provavelmente está sinalizando que é aqui que meu trabalho artístico pertence agora.

Vou dar uma volta rapidamente e depois vou embora. Não estou com vontade de ficar aqui. E se William não aparecer?

E então eu o vejo.

William está no bar. Ele está de costas para mim.

Ele veio.

Vou até lá. Ele está conversando com um cara de paletó marrom.

Ao me aproximar, ouço William dizendo ao cara:

— Minha namorada é artista.

Eu paro. *Definitivamente ainda estamos juntos.*

— Sério? De que tipo de arte? — o cara pergunta.

— Artista abstrata, mas com muitas cores. Com muito impacto emocional.

— É tudo uma questão de paixão, cara. Coisas boas, certo? — o cara diz. — E não se limita apenas à arte, certo?

William faz uma careta.

— Eu não saio falando por aí.

— Não, não, posso ver pelo seu rosto. Coisas boas — diz o homem.

Eu recuo. Não quero interromper essa conversa.

Contudo, William se vira e me vê. Ele sorri, mas é hesitante.

Ele se despede do cara e vem até mim.

— Sinto muito novamente por ontem à noite — digo rapidamente.

— Eu também sinto muito. Talvez estejamos nos deixando levar por toda essa investigação.

— Acho que sim — digo. Seus olhos são calorosos e acolhedores. Estou tão aliviada.

Ele abre os braços.

— Um abraço? — ele pergunta.

— Sim. — Entro em seus braços. Eles me envolvem e me sinto muito confortada.

— Eu não tinha certeza se você viria — digo.

— Não pense que você pode se livrar de mim tão facilmente. — Ele me abraça com força e depois me solta, mas continua segurando minha mão. Aperto a dele em troca. De mãos dadas, caminhamos pela exposição. Vinnie ainda não respondeu.

Circulamos pela sala principal até que paro em frente a uma escultura que gosto. É uma mão de pedra segurando outra mão.

— Eu gosto disso — digo.

William aperta minha mão com mais força.

— Sim.

Estamos juntos novamente como se a noite passada não tivesse acontecido. Simples assim, sem nenhum drama prolongado, superamos meu comportamento maluco. Eu o beijo na bochecha.

— Para que é isso? — ele pergunta.

— Estou feliz.

— Você quer uma bebida? Percebi que você não pegou uma.

Eu concordo. Caminhamos até o bar e esperamos na fila atrás de alguns outros clientes.

— Não tenho ideia de por que Vinnie achou que eu deveria ver esta exposição — digo.

— Não parece ter a mesma intensidade do seu trabalho — diz William. O *barman* se move para o outro lado do bar. Pode demorar um pouco para conseguirmos as bebidas.

Não vejo Vinnie em lugar nenhum. Envio uma mensagem para ele.

> Eu: *Vinnie, estou na exposição. Qual pintura você queria que eu visse?*

— Esquecemos de verificar na alcova — digo. — Vamos dar uma olhada e depois ligo para ele. E então podemos tomar uma bebida.

Seguimos em direção à alcova, ainda de mãos dadas. Está lotado lá e não consigo ver nenhuma obra de arte ainda.

— Você pintou hoje?

— Sim. Agora você tem uma pintura com o seu nome. *W 2h30*.

— Que cores você usou?

O grupo de pessoas em frente à pintura na parede oposta passa repentinamente para a próxima, permitindo-nos ver a peça. Paro e aperto a mão de William com força.

— Essa é a minha pintura, copiada.

— Onde?

Aponto para a parede no canto mais distante.

Estou hiperventilando. Essa é uma cópia forjada do *Brincando Por Aí 1h30*. Ando em direção ao quadro.

William me agarra, me parando.

— O que você está fazendo?

— Estou anotando isso.

— Pense, Miranda, pense. — Suas mãos estão em meus ombros. — Isso é uma armadilha. Alguém fez isso de propósito... para irritar você.

— Eles conseguiram. — Minha voz falha.

Ele me puxa para seu peito e me segura com força.

— Vamos ligar para Johnson e contar a ele. Ele pode considerá-lo uma falsificação?

Espio por cima do ombro dele para cópia da minha pintura. Meus olhos lacrimejam. *Quem está fazendo isso? Por que eles me odeiam tanto?*

William esfrega minhas costas.

— Prometo a você que iremos retirá-lo se isso não funcionar.

Eu digo:

— Vamos tirar uma foto disso. Caso algo aconteça e ele não consiga vê-lo. Quero uma prova de que vimos isso.

Placas a cada um metro e meio anunciam "Proibido fotografar".

— Vou criar uma distração. Vou deixar um copo ali no bar. Quando todo mundo olhar para mim, você tira uma foto. — Ele aperta minha mão. — A menos que você tenha uma sugestão melhor?

— Não. Você realmente fará isso?

— Você não acha que vai funcionar?

— Vai sim. Não se machuque.

— Tudo bem — ele diz. — Mas vamos ligar primeiro para o oficial Johnson.

Eu ligo. Felizmente, o oficial Johnson atende e eu explico a situação. Ele está sabendo. Está a caminho e seu colega ligará para o dono da galeria para saber quem financiou a festa.

> Vinnie: *Quase lá. Como é o espetáculo? Edmund recomendou.*

Mostro a mensagem para William.

— Edmund de novo.

— Tudo bem, vamos tirar uma foto — diz William. — Prepare-se. — Ele dá uma piscadinha.

Eu corrompi William.

Pego meu telefone e deslizo para minha câmera, mas finjo que estou enviando uma mensagem de texto.

Fico olhando para a pintura. A pincelada tem intensidade e peso semelhantes as minhas, mas mais hesitantes. Eu inclino minha cabeça. As cores estão um pouco erradas, e onde elas se sobrepõem é mais chocante do que alegre.

Objetivamente e ironicamente, isso me faz ver a habilidade do meu próprio trabalho.

William está parado no bar, esperando para fazer o pedido. Uma mulher se aproxima dele e parece que está conversando com ele. A mão dela se estende para tocar o seu braço. Não temos o dia todo e ele é muito educado. Ele está balançando a cabeça. *Vamos lá, onde está a dispensada sutil que você costumava me dar?* Qual é o sentido de ter essa habilidade se você não vai usá-la em circunstâncias terríveis?

Eu deveria estar trabalhando nessa história de ser de boa para não ficar com ciúmes.

Eu sou de boa. Eu sou de boa.

Imagino o sabor de um pepino e a sensação refrescante das rodelas de pepino no meu rosto.

William recebe dois drinks do *barman* e se afasta da mulher enquanto se vira para ir até o canto da sala.

Deslizo de volta para o aplicativo da câmera, focando na pintura, esperando o vidro cair.

Colisão! O som de um vidro quebrando interrompe as conversas. O silêncio mortal nivela a sala. Eu me concentro e clico em uma foto. Tiro mais duas fotos por segurança.

As pessoas ainda estão olhando para o canto onde William deixou cair o copo.

Hesito por um momento. Ainda quero pegar a pintura e correr. Vou seguir o plano.

Guardo meu telefone no bolso e caminho em direção à saída da galeria, de cabeça erguida, pegando minha capa de chuva e meu guarda-chuva ao sair. Desço a rua de paralelepípedos até a esquina

para esperar William e o policial Johnson. O vento inverte meu
guarda-chuva, então ele fica do avesso. Apontado para o vento, o
guarda-chuva vira para trás. Envio as fotos por e-mail para o policial
Johnson. E penso na festa de arrecadação de fundos de John e na
minha observação:

— As falsificações são as piores. Eles literalmente pegam sua criatividade, sangue, suor e lágrimas e fazendo-os passar por seus.

Estamos de volta com Edmund como principal suspeito.

Os paralelepípedos estão encharcados e cheira a chuva fresca. Eu
me sinto melhor agora. Essa é uma pista real. Isso é um avanço. E
confirma que é pessoal.

Mas eles não me conhecem tão bem quanto pensam que me conhecem. Estou determinada a desvendar este caso e encontrar minha
pintura. Posso ser emotiva, mas nem sempre deixo que as emoções
atrapalhem meu julgamento.

William surge na rua. Ele levanta o guarda-chuva e corre até mim.
Nossos olhares se encontram, e é como se ele me perguntasse se
estou bem. Mesmo a uma distância de dois metros, sei que ele está
preocupado.

— Você tirou a foto? — ele pergunta.

— Tirei. — Eu mostro para ele.

Ele me puxa para um abraço.

— Sinto muito.

— Não, está bem. Esta é outra pista. Podemos realmente encontrar minha pintura.

Um carro da polícia para e o policial Johnson sai. William e eu nos
separamos.

— Como vocês foram convidados para esta inauguração? — ele
pergunta. Sua parceira se junta a ele na calçada.

— Vinnie. Mas ele apenas mandou uma mensagem dizendo que Edmund recomendou a exposição. Vinnie me disse que o negociante poderia estar interessado em expor minhas pinturas... que ele exibia pinturas de estilo semelhante.

— Essa é uma maneira de colocar as coisas. — A parceira de Johnson apoia a mão na cintura.

— Você conversou com o revendedor? — oficial Johnson pergunta.

— Não. Achei que deveria dar uma olhada nas pinturas antes de falar com o negociante para ter algo sobre o que conversar.

Oficial Johnson acena com a cabeça.

— Tudo bem. Apreenderemos a pintura como uma falsificação. Você quer esperar aqui?

— Sim.

— Vamos ver quem está por trás disso. — O oficial Johnson se vira para entrar na galeria de arte. William e eu o seguimos, parando para observar pelas janelas. A multidão parece chocada ao ver os dois policiais entrarem. Uma mulher de cabelo roxo e terno se aproxima deles.

O oficial Johnson fica de pé, com os pés afastados na distância do quadril, balançando sobre os calcanhares. Seu queixo está erguido, como se ele não acreditasse no que está ouvindo. Ele acena para a parceira e vai para o fundo, onde está a pintura. Sua parceira e a mulher de cabelos roxos o seguem.

Meu telefone vibra.

> Miju: *Espero que a exposição de arte esteja divertida. Ainda estamos de pé para o encontro às 21h30?*

Mostro o texto a William.

— Deveria ir, certo? — Eu tremo com a adrenalina.

— Acho que sim. Ainda acredito que as pinturas saíram do apartamento de Tony e Takashi por meio delas. Você viu os carrinhos que elas usavam para levar a comida para o meu apartamento. Poderiam facilmente colocar pinturas lá.

— Ambas são atrizes muito boas, então. — Eu mando uma mensagem de volta para Miju para confirmar que estarei lá.

O policial Johnson sai da galeria, a pintura debaixo do braço, sua parceira segurando o guarda-chuva sobre ela.

— Ela nos deu o nome de Howard Holbrooke como o cara que pagou pela exibição e que insistiu que esta pintura fosse exibida. Reconhece esse nome? Ela nunca conheceu Holbrooke pessoalmente. Ele alugou o espaço e pediu que fossem mostradas algumas pinturas de seu acervo. As pinturas foram entregues por correio.

— Não — eu digo. — Não reconheço o nome, mas vou pensar a respeito.

Conto ao policial Johnson e William sobre meu comentário sobre falsificação na festa de John.

A outra policial coloca a pintura no porta-malas.

Digo ao policial Johnson:

— Vamos nos encontrar com as garçonetes do serviço de refeições, Miju e Lena, para tomar bebidas.

— Lena estava nervosa quando conversamos com ela — disse o policial Johnson. — Mas ela disse que esse interrogatório policial foi um ótimo treino para seu papel na peça "Ladrão de Casaca". Ela não parecia estar dizendo toda a verdade. Nós detalhamos o movimento dos carrinhos e senti como se ela tivesse memorizado isso. Ela nem parou para pensar sobre isso.

— O que ela disse?

— Aquela Kimberly pegou de volta o primeiro carrinho. Lena pegou o segundo e levou-o até onde o carro estava estacionado, que ficava a vários quarteirões de distância. Talvez você consiga tirar mais proveito dela com bebidas.

Ele entra no banco do passageiro do sedã da polícia. O carro se afasta, as lanternas traseiras vermelhas brilhando intensamente no escuro. Meu telefone emite um sinal sonoro.

Jade: *Eles encontraram um substituto para você na Vertex. Sinto muito.*

Eu desmorono. Ficamos sem tempo.

— Algo de errado? — William pergunta. Mostro-lhe a mensagem. Eu me abraço. A chuva respinga em meu rosto. Respiro fundo.

— Vamos encontrar Lena e Miju — eu digo.

— Tem certeza de que está pronta para isso? — William pergunta. Vamos com pressa para o metrô para ir para a parte alta da cidade até a Times Square.

— Ainda quero encontrar as pinturas.

28

Paramos na entrada do bar lotado e William aperta minha mão.

— Vamos fazer isso — diz ele. Eu concordo. Sinto como se estivesse chorando há horas, embora não tenha chorado. William me garante que estou aparentemente bem.

Pessoas sentadas em banquetas altas conversam em torno de mesas altas e escuras de madeira. O bar fica de lado, com prateleiras de copos e garrafas de álcool apoiadas em tijolos aparentes. O vidro brilha sob as luzes. Cartazes de filmes e peças emolduradas decoram as paredes. Estive aqui com o tio Tony. Músicas ao vivo estão sendo tocadas em segundo plano.

Não localizo Miju imediatamente e nos esprememos entre duas mesas para ter uma visão melhor do interior. Ela está bem no fundo com algumas outras pessoas. As conversas fervilham, as risadas irrompem em um canto.

— Vou buscar bebidas — diz William. — O que você quer?

— Vinho branco.

Vou até Miju e ela pula para me abraçar. Conversamos sobre a melhora do estado do meu pé.

Ela balança e sussurra alto:

— Estou um pouco bêbada.

A amiga dela diz:

— Ela está muito bêbada. Miju não consegue lidar com a bebida.

— Erica, Andy, esta é Miranda. — Miju gesticula para mim.

William se junta a nós com nossas bebidas. Deslizo para uma banqueta ao lado da mesa. O assento de madeira está gasto e liso. Meu vinho branco é ácido e frutado, refrescante.

— E você conhece William — eu digo.

— William? Mas pensei que você estivesse noivo. Ela olha para mim. — Você começou a namorar depois do nosso último evento?

Eu concordo.

— Acontece que ele não estava noivo.

— Isso foi só uma piada — diz William. — Prazer em vê-la novamente.

— Eu não posso acreditar. Você e Lena ficaram com clientes. O que estou fazendo de errado? Você é tão sortuda. — Ela gira no banco do bar para olhar sensualmente para William. — Miranda disse que estávamos de olho em você?

— Não. — Ele sorri para mim. — Ela esqueceu de mencionar isso.

— Ele não precisa saber disso — eu digo. — Onde está Lena?

— Ela saiu com Edmund. Ela iria encontrá-lo depois do show — diz Miju. Ela coloca a mão no braço de William. Ele afasta o braço, olhando para mim.

Não tenho ciúmes de Miju. Ela é atraente, mas não a vejo como uma ameaça. Kiyoko era uma ameaça muito específica. Não sou irracionalmente ciumento. Mas então me concentro no que ela acabou de dizer.

— Edmund?

— O namorado dela, o cliente com quem ela começou a namorar.

— O nome dele é Edmund? — William pergunta. Nós olhamos um para o outro. Não poderia ser o nosso Edmund. Ele está apaixonado por Annabelle. Mas ele usou os serviços de refeições e me disse que estava namorando alguém. Ainda assim, se ele está namorando Lena, então tem menos motivos para me atacar.

— E ele é tão fofo quanto William? — Dou um tapinha no braço de William enquanto ele abaixa a cabeça.

— Bem, tudo depende do seu tipo. Deixe-me ver se tenho uma foto deles. — Miju olha as fotos em seu telefone. — Aqui estão eles. Ele é objetivamente bonito, não é?

Olho para a foto do nosso Edmund com Lena.

Isso liga Edmund a Lena na festa. *Foi o Edmund. Eu sabia que tinha sido o Edmund.* Ele escondeu as pinturas no carrinho? Vinnie também está envolvido nisso? Disseram que Vinnie estava na cozinha com eles. *Como perguntar isso?*

William agarra minha coxa.

— Lena vai se juntar a nós com Edmund esta noite? — pergunto.

— Não, acho que eles irão para a casa dele — diz Miju. — No começo saíamos muito, mas como Lena faz eventos quase todas as noites, acho que ela não consegue vê-lo muito. E ela disse que ele só quer vê-la. O que ela achou romântico, mas acho excessivamente possessivo. Mal a vi desde que começaram a namorar.

Isso foi muito Edmund. Ele não queria compartilhar Annabelle quando éramos crianças.

— Odeio perder minha melhor amiga para o cara com quem ela está namorando — digo.

— Sim, especialmente quando não tenho certeza se o cara vale a pena — diz Miju.

— Por que você não acha que ele vale a pena? — eu pergunto.

Ela estremece, mas balança a cabeça.

— Não há razão. Não é nada.

Se ela não gostar de Edmund, podemos ter uma pista. Edmund estava na cozinha quando Vinnie estava lá?

— Encontrei aquele negociante de arte lascivo, Vinnie. — Eu faço uma careta e tremo de repulsa. — Esfregou minhas costas de forma inadequada. Ele já fez algo assim com você?

William vira a cabeça bruscamente na minha direção.

Os olhos de Miju se arregalam.

— Ele fez isso comigo também! Disse isso a Lena.

— Você contou ao anfitrião? — Eles contaram a Edmund? Edmund não gosta de compartilhar. Como posso fazer com que Miju admita que Edmund estava na cozinha com eles?

— Não. — Ela balança a cabeça.

— Eu gostaria de ter trazido William comigo quando me encontrei com Vinnie. — Passo meu braço pelo de William. — Ele pode parecer bastante feroz quando está sendo protetor.

— Faz silêncio. — Ela coloca o dedo nos lábios e olha para o meu rosto. — Foi isso que fizemos. Edmund estava naquela festa, então Lena contou a Edmund, e então ele ficou conosco na cozinha.

— Edmund conhecia as pessoas que organizaram a festa? — Eu me forço a relaxar.

William está tenso ao meu lado, inclinado para frente, mas não me impede.

Miju assente.

— Eles recomendaram o *Kimberly's Catering* para ele.

Estou sem saída. Não sei o que perguntar. William me dá um aceno encorajador.

— Espero que ele tenha ajudado na limpeza.

Miju assente.

— Ele ajudou

"Ele desapareceu no depósito e voltou com algumas pinturas que colocou no seu carrinho de comida?", é o que eu quero perguntar. Meu chefe na Christie's sempre dizia: *Pense nisso como uma cebola e retire cada camada*. E mantenha-se tranquila.

— Ele cuidava da cozinha e lavava a louça? William é o cozinheiro do nosso relacionamento e eu sou a lavadora de pratos.

— Ele saiu. — Miju ri. — Não acho que Edmund seja do tipo que lava louça.

Definitivamente não é.

— Mas ele encontrou Lena na rua com o carrinho. Ele esperou com o carrinho, como você fez, enquanto Lena pegava o carro e dirigia até a frente do prédio.

Lena nunca mencionou ao oficial Johnson que Edmund a ajudou com o carrinho. Bebo meu vinho. Ela sentiu a necessidade de esconder isso.

— Esse é um namorado de alto padrão. Devo ir ajudá-la na próxima vez que você fizer um serviço de bufê? — William pergunta. — Você ficou lá em cima? Ou você estava com eles?

— Eu ainda estava lá em cima, limpando — diz ela.

Atrás de Miju está um pôster emoldurado do filme "Janela Indiscreta", de Hitchcock. Penelope atua muito quando escreve. As atrizes devem fazer o mesmo.

— Minha amiga escritora representa cenas para descobrir o posicionamento e as emoções que ela sente ao fazer as cenas. Uma vez ela teve que roubar uma pintura e praticou isso roubando uma pintura na casa do namorado. Como está o papel de Lena como ladra? Ela praticou roubo para entrar no papel?

Os olhos de Miju se arregalam.

— Como você sabe?

— Eu estava naquela festa onde as pinturas foram roubadas — digo. — Lena roubou as pinturas, não foi?

Ouço a inspiração de William, mas mantenho contato visual com Miju.

O rosto de Miju fica vermelho brilhante.

— Ela estava apenas praticando. Ela devolveu as pinturas, obviamente.

Eu estou tremendo. Lena roubou as pinturas.

— Claro. — Não acredito que posso dizer isso tão suavemente. — Por sugestão de Edmund?

— Sim. Ele disse que ela poderia praticar, que as pinturas estavam no armário, embrulhadas, para que nada pudesse acontecer com elas. Ela ficou um pouco desapontada por não ser mais um disfarce e por não ter que tirá-los da parede — diz Miju. — Mas ela os devolveu. Não foi ela quem roubou as pinturas na vida real.

A mão de William agarra minha coxa. Cubro sua mão com a minha.

— Você a ajudou a pegar as pinturas?

— Não. — Miju balança a cabeça enfaticamente. — Eu nem sabia que estava fazendo isso. Ela só me contou tudo depois. Depois que a polícia nos interrogou. Ela sabe que eu teria dito a ela para não fazer isso. Não acredito que Edmund disse a ela que estava tudo bem.

— Por que ela te contou então? — William pergunta suavemente.

— Ela queria saber se eu tinha visto alguma coisa. Ela estava tão orgulhosa de si mesma por roubá-las sem que ninguém percebesse. — Miju revira os olhos.

— Por que você não contou à polícia sobre a prática? — eu pergunto.

— Edmund disse que não deveríamos. Que isso apenas faria Lena parecer culpada por não ter realmente roubado as pinturas. E desvie a atenção do verdadeiro ladrão. Mas eu realmente teria preferido contar à polícia. Ela só me contou depois do interrogatório. Eu nem estava envolvida. Mas estou preocupada que Edmund tenha dado a nós o conselho errado. Eu li um artigo que diz que pessoas são processadas por encobrimento. — Miju torce as mãos.

— Então como ela sabe que os devolveu? — William pergunta.

— Ela disse que os colocou de volta no armário — diz Miju. — Quero dizer, primeiro ela carregou o carro com todas as coisas do carrinho, mas deixou as pinturas nele. Depois ela levou o carrinho de volta para o apartamento e guardou as pinturas.

— Mas você não viu nada disso?

— Não, eu ainda estava lá em cima, arrumando o resto das coisas. Ela trouxe de volta o carrinho de serviço. Carreguei-o novamente com o que restava e partimos. — Miju de repente parece estar ficando sóbria. Seus olhos se arregalam. — Vocês parecem muito sérios. Devíamos ter contado à polícia, certo?

— Eu acho que sim. — Minhas mãos se fecham em punhos no meu colo, debaixo da mesa. Se tivessem confessado, talvez tivéssemos encontrado as pinturas imediatamente. Olho para William. Ele esfrega minhas costas.

— Posso pegar outra rodada para vocês? — William pergunta.

Todo mundo dá seus pedidos de bebida.

— Vou ajudá-lo — digo a William. — Já voltamos.

— Então foi o Edmund — digo quando estamos no bar.

— Você suspeitou dele desde o começo.

— Não acredito que eles não contaram isso à polícia — digo. — Quantos problemas eles terão?

— Não sei — diz William. — Ele deve ter trocado as pinturas pelas fotos emolduradas quando ela foi buscar o carro.

— Ele provavelmente estava com o carro estacionado perto dali com as duas fotos emolduradas que deu a Annabelle para carregar. Temos que contar ao policial Johnson, mas odeio colocar Miju em apuros.

— Elas são um bando de idiotas que ajudaram Edmund a roubar sua pintura e sabotar sua carreira. Eu não sentiria muita pena delas — diz William. — Especialmente porque elas não confessaram tudo à polícia quando tiveram oportunidade.

— Isso é um pouco duro. — Concordo com ele, mas ainda me preocupa ver William tão intransigente em relação a movimentos idiotas. — Deveríamos dizer a ela com mais força que ela e Lena deveriam contar à polícia? Seria melhor para elas se apresentarem-se voluntariamente.

— Então elas discutirão isso com Edmund, e ele saberá que nós sabemos. Vamos contar primeiro ao oficial Johnson.

O *barman* pergunta o pedido e William diz:

— Um vinho branco, quatro chopes e um *ginger ale*.

— Tudo bem. Depois de deixarmos as bebidas, por que você não liga para o policial Johnson enquanto eu saio com Miju? Não queremos que ela ligue para Lena. — Eu olho para trás. — Provavelmente não deveríamos tê-la deixado.

Um cara está dando em cima de Miju e ela sorri para ele.

— Você está sendo muito amigável com ela, considerando — diz William.

— Miju não roubou as pinturas. E eu gosto dela. E quero que ela conte a verdade à polícia. Se eu ficar furiosa ou gritar com ela, ela pode recuar. Tenho que fingir que não é minha pintura, que é apenas uma pintura que estou investigando. — Olho para o balcão. Meu corpo está tremendo novamente enquanto a adrenalina vai embora. Nós descobrimos isso. Edmund roubou minha pintura.

William inclina minha cabeça para que possa me olhar nos olhos.

— Você foi brilhante. — Ele coloca meu cabelo atrás da orelha.

— Estou surpresa que você não cobriu minha boca.

— Eu não esperava que você realmente perguntasse a ela se Lena roubou as pinturas. Eu nem tinha certeza de onde você estava indo. Mas eu poderia dizer que você sabia para onde estava indo.

Eu toco seu rosto.

— Obrigado por isso.

O barman coloca as bebidas na frente de William e ele entrega seu cartão de crédito.

— Estou tão feliz que sabemos. — Esse imenso alívio que provamos que foi Edmund inunda meu corpo. — E para ser sincera, estou um pouco esgotada emocionalmente. Depois de ontem à noite e depois de ver aquela falsificação da minha pintura.

William coloca o braço em volta de mim, e eu me aninho nele por um momento, meu peito se expandindo com o calor que esse cara é meu. Depois de pegar as bebidas no balcão do bar, voltamos e as distribuímos na mesa. Então William diz que precisa atender uma ligação e vai embora.

— Como vocês ficaram juntos? — Miju pergunta.

Deveríamos ter nos preparados para esta pergunta. Se eu não tivesse ficado chocada ao ver a falsificação da minha pintura...

— Encontrei-o em uma exposição de arte e começamos a conversar. E não sei, nos demos bem e progredimos muito rapidamente a partir daí. — Talvez muito rapidamente?

William volta e passa o braço em volta de mim. Ele se inclina para beijar meu pescoço. Eu olho para ele. Ele nunca foi tão afetuoso publicamente antes.

Ele sorri para mim e depois se vira para Miju.

— Temos que ir para casa agora. Foi ótimo ver você novamente.

— Vá, vá — diz Miju. — Apenas deixe-me ficar com ciúmes.

Partimos e William diz:

— O policial Johnson disse que vai chamá-las para interrogatório novamente amanhã. Mas ele ainda não tem certeza se isso é suficiente para obter um mandado. Ele está preocupado com Miju contando para Lena e Edmund esta noite.

— Não deveríamos dizer a ela para não contar a eles?

— Não parece que ela vai ligar para eles — diz ele.

— Deixe-me perguntar a Tessa.

Tessa diz que devemos dizer a Miju para ligar para o oficial Johnson imediatamente para que ela chegue antes de Lena e Edmund.

— Se ela fosse minha cliente, eu diria a ela para fazer isso — diz Tessa.

— Mesmo que Lena seja amiga dela? — eu pergunto.

— Com amigos como esses, quem precisa de inimigos? — Tessa diz.

Volto para Miju. O cara está com o braço em volta dela.

— Miju, podemos conversar um minuto? — eu pergunto.

— Agora? — Miju pergunta.

O cara diz:

— Agora?

Eu concordo. Miju se levanta de sua cadeira e vem comigo até um canto de um corredor mal iluminado perto do banheiro.

— Minha colega de quarto é uma litigante corporativa e eu contei a ela sua história — digo. — Ela acha que você deveria ligar para o oficial Johnson imediatamente. Aqui, fale com ela. Entrego meu telefone a Miju.

Miju fala com Tessa, empalidecendo.

— Eu preciso de um advogado? — Ela escuta atentamente e depois digita seu número. — Tudo bem, obrigada.

Ela desliga o telefone e me entrega.

— Ela vai perguntar a alguns de seus amigos defensores se eles podem me representar. Ela vai me ligar de volta. Miju engole.

— Obrigada.

Paramos na casa do tio Tony no caminho de volta para minha casa e os atualizamos sobre tudo o que aconteceu.

— Nunca gostei daquele cara — diz Takashi.

— Aquele idiota pretensioso e tenso. — Tio Tony dá um pulo e anda de um lado para o outro. — Acho que há uma coisa sobre a qual você não me atualizou.

— O quê? — eu pergunto.

— Vocês dois estão namorando.

— Sim — nós dois dizemos ao mesmo tempo.

Tio Tony ri.

— Eu disse a você que se avisássemos eles para ficarem longe um do outro, eles ficariam juntos ainda mais rápido. — Ele se senta ao lado de Takashi.

— Você está brincando comigo? — pergunto. — Eu pensei que você estava falando sério. Eu tentei muito não ligar para William.

— Foi por isso que você não me ligou? — William olha para mim.

— Sim, eu estava sendo nobre. — Eu seguro a mão dele.

— E você sentiu falta dela, certo? — Tio Tony pergunta.

— Senti — diz William.

— Foi assim que consegui Takashi — diz tio Tony com orgulho. — Eu o persegui com muita seriedade e ele disse que não achava que combinamos...

— Eu não disse isso — diz Takashi.

— Você fez. Fiquei arrasado — diz Tony. — Mas respeitei sua vontade e não fiz mais nenhum esforço para entrar em contato com você.

— E então senti sua falta — diz Takashi.

Tony sorri.

— E então você sentiu minha falta.

— E eu sei que você odeia receber ordens, William. — Takashi sorri. — Então, assim que eu disse que você deveria ficar longe, imaginei que você faria o oposto. —

— Espero que esse não seja meu único apelo para você — digo.

O polegar de William faz círculos na palma da minha mão.

— Definitivamente não.

— Um brinde ao amor. — Tony levanta o copo.

Todos nós bebemos.

— Mas a confissão de Miju ainda não é suficiente para obter um mandado? —Tony pergunta. — E se Edmund destruir a pintura? Ele vai destruir qualquer evidência. Precisamos mesmo de encontrar o Kimimoto. O vendedor nos deu até este sábado para confirmar que podemos comprá-lo.

— Tenho a chave do apartamento de Edmund — digo. — O serviço de limpeza dele chega amanhã. Poderíamos fingir que fazemos parte da equipe de limpeza e verificar o apartamento dele antes que os faxineiros cheguem.

— Não deveríamos deixar isso para o oficial Johnson? — William pergunta. Pobre William, preso novamente interpretando a voz sã da razão.

— Não — dizemos nós três.

29

Nós nos agachamos no carro de William, estacionado em frente ao prédio de Edmund, esperando que ele vá embora. Tony disse que Edmund vai à academia todos os dias por volta das 9h, quando o seguia. Liguei para o serviço de limpeza para confirmar o serviço e a hora de chegada. Com base na minha experiência anterior com este serviço de limpeza, muitas vezes as funcionárias chegam separadamente, nem sempre ao mesmo tempo, dependendo do horário que terminam o trabalho anterior. De qualquer forma, elas devem chegar por volta das 10h, o que não nos dá muito tempo, dependendo de quando ele sai.

Estou de moletom, uma peruca loira com rabo de cavalo, um boné de beisebol e uma máscara facial protegendo meu rosto. Desde a pandemia, é comum ver pessoas usando máscaras faciais na cidade de Nova Iorque.

Edmund sai do prédio, e William o segue a pé para garantir que ele não retorne repentinamente.

Takashi também está vestido com um boné preto e uma máscara. Ele entregou um pacote mais cedo para verificar as câmeras de segurança no saguão. Queremos manter-nos nos seus pontos cegos, caso Edmund suspeite de alguma coisa.

William: *Ele foi para a academia.*

Hora de agir.

Takashi e eu saímos do carro e entramos no saguão, ambos carregando mochilas, junto com um guarda-chuva, um esfregão e um balde. Você nunca sabe quais suprimentos encontrará.

— Olá, estamos aqui para limpar o apartamento de Edmund Smith, 5C — digo ao porteiro. — Outra mulher virá mais tarde. Eu sou a primeira. E este é meu supervisor. É meu primeiro dia. — Já tendo contratado esse serviço de limpeza antes, sei que isso acontece periodicamente.

O porteiro mal nos olha e nos deixa entrar, fazendo sinal para subirmos.

Ninguém mais está no elevador. Até agora tudo bem. Descemos no quinto andar, examinando o corredor em busca de câmeras. Sabemos que Edmund tem um dentro de seu apartamento. É por isso que Takashi está aqui: para bloquear o sinal do *wi-fi*.

Takashi inclina a cabeça para o canto, indicando a presença de CCTV.

Abro meu enorme guarda-chuva de porteiro na frente de Takashi, bloqueando a visão que a câmera tem dele. Choveu hoje cedo. Troco meus tênis por chinelos para desviar a atenção. Enquanto isso, Takashi abre seu laptop, encontra a frequência do sinal no apartamento e o bloqueia.

— Bom trabalho em lembrar de trocar os sapatos antes de entrar — diz Takashi. Esse é o nosso código para eu destrancar a porta.

Abro a porta do apartamento com a chave dele. Entramos e Takashi se senta no saguão com seu laptop para ter certeza de que as câmeras ainda estão bloqueadas. Esperamos que Edmund não monitore obsessivamente o *feed*.

Pode não haver tanto tempo.

Felizmente, o apartamento de um quarto de Edmund não é tão grande. A sala é pintada de vermelho escuro, as paredes cobertas com pinturas figurativas.

William: *De volta ao carro. Na vigia.*

Colocamos nossas luvas. Eu fico no quarto, enquanto Takashi vasculha os armários do corredor.

O *Versal* tem lugar privilegiado na parede voltada para a cama. Eu estremeço. Verifico por trás dele. Nada. Edmund tem um *closet* cheio de ternos de três peças e camisas lavadas a seco ainda embrulhadas em plástico. Nada ali. Também não há painéis falsos. Examino as gavetas de relógios, gravatas e meias. Lena tem uma gaveta de roupas íntimas no fundo. Pelo menos espero que sejam dela, para o seu próprio bem.

Takashi manda uma mensagem dizendo que está na sala agora. Não há nada nos armários.

Debaixo da cama há uma caixa plana. Não há pinturas lá. O próximo é a cozinha, embora pareça um lugar improvável para escondê-las. Os poucos armários grandes o suficiente para acomodar as pinturas, elas não estão.

William: *Uma jovem acabou de entrar no prédio.*

— Precisamos ir embora — eu digo.

— Acho que cobrimos tudo, a menos que ele tenha escondido atrás dessas pequenas pinturas, mas não vejo como qualquer uma delas caberia. — Takashi aponta para os quadros maiores. — Verifiquei esses quatro. E todas as molduras estão empoeiradas, como se não tivessem sido movidas.

Saímos apressadamente e nos escondemos na sala da rampa de lixo. Esperamos cerca de dez minutos, tempo suficiente para que a jovem passe e entre no apartamento de Edmund.

Ao sairmos, o porteiro diz:

— A outra faxineira acabou de chegar.

— Sim, nós sabemos — diz Takashi. — Fomos chamados para outro trabalho, então ela vai completar este. Isso é bom. Há muito trabalho.

Encontramos William no carro.

— As pinturas não estavam lá.

— Eu realmente esperava que elas estivessem lá — diz Takashi. — Você acha que ele as destruiu?

— Ele poderia mantê-las em seu escritório — diz William.

— O policial Johnson revisou as imagens do saguão do escritório de Edmund e não o viu carregando nenhum pacote do tamanho de uma pintura — digo. — Elas têm que estar em algum lugar. Edmund quer Annabelle. Não creio que Annabelle o perdoe se ele as destruir. — Agora espero que Annabelle não o tenha rejeitado. — Vamos segui-lo. Temos algum tempo antes de eu encontrar Annabelle para almoçar.

Annabelle está trabalhando em casa e me convidou para almoçar. O apartamento dela não fica longe de Edmund.

Takashi sai para retornar ao seu escritório. Colocamos mais dinheiro no parquímetro e ficamos do outro lado da rua da academia de Edmund, atrás de um caminhão estacionado em fila dupla.

— Ele já poderia ter saído — diz William.

— Lá está ele — eu digo com entusiasmo.

Edmund desce o quarteirão com a mochila no ombro.

Ele encosta para conversar com um artista que montou suas pinturas usando o andaime como galeria ao ar livre. São todas pinturas abstratas. Não é o estilo de Edmund. Ele balança as mãos enquanto fala com o cara, mas depois segue em frente, virando a esquina.

William diz:

— Vamos segui-lo.

— Não, vamos dar uma olhada nessas pinturas e conversar com aquele artista. Edmund não é do tipo que conversa com artistas de rua, deixando de lado as conexões nefastas, então é estranho que ele tenha conversado com aquele.

Esperamos um táxi passar e atravessamos a rua. Dou uma boa olhada nas pinturas e quase paro de respirar.

Aperto a mão de William com força.

— Tudo bem? — ele pergunta.

— Venha. — Eu o afasto, no mesmo quarteirão do pintor. Puxo-o para a rua para ficar atrás de uma van estacionada onde não podemos ser vistos pelo artista.

— Essas três pinturas perto de nós. — Inclino minha cabeça em direção à exposição. — Essa é a mesma pincelada da pintura forjada.

— Você consegue saber isso? — William pergunta.

— Sim.

— Bem no quarteirão da sua irmã.

— Edmund também passava por esse mesmo vendedor no caminho para minha irmã — digo. Nossos olhares se encontram.

— Ela poderia estar envolvida nisso? — William pergunta.

— Não — eu digo.

— Não — ele diz. Mas seu não é cauteloso, considerando. —, mas Edmund quer que você pense que ela está? Por quê? Especialmente quando ele gosta dela?

— Para nos dividir — eu digo. — E então ele pode ser o apoiador leal do lado dela.

— Ainda é uma maneira estranha de tratar quem você ama.

— Estou feliz que você pense assim.

— Ou ele quer vingança contra ela porque o rejeitou? — ele pergunta.

— Precisamos perguntar àquele cara se ele é o artista — digo. — E se ele alguma vez faz cópias de pinturas.

— Isso não é um pouco exagerado? — William pergunta.

— Provavelmente. Deveríamos perguntar a ele se ele faz visitas ao estúdio.

Saímos de trás da van e voltamos para o estande do artista.

— Essas pinturas são ótimas. Você é o artista? — William pergunta.

— Sim, sim — diz o homem.

— De todas essas pinturas? — Aponto para os três com a mesma pincelada e estilo daquele da exposição de arte da noite passada. — Esses três parecem diferentes.

— Não, você está certa — diz ele. — Esses são de Matt.

— Quem é Matt? — pergunto.

— Um amigo. Ele me dá uma comissão se eu vender alguma.

Eu observo de perto. É definitivamente a mesma pincelada.

— Há quanto tempo você pinta? — William pergunta.

Mostrando um pouco de independência aí, William, mas gosto disso. Esta é uma boa pergunta.

— Muitos, muitos anos.

— Você se importa se eu tirar uma foto da pintura de Matt? — eu pergunto. — Acho que é perfeito para minha mãe, mas quero perguntar ao meu pai o que ele acha.

— Claro — ele diz.

Eu tiro uma foto.

— Você já foi solicitado a receber comissões? — William pergunta.

— Ah, sim, o tempo todo — diz ele. — Mas elas são complicadas, você sabe. As pessoas descrevem uma coisa, você dá isso a elas e elas mudam de ideia. Eu não gosto de fazê-las.

— Provavelmente é melhor se eles lhe derem uma foto para copiar — diz William.

— Ah, sim, definitivamente melhor — diz ele. — Mas eu não sou o cara que copia pinturas por dinheiro. Isso me dá uma sensação de enjoo. Matt é o cara para isso.

— Você acha que podemos conhecer Matt? Ele tem um estúdio? — eu pergunto. — Adoraria organizar uma visita ao estúdio para minha mãe como parte do presente dela.

— Sim, é no Brooklyn. Aqui está o cartão dele. — O artista pega sua carteira e me entrega um cartão amassado.

Suspiro enquanto nos afastamos do artista.

— É um pouco deprimente que tenha sido copiado tão facilmente.

— Não tem a vitalidade que você tem — diz ele.

Olho para William, surpresa.

— Você vê isso?

— Sim.

— Vamos ligar para o oficial Johnson. — Eu disco o número e ele atende imediatamente. — Acho que encontramos o artista que fez a falsificação. Estávamos na rua 85 com a avenida Lexington, e tem um cara vendendo pinturas com as mesmas pinceladas da cópia da noite passada. Quem os vende não é o artista, mas nos deu o nome e o endereço do artista.

— Você pode dizer apenas pelas pinceladas? — oficial Johnson pergunta.

— Neste caso, sim. — Envio por e-mail ao policial Johnson uma foto da pintura.

— Não tenho certeza se conseguiremos um mandado com base na semelhança entre as pinceladas — diz ele. — Humm... parece semelhante. Estou prestes a entrevistar Lena novamente. Se ela admitir que removeu as pinturas por sugestão de Edmund, teremos mais pistas. Como Miju não viu nada, não é suficiente.

— Eu entendo — eu digo, desapontada. Envio uma mensagem para ele com o nome do artista para que eles possam fazer uma busca, depois desligo e me viro para William. — Ele disse que não acha que seja suficiente obter um mandado.

— Devíamos fazer nossa própria visita ao estúdio então.

— Vamos mandar uma mensagem para Takashi e tio Tony.

William manda uma mensagem para Takashi enquanto eu mando uma mensagem para o tio Tony. Eles farão pesquisas e planejamento enquanto nos encontramos com Annabelle.

— Tem certeza que eu deveria ir almoçar com sua meia-irmã? — William pergunta.

— É melhor se nós dois decifrarmos a situação. Não sou exatamente imparcial.

Passamos por uma universitária em uma beca de formatura azul brilhante, seu capelo preto com borlas em um ângulo alegre na cabeça. Ela caminha de braços dados com a amiga, também de beca, as cabeças juntas, os rostos envoltos em sorrisos enormes, enquanto um casal de pais segue orgulhosamente atrás, como o inverso de uma mãe pata com seus patinhos. Deve ser uma cerimônia de formatura antecipada.

Eu digo:

— Parabéns — um pouco engasgado, e imediatamente choro.

William lança um olhar para mim.

— Você está chorando?

— Sempre choro quando vejo formandos. Você provavelmente acha que é bobagem.

— Não. — Ele me entrega um lenço, aquele que eu havia devolvido anteriormente.

— É um grande marco para eles. E eles simplesmente irradiam alegria, não é? Mas não posso nem os parabenizar porque imediatamente começo a chorar.

Ele pega minha mão, segurando-a calorosamente.

Entramos no saguão do prédio de Annabelle, cumprimentamos o porteiro e pegamos o elevador até o andar da minha irmã.

30

SOU A FAVOR DE confiar em Annabelle, mas William não acha que deveríamos. O argumento dele é que, se ela estiver apaixonada por Edmund, talvez isso supere qualquer amor de meia-irmã, especialmente porque reconheci que não somos próximas.

Mas não acho que ela esteja apaixonada por Edmund. Aquele olhar dela na festa de John me disse que ela ainda está apaixonada por David.

Caminhamos pelo corredor em direção à porta de Annabelle. Ela mora em um desses grandes e luxuosos prédios de apartamentos com dez unidades em cada andar. Deve ser ótimo para as crianças fazerem doces ou travessuras. Toco a campainha.

Annabelle abre a porta, com Pepper latindo em seus calcanhares. Eu me abaixo para acariciar Pepper.

— Alguma notícia sobre sua pintura? — ela pergunta.

— Não. — Talvez eu ainda não confie completamente nela.

— Obrigada por ter vindo. E William também — diz Annabelle. — Vocês estão colados agora como dupla de detetives?

— Ele não confia em mim para não atrapalhar nossa investigação.

— Você deveria confiar nela — diz Annabelle. — Na família, ela era a mestre no jogo Detetive.

— Eu tinha um esquema de anotações muito bem elaborado — digo.

— Mas na verdade não convidei você para falar sobre o caso. — Annabelle olha incisivamente para William. — Preciso pedir seu conselho sobre uma coisa.

— Está bem.

— Posso dar uma caminhada e depois voltar para cá— diz William. — Tenho que fazer algumas ligações de qualquer maneira.

— Você quer usar meu escritório? — Annabelle pergunta.

— Claro.

Ela destranca a porta de seu escritório e convida William para entrar, retirando alguns papéis da mesa e trancando-os em um arquivo. Como sempre, estou impressionada com o quão limpo é o escritório de Annabelle. Acima da mesa há uma foto dela e de Edmund em frente à casa na árvore onde brincávamos quando éramos crianças. Meu pai construiu a casa na árvore em nosso quintal de arenito, e Annabelle e eu nos unimos pela primeira vez enquanto eu fazia um *tour*, mostrando-lhe a cozinha de madeira e a porta secreta que escondia uma escada interna. Uma escada interna levava a um deck no topo com pufes externos.

Atrás da mesa há uma foto dela e de Edmund quando crianças. Ela aponta as duas fotos como sendo as que Edmund lhe deu. Deixamos William sozinho no escritório e voltamos para a sala. Annabelle se senta no sofá. Sento-me em frente a ela e espero.

— Estou usando Edmund como muleta emocional e isso não é justo com ele. Mas também tenho medo de dizer a ele que só quero ser amiga. — Ela torce a aliança de casamento. Interessante que ela tenha voltado a usá-la. — Você conhece Edmund. Tem algum conselho sobre como contar a ele?

Um calor feliz irradia pelo meu peito. Já faz muito tempo que Annabelle e eu não conversamos sobre relacionamentos. No ensino médio, fazíamos isso o tempo todo, mas depois fomos para faculdades diferentes e, de alguma forma, ficamos distantes. Além disso, não quero que ela namore Edmund.

Então um arrepio gelado me percorre. Não quero dar conselhos sobre o relacionamento dela com Edmund. E se eles terminaram, ele poderá destruir as pinturas.

— Existe algum motivo para você contar isso a ele agora? — eu pergunto. — Ele acha que vocês são mais do que apenas amigos?

— Fiquei bêbada na festa do papai e disse a Edmund o quanto eu o apreciava e como ele sempre esteve ao meu lado. Eu continuei e continuei. Não sei. Essa foi minha primeira festa oficialmente sem David, e me senti tão sozinha.

Eu abraço Annabelle.

— Você não está sozinha. Sempre pode vir e ficar no meu apartamento. Aconteceu alguma coisa?

— Não, felizmente — diz Annabelle. — Ele está namorando alguém. E é isso. Não estou atraída por Edmund. Só podemos ser amigos. Mas eu definitivamente o conduzi naquela noite. E desde então também. Ele continua ligando para ficarmos juntos e eu continuo dizendo que sim, quando eu deveria estar trabalhando. Ele tem estado aqui quase todas as noites, preparando o jantar para mim. Mas odeio voltar para esta casa vazia.

— Mesmo com Pepper? — eu pergunto.

— David pegou a Pepper na semana passada. Elaborámos um acordo de custódia partilhada.

— Mas se Edmund está namorando alguém, então ele não ficará bem se vocês forem apenas amigos?

— Ele disse que achava que deveria terminar com ela ontem à noite, quando estávamos nesta exposição de arte — diz Annabelle.

— É por isso que tenho que dizer algo. Mas não consegui fazer isso ontem à noite.

— Por que não?

— Ele estava transbordando de felicidade e eu não queria machucá-lo.

— É melhor para ele se você contar. Então ele pode seguir em frente emocionalmente — eu digo. — A que exposição de arte vocês foram?

— Um em Tribeca — ela diz. — Havia uma pintura forjada. A polícia veio e tomou posse dele. Foi dramático.

Edmund esteve na exposição de arte ontem à noite. Provavelmente para ver minha reação.

— É por isso que quero contar a ele esta noite — diz ela. — Estamos jantando na casa dele. Ele está cozinhando.

Eu estou abalada. Se ela contar a ele...

— Você não pode dizer a ele que só quer ser amiga depois que ele preparou o jantar para você — digo. Se ele estiver mesmo livre para jantar. A polícia está interrogando-o agora.

— Devo sugerir que nos encontremos apenas para um café? Que tenho que trabalhar até tarde? — Annabelle pergunta.

— A que horas vocês vão se encontrar? — eu pergunto.

— Cinco e meia, mas foi quando ele estava cozinhando.

Meu telefone emite um sinal sonoro.

William: *Devíamos ir à galeria de arte. O oficial Johnson ligou. Edmund está negando. Diz que Lena deve ter feito isso.*

Ele deve ter terminado com Lena.

— Precisamos ir — eu digo. — Temos uma pista no caso.

— Isso é ótimo — diz Annabelle. — Boa sorte.

— Se Edmund cancelar com você, você pode me avisar? — eu pergunto.

— Por quê?

Devo contar a ela?

— Edmund orquestrou o roubo das pinturas. Tenho medo que ele os destrua se você disser que não quer sair com ele. Você pode esperar alguns dias para contar a ele? eu pergunto. — Você poderia cancelar esta noite, mas também poderia ser útil se você o mantivesse ocupado.

31

WILLIAM MARCOU UM ENCONTRO com o artista em seu estúdio em Red Hook, Brooklyn. Ele está localizado no segundo andar de um armazém com janelas em estilo holandês, em arco, de tijolos e venezianas de madeira. A arquitetura holandesa de alguns quarteirões de Red Hook dá a sensação de estarmos em Amsterdã. Mas hoje não é para passear.

No momento, estamos estacionados no mesmo quarteirão. Tio Tony finge ser um entregador da Amazon para descobrir que tipo de segurança eles têm. Ele pegou uma caixa, colocou um novo pacote de canetas, lacrou-a e etiquetou. Todo escritório precisa de mais canetas. Com seu colete laranja brilhante, ele toca a campainha.

Podemos ouvi-lo através de nossos fones de ouvido. Uma resposta abafada sai do interfone.

— Entrega da Amazon. Preciso de uma assinatura — diz ele.

— Deixe lá embaixo, perto da porta — diz a voz do interfone.

— É necessária uma assinatura. É meu primeiro dia. Você pode assinar?

— Venha aqui em cima — diz a voz do intercomunicador.

E ele está dentro do prédio.

Já pesquisamos o espaço em um site imobiliário no Google, então conhecemos o *layout* interno. Mas o tio Tony confirmará toda a configuração e a posição das câmeras de segurança, só para garantir. Não que estejamos planejando roubar alguma coisa.

O carro está em silêncio enquanto esperamos. Eu me mexo no assento acolchoado. Já repassamos nosso plano um milhão de vezes. Eu só quero ir logo. Aperto minhas mãos suadas e William coloca a mão sobre elas. Olho para ele e aceno.

Tio Tony sai do prédio e caminha pelo quarteirão até nós.

Ele desliza para o banco de trás ao lado de Takashi e explica o sistema de segurança. Takashi trouxe sua máquina de bloqueio de sinal.

William dá a volta para abrir a porta lateral e, quando saio, seguro seu braço para que meus saltos altíssimos não fiquem presos nas pedras do calçamento. Observo cuidadosamente meus passos enquanto caminhamos em direção à porta.

Desta vez, interpretamos colecionadores de arte ricos. Uso um vestido justo verde-escuro que encontrei em uma loja de segunda mão. William parece elegante com uma camisa de botões, os últimos botões desabotoados, e calça preta. Meu grande anel de noivado de diamante falso, cortesia do tio Tony, brilha na luz.

Takashi e tio Tony estão à procura de Edmund, que foi libertado do interrogatório e está à solta. Pelo menos até que o oficial Johnson consiga ligá-lo a Howard Holbrooke ou a este falsificador.

Tocamos a campainha e anunciamos nossa presença. A voz do intercomunicador nos diz para subirmos imediatamente. Abrimos a porta de metal e subimos as escadas. Avisos alertando sobre um extermínio recente alinham-se nas paredes. Matt nos cumprimenta na porta.

— Muito obrigado por nos encontrar em tão rapidamente — diz William.

— Nós realmente amamos suas pinturas quando as vimos expostas na rua — digo. — Gosto particularmente da sua pincelada.

— Procuramos pinturas para decorar nossa casa quando nos casarmos. — William acena em direção ao meu anel. Ele olha para mim e eu sorrio de volta. Gostaria que estivéssemos morando juntos.

— E ouvimos que você às vezes copia obras de arte.

— Você está procurando por isso? Por que?

— Minha irmã e eu gostamos da pintura da nossa mãe — diz William. — Dessa forma, cada um de nós poderia ter uma cópia.

Pinturas abstratas estão penduradas nas paredes de tijolos pintados de branco do estúdio. O trabalho dele me lembra o meu. Por que ele copiaria uma pintura quando tem talento?

Passamos um tempo olhando as pinturas e discutindo-as com Matt. Nem o Kimimoto nem o *Brincando Por Aí 1h30* estão aqui. Matt é experiente, o que me dá vontade de gritar. *Por que você está desperdiçando seu talento copiando o trabalho de outras pessoas para vender? Por que arruinar sua reputação dessa maneira?*

— Eu gosto dessas duas — diz William enquanto selecionamos duas no estúdio. Elas custam apenas trezentos dólares cada uma.

— Se você gostou dessas, tenho uma ali atrás que você pode querer ver — diz Matt.

— Você tem mais lá atrás? Podemos vê-las? — eu pergunto animadamente.

— Claro — diz Matt. — E posso mostrar o trabalho que copiei. Sou muito bom nisso.

Nós o seguimos até o estúdio/depósito dos fundos. Uma luz suave entra por uma janela em arco. Matt vai até o armário dos fundos para pegar algumas pinturas. Semelhante ao meu estúdio, pinturas cobrem a parede.

Ao lado, na parede, perto de um cavalete, está minha pintura.

Eu grito.

— O quê? — William pergunta.

Matt corre de volta.

— Está tudo bem?

Pense rápido.

— Sim, desculpe. Pensei ter visto uma barata. Desculpa. — Aponto para uma das pinturas na parede da *Brincando Por Aí* para desviar a atenção. — Gosto desta. William, o que você acha?

— Acabamos de fazer a dedetização, então não deveria haver nenhuma barata — diz Matt.

William diz:

— Também gosto.

— Como conseguiremos escolher? —pergunto. — Porém, eu definitivamente quero ver aquelas que você achou que gostaríamos.

Matt volta para o armário dos fundos, e eu gesticulo loucamente para William em direção à minha pintura na parede. Seus olhos se arregalam, e ele assente.

Eu mando uma mensagem para o grupo dizendo que ela está aqui. Quero agarrá-la e correr. *Está aqui. Está aqui. Ela ainda existe.* Envio uma mensagem para Jade caso eu ainda possa estar no show.

Matt aparece com outras duas pinturas, mas não consigo mais me concentrar nesse trabalho. William parece perceber isso e continua a conversa.

Aproximo-me da minha pintura porque quero verificar se ela não está danificada. E também para confirmar que não estou vendo coisas, que é ela realmente. *Brincando Por Aí 1h30.*

Parece intacta.

> **Tio Tony:** *O oficial Johnson está a caminho.*

> **Annabelle:** *Edmund adiou o jantar. Disse que precisava ir a algum lugar.*

— Quais são suas favoritas? — William me pergunta, me trazendo de volta à conversa atual.

— Estou tendo muita dificuldade em decidir o que fazer — digo honestamente.

— Você nos permitiria pensar sobre isso durante a noite? — William pergunta. — É uma grande decisão. Acho que ainda gostamos das duas que estão na galeria, mas também gosto muito desta.

A campainha toca.

— Isso é estranho — diz Matt. — Deixe-me ver quem é. Você se importa de vir comigo? Não gosto de deixar minhas pinturas sem supervisão, embora tenho certeza de que vocês são confiáveis.

— Sim, você não deveria confiar nas pessoas — diz William.

Não quero sair de perto da minha pintura, mas vou junto.

— Poderíamos ficar aqui com a porta aberta? — pergunto. — Eu só preciso olhar para elas um pouco mais para decidir.

— Sinto muito, mas realmente não me sinto confortável com isso — diz Matt. — Se houver uma pintura que você goste, você pode levá-la para a outra sala.

William pega aquele que Matt disse que gostaríamos.

Matt vai apagar a luz do armário dos fundos.

Essa é a minha pintura. Estou trazendo. Eu cuidadosamente tiro minha pintura do gancho.

Matt sai e para.

— Isso não é meu. Isso não está à venda — diz Matt.

— Por que não? — eu pergunto.

A campainha toca novamente.

— Alguém me deu para copiar, mas eles vão buscá-la hoje — diz Matt. — Eu preciso abrir a porta.

— Quando? — William pergunta.

— Por volta das quatro — diz Matt.

Ele mantém a porta aberta para nós e gesticula para que saiamos. Minhas mãos seguram minha pintura. Eu não quero deixar isso passar. Relutantemente, coloquei-a de volta na parede. William e eu saímos da sala, e ele fecha a porta atrás de nós. Matt corre até o monitor da câmera de vídeo.

Olhando para a imagem no monitor da câmera de vídeo, Matt diz:

— É um policial — Ele não parece culpado e surpreso, apenas surpreso.

Envio uma mensagem para o policial Johnson dizendo que Edmund virá buscar minha pintura hoje às quatro. Ou, se não for Edmund, quem lhe deu o quadro para copiar.

— Houve muito crime na vizinhança recentemente? — William pergunta.

— Não que eu saiba — diz Matt. — E duvido que minha arte seja um alvo. Eu mal consigo vendê-la sozinho.

Ele deixa o oficial Johnson entrar.

O oficial Johnson entra na sala e tira seu distintivo. Ele não indica que nos reconhece.

— Recebemos uma denúncia de que você tem uma pintura roubada aqui. — O policial Johnson mostra uma foto da minha pintura em seu telefone. — Você tem esta pintura em sua posse?

— Sim — diz Matt. — Mas eu não a roubei. Esse cara me deu para copiar. A namorada dele queria uma cópia. Eu não fazia ideia de que foi roubada.

— Talvez devêssemos sair agora e mandar uma mensagem para você com um horário melhor para conversar sobre a compra de pinturas. — William avança em direção à porta.

— Sim, sim — diz Matt. — Eu juro que não roubei. O cara vem hoje buscá-la.

— Tudo bem — diz o oficial Johnson. — Eu gostaria de conhecê-lo então. Sua cooperação seria apreciada.

— Sim, sim, claro — diz Matt.

— Vamos levar a pintura. — O oficial Johnson manda uma mensagem por rádio para seus colegas pegarem a pintura. Eu quero sair com ela.

— Ele lhe deu alguma outra pintura para copiar? — Oficial Johnson pergunta.

— Não. — Gotas de suor na testa de Matt.

O Kimimoto ainda está desaparecido.

— Tem certeza? Se os encontrarmos aqui, não parecerá bom — diz o policial Johnson.

— Sim. — Matt passa a mão pelo cabelo. — Juro. Só esta pintura.

— Qual é o nome do cara que lhe deu a pintura para copiar e como você tem se comunicado?

— O nome dele é Edmund — diz Matt. — Trocamos números de telefone. Ele me pagou em dinheiro.

William pega minha mão.

— É melhor para nós não estarmos aqui quando Edmund chegar.

— Eu sei.

Saímos e a outra policial leva o *Brincando Por Aí 1h30*.

— Posso ficar com ela ou tem que ficar sob custódia policial? — pergunto ao policial.

— Por enquanto, precisamos mantê-la como prova — diz ela. — Mas o policial Johnson entrará em contato. Eu sei que você precisa disso para a Exposição de Arte Vertex.

— Minha irmã deveria jantar com Edmund esta noite, mas ela acabou de mandar uma mensagem dizendo que ele adiou o horário do encontro. Eu não contei a ela que encontramos — digo. Voltamos para o carro.

— Sem Kimimoto — digo ao tio Tony e Takashi.

Takashi assente.

— Mas você resgatou o *Brincando Por Aí1h30*? —

— Sim.

— E a prova de que é Edmund — diz William. — Então espero que ele conte a polícia onde está o Kimimoto.

32

ENTRAMOS NO CARRO E William se afasta. Ficamos todos em silêncio enquanto ele dirige no trânsito.

Estou muito feliz por termos encontrado o *Brincando Por Aí 1h30*, mas não consigo expressar isso porque ainda não encontramos o Kimimoto.

Onde poderia estar? Não estava no apartamento de Edmund e não estava aqui. Ele poderia ter dado a uma gangue de arte, mas não foi essa a informação que o policial Johnson recebeu. Sua informação era que ele havia sido roubado e agora estava à venda. Mas estava muito evidente agora para alguém o comprar. A polícia fez um bom trabalho ao divulgar o roubo e torná-lo visível. Porém, o oficial Johnson e eu concordamos que no final das contas era que ele planejava fazer falsificações e vendê-las a compradores dispostos a negociar no mercado secreto. Então ele poderia vendê-lo mais de uma vez e manter o original para si com seu valor real.

Atravessamos a ponte do Brooklyn. O horizonte de Manhattan se eleva, como uma esperança crescente. Estamos perto. Encontramos *Brincando Por Aí 1h30* e encontraremos o Kimimoto. Se ele fosse destruir uma pintura, seria no *Brincando Por Aí 1h30*, não no Kimimoto. Esse último tem valor.

Como Edmund pôde me odiar tanto? Roubar estas pinturas, sabotar a minha exposição de arte e a minha relação com os meus tios.

Olho pela janela para o trânsito que passa. Tudo começou com a casa da árvore. Ele estava com ciúmes porque eu tinha um pai que construiu isso para mim. No início, ele fingiu que não tinha interesse nisso, mas depois sucumbiu. Brincamos lá durante anos. Tinha uma roldana com um cesto, e meu pai até fez uma porta secreta que dava para uma escada interna que levava ao telhado. Annabelle, Edmund e eu adoramos aquela porta escondida. Meu pai emoldurou uma de minhas pinturas e pendurou na parede.

Mas então Annabelle e Edmund criaram um bolso secreto atrás da minha pintura como forma de passar anotações. Só eu descobri. Fiquei magoada porque eles usaram minha pintura como meio de enviar notas. Eu temia que minha pintura fosse danificada pelo manuseio frequente e fiquei chateada porque a casa na árvore era realmente minha e eles a estavam usando para me deixar de fora. Bani Edmund da casa da árvore, mas superei isso — e muito rapidamente para uma garota de 12 anos. Ele foi banido por apenas duas semanas. Mas ele estava com *muita* raiva.

— Você acha que Edmund o teria colocado na casa da árvore? — eu pergunto. — Brincamos muito lá quando éramos crianças.

— Que casa na árvore? — William pergunta.

— Meu pai construiu para mim esta incrível casa na árvore em nosso quintal. Ainda está lá.

— Uma casa na árvore seria arriscada — diz Takashi. — A pintura poderia ser destruída ali com uma grande tempestade, e ele não pode garantir que sempre terá acesso.

Ainda assim, aposto que tem algo a ver com a nossa infância na casa da árvore.

— Definitivamente não estava por trás das pinturas do apartamento de Edmund, certo? — eu pergunto. — Acho que talvez ele tenha escondido atrás de uma pintura. Annabelle e ele costumavam passar bilhetes, escondendo-os em um bolso que eles fizeram atrás de uma das minhas pinturas na casa da árvore.

— Com certeza verifiquei se os quatro eram do tamanho certo — diz Takashi.

— Ele poderia ter escondido atrás do *Brincando Por Aí 1h30*? — eu pergunto. — Devemos voltar e verificar?

— Vamos mandar uma mensagem para o policial Johnson — diz William. — Não acho que você deveria estar perto dele quando ele for preso.

Inclino a cabeça, pensando.

Enquanto digo "a foto da casa na árvore", William diz "a foto que ele emoldurou para Annabelle".

Um arrepio passa por mim. *É isso.* É onde está.

Porém, a polícia verificou naquele dia.

— Mas ele deu para ela na festa — diz tio Tony.

Takashi pergunta:

— Como ele teria tempo de remover a Kimimoto da moldura e colocá-la na parte de trás da foto recém-emoldurada?

— Além disso, ele precisava disso para falsificar — diz tio Tony.

— Ele deve ter colocado lá depois — eu digo. — Ele está lá muito desde que David se mudou.

Entramos na FDR Drive. O East River está agitado hoje. Um veleiro navega contra o vento. Eu envio uma mensagem para Annabelle.

> **Eu:** *Podemos dar uma passadinha aí?*

> **Annabelle:** *Estou bem. Você não precisa se preocupar comigo.*

Sinto-me péssimo em dizer que não é por preocupação com o bem-estar dela.

> **Eu:** *É sobre a investigação.*

> **Peter:** *Acabei de chegar ao JFK.*

Eu tinha esquecido que ele estava chegando hoje. Pelo menos recuperei minha pintura. Não vou encontrá-lo no ponto mais baixo da minha carreira.

Meu telefone toca. É o oficial Johnson.

— Prendemos Edmund e Matt — diz ele. — Mas... Edmund diz que destruiu o Kimimoto.

Eu suspiro.

— Mas por quê?

— Para machucar você.

Olho para William. Como posso contar isso aos meus tios?

Ele olha e seu rosto cai.

— Ele destruiu — diz William categoricamente.

— Sim — eu sufoco.

A comoção no carro parece tangível. É como se fôssemos um balão flutuante e todo o ar simplesmente tivesse escapado.

33

Eu me viro para olhar para tio Tony e Takashi sentados no banco de trás do carro. Tio Tony segura a mão de Takashi.

— Sinto muito — eu digo.

— Devo atravessar a cidade na Rua Sessenta e Seis? Ou você ainda quer ir para a casa da sua irmã? — William pergunta.

— Ainda vamos tentar as fotos — eu digo. — Não consigo imaginar Edmund destruindo o Kimimoto. Ele é um colecionador e precisa do dinheiro. Não faz sentido destruí-lo. Ele teria feito isso com o meu primeiro.

Tio Tony assente.

— Sim, não acho que ele o teria destruído. Ele só quer que pensemos isso.

William passa pela rua 66.

Todos entramos no apartamento de Annabelle.

— Então qual é o problema? Por que você está de volta? E Tony e Takashi? — Annabelle pergunta. — Eles prenderam Edmund?

— Queremos ver as fotos que Edmund lhe deu depois da festa do tio Tony. — Corro em direção ao escritório dela.

— Eu as amo — diz ela. — Você as viu em meu escritório. Edmund me ajudou a pendurá-los.

— Ele sabe que seu escritório está trancado agora? — William pergunta.

— Ele me perguntou por que eu havia trancado a porta e achei estranho porque não me lembrava de ter contado a ele que havia trancado a porta. E então ele perguntou como eu sabia que David não descobriria onde escondi a chave, já que ele me conhece tão bem — diz Annabelle. — E ele continuou dizendo que apostava que conseguiria descobrir. Foi estranho.

Ela destranca a porta e todos nós entramos em seu escritório.

Tiro do gancho a foto dos dois quando crianças, passeando na casa da árvore e coloco-a sobre a mesa. Não tem o suporte de papel de um trabalho com estrutura profissional. Possui apenas pequenas peças deslizantes de metal. Eu as desbloqueio e removo o quadro branco de volta. E aí está.

O Kimimoto.

Suas cores brilhantes saltam como um olá feliz, como confete saindo de um brinquedo surpresa.

Tio Tony chora. Eu aperto meus olhos. Não posso chorar agora.

— Nós achamos. — Ele afunda na cadeira do escritório de Annabelle. Takashi o abraça.

— A polícia checou naquele domingo em que me entrevistou e não havia nada aqui. Ele estava tentando me incriminar? — Annabelle pergunta. — Por que ele colocaria isso aqui?

— Acho que ele não queria isso na casa dele, caso o apartamento fosse revistado. Ele provavelmente pensou que sempre poderia acessá-lo em sua casa. Além disso, ele queria fazer referência à nossa infância juntos de alguma forma — digo. — Talvez tenha sido um teste para você? Ele queria ver se você poderia procurar uma anotação atrás da pintura?

— Estamos um pouco velhos para isso — diz Annabelle secamente.

Enviamos uma mensagem ao policial Johnson informando que encontramos o Kimimoto.

Meu telefone toca. É Jade.

— Liguei para a Vertex e você está de volta. Principalmente com toda a publicidade. As pessoas farão fila para ver uma pintura roubada.

Eu grito e abraço William.

34

SUBIMOS CORRENDO AS ESCADAS até meu apartamento. Deixamos tio Tony e Takashi para fazerem sua própria celebração particular. Enquanto procuro minha chave, William me abraça por trás e dá beijos em meu pescoço. Arrepios de prazer percorrem todo o meu corpo. Inclino a cabeça para lhe dar melhor acesso, segurando a maçaneta.

— Não consigo me concentrar em encontrar a chave se você fizer isso. — Eu me inclino contra ele.

— *Hum* — ele diz.

Eu me viro e envolvo meus braços em volta do pescoço dele. Ele cheira a ar fresco e roupa limpa. Suas mãos quentes embalam meu rosto. Eu me pressiono contra ele, contra o calor e o conforto de seu peito. Quero me fundir nele. Nós nos beijamos, mordiscando, inclinando nossos lábios, beliscando, misturando nossas respirações. Ele tem gosto de hortelã-pimenta. Eu desembaraço minhas mãos para abraçá-lo pelas costas. Sua mão acaricia minha bochecha, deixando uma sensação de faíscas. Ele entrelaça uma de suas mãos com a minha e me apoia contra a porta. Estamos peito a peito.

— Miranda, é você? — Tessa pergunta atrás da porta. — Peter está aqui.

Nós nos separamos rapidamente.

— Devíamos ter ido para minha casa — murmura William.

Tessa abre a porta.

— Parabéns! Comprei champanhe! — Tessa diz.

Pego a mão de William e o puxo para dentro do apartamento atrás de mim.

Peter se aproxima e me dá um abraço. Solto a mão de William. Peter cheira a alguma colônia masculina picante. Ele não costumava usar colônia.

— Parabéns! — Peter diz. — Estou tão feliz que sua exposição esteja de volta.

— É um grande alívio — eu digo. — Este é William, meu namorado.

— A turma toda vem comemorar — diz Tessa. — Ainda não consigo acreditar que foi Edmund. Coloquei o cabide no seu quarto. — Está tocando jazz leve; meus cavaletes foram guardados no armário. Tessa colocou pequenas velinhas *tea lights* e diminuiu as luzes. Nosso apartamento está definitivamente preparado para uma festa.

William olha para mim. Eu faço beicinho. Realmente estava ansiosa por uma celebração privada com ele. Ele me dá aquele sorriso irônico e caretas. *Deixa para mais tarde.*

— Vamos abrir o champanhe; aqui, Peter, você sempre foi bom nisso. — Tessa entrega uma garrafa de champanhe para ele.

— Vou pegar as taças. — Agarro a mão de William. — Venha comigo.

— Sinto muito — digo na cozinha e o beijo nos lábios.

Ele me beija na testa.

— Será divertido comemorar com os amigos. E você não pode ignorar Peter se ele acabou de chegar da Califórnia para ver você. Vamos comemorar depois da festa.

— Eu deveria convidar Annabelle então. E Thijs. Quero que Tessa o conheça. — Envio uma mensagem para Annabelle e Thijs sobre a festa.

— Vou colocar minhas coisas no seu quarto — diz William.

Trazemos as taças de champanhe. Penélope e Zelda aparecem lá embaixo com flores, outra cadeira e mais taças. A irmã mais velha de Tessa, Kiara, chega com mais vinho. William pega mais algumas cadeiras nos quartos dos fundos. Todos nós nos sentamos em volta da mesa, com taças na mão.

— De que sabor todo mundo quer? — Tessa pergunta, segurando o telefone no ouvido. — Estou pedindo uma pizza. — Diferentes sabores são gritados.

— Acho que você pode abrir sua própria agência de detetives agora — diz Tessa.

— Eu contrataria você — diz Zelda. — E temos grandes novidades aqui também. — A campainha toca. É Rory. Eu o deixo entrar.

— Vou morar com Rory — anuncia Penelope.

— E Kareem vai morar comigo — diz Zelda.

— Parabéns! — eu exclamo. — Mas sentiremos sua falta, Penelope.

Rory entra no apartamento pela porta da frente destrancada e dá um rápido beijo de cumprimento em Penelope. Peter abre a garrafa e serve o champanhe nas taças que aguardam.

— Saúde, Miranda!

— E William. — Sorrio para William e brindo com ele.

— E Takashi e Tony — diz William. — Formamos uma boa equipe.

Bebo meu champanhe borbulhante. Pelo canto do olho, vejo Peter franzindo a testa. Não tenho certeza do que ele esperava. Eu fui sincera sobre estar namorando William. Talvez ele não esperasse que fosse uma competição tão formidável. Porque o que acontece com Peter é que ele é muito bonito. As coisas tendem a ser fáceis para ele. No começo fui um pouco desafiadora porque pensei que ele era outro garoto bonito de fala mansa e não lhe dei atenção. Mas até eu caí facilmente.

Max e Kareem chegam em seguida, ao mesmo tempo que o entregador de pizza, então trazem quatro pizzas. Colocamos as pizzas na bancada da cozinha com pratos de papel e guardanapos, permitindo que todos entrassem e pegassem uma fatia e depois saíssem e se misturassem.

Jake chega em seguida com Audrey, o braço em volta dela, e os dois mostram seus anéis de noivado na entrada.

— Estamos noivos! — Jake diz. — Ela disse sim.

— Ele disse sim — diz Audrey.

— Eu a pedi em casamento, e, depois, ela me pediu em casamento. — Jake sorri. — Nós dois tivemos a mesma ideia quando matamos aula juntos hoje.

— Olha o anel que comprei para ele — diz Audrey. — Tem um peixe nadando rio acima enquanto todos os outros peixes nadam rio abaixo.

— É perfeito. — Jake a beija.

Thijs aparece de repente na porta e eu o apresento a Tessa. Os olhos de Tessa se arregalam quando ela o vê. Eu rio por dentro. Adoro que provem que estou certa, mas ele também é um cara legal.

Perdi William na agitação de todo mundo chegando e vindo me dar os parabéns. Ele está sentado à nossa mesa conversando com Max. Quando estou prestes a me juntar a eles, Peter se aproxima e me entrega outra taça de champanhe. Eu nem percebi que meu copo atual estava vazio.

— Você tem outros eventos programados? — Peter pergunta.

— Não — eu digo.

— Agora é a hora de agendar esses eventos. Você tem a publicidade da pintura roubada e esta Exposição de Arte Vertex.

— Minha pintura pode não aparecer na Exposição de Arte Vertex. — Mas me sinto mais tranquila com isso. Se não for desta vez, terei sucesso eventualmente.

— Não há hipótese. Você precisa controlar o diálogo sobre sua pintura. Você pode influenciar isso até certo ponto — diz Peter. — Ou seu agente. Se Jade não estiver fazendo isso por você...

— Jade é quem pensou em transformar o roubo em algo positivo; ela está fazendo um ótimo trabalho.

— Mas talvez ela não esteja. Você já deveria ter anunciado — diz Peter. — Olha, vou te dar minha lista de contatos para conversar.

— Não vou desistir de Jade depois que ela ficou ao meu lado nos momentos difíceis.

— Seu relacionamento com o agente é um negócio — diz Peter. — Não é uma amizade.

Só que Jade e eu éramos amigas antes de sermos agente/artista. Eu confio em Jade. Jade trabalha duro para mim.

— Vamos sentar. — Ele aponta para o sofá. — Fiz uma lista de programas aos quais acho que você deveria se inscrever.

— Sério? — eu pergunto. — Isso é tão atencioso da sua parte. Eu realmente gostei disso.

Nós nos aconchegamos no sofá enquanto ele me mostra a lista em seu telefone e discutimos os prós e os contras. Peter procura mais informações sobre uma exposição, e eu mando uma mensagem para William explicando que Peter e eu estamos discutindo inscrições para exposições de arte, para que William saiba que são apenas negócios. Jake colocou uma música de festa e mais bebidas estão sendo servidas.

Enquanto estamos sentados lá, Tessa se aproxima e diz:

— Preciso roubar você um pouco.

Peço licença para Peter, e Tessa e eu vamos para o meu quarto. Nosso cabideiro divide meu quarto em dois, bloqueando a visão da cama e do pufe.

— Isso é sobre Thijs? — pergunto.

— Não, o que você está fazendo? — Ela sibila. — Achei que você tivesse se reconciliado com William.

— Eu fiz isso — digo.

— Parece que você está se reconciliando com Peter no sofá.

— Eu não estou... O que você quer dizer? — pergunto, horrorizado.

— Peter continua tocando você, e suas cabeças estão unidas sobre o telefone dele. Se William estivesse agindo assim com sua ex ou Kiyoko, você estaria sentado entre eles.

— Mas não acho que William fique com ciúmes. E eu mandei uma mensagem para ele dizendo que eram apenas negócios.

— Estou lhe dizendo, não parece apenas um negócio — diz Tessa.

— Além disso, ele quase não conhece ninguém aqui, e você o deixou sozinho em uma festa comemorando seu trabalho em equipe para encontrar a pintura.

— Você tem razão. Obrigada por me contar — eu digo. William e eu somos mais fortes, mas talvez não sejamos fortes o suficiente para eu sair com Peter. Principalmente porque eu não ficaria bem se ele estivesse com Kiyoko na nossa festa. — Peter estava realmente me dando conselhos úteis.

— Bem, marque outro horário para conversar com ele sobre isso — diz Tessa. — E sim, obrigada por me apresentar a Thijs.

— Espere até ele tocar violão para você — eu digo.

Tessa balança a cabeça.

— Eu odeio que você possa estar certa.

Saímos do meu quarto para voltar para a sala. Imediatamente procuro William. Ele está com Zelda, Kareem, Audrey e Jake, mas de lado. Meu estômago treme. Eu deveria ter percebido que Peter estava me monopolizando.

Ando até lá e engancho meu braço no dele.

— Sinto muito — eu digo. — Peter reuniu algumas exposições de arte às quais eu deveria me inscrever, agora que estou de volta à Exposição de Arte Vertex.

— Isso é ótimo — diz William. Ele cobre minha mão em seu braço com a dele. Estamos bem. Ainda não estraguei tudo completamente. Meus olhos lacrimejam porque eu me importo muito com ele.

Peter se junta a nós.

— Ainda não consigo acreditar que Edmund realmente fez isso com você.

— Posso acreditar — digo. Minha intuição estava certa.

— Isso me deixa com muita raiva — diz Peter. — Você está bem? Emocionalmente? — Ele estende a mão para tocar a minha.

— Sim — eu digo. E eu estou. William coloca o braço em volta de mim e eu sorrio para ele.

— O que você faz? — Peter pergunta a William.

— Eu sou um contador.

— Ele tem seu próprio negócio — eu digo.

Os lábios de Peter curvam-se ligeiramente para baixo, como se estivesse intrigado por eu estar namorando um contador.

— Sua mãe deve estar encantada.

— Tenho certeza que ela vai ficar — eu digo.

— Você ainda não contou a ela? — Peter pergunta.

— Temos estado um pouco ocupados. Vou contar a ela antes de trazer William para um *brunch* em família no próximo fim de semana. Eu beijo a bochecha de William. — Esteja preparado.

— Ela estava tão contra mim quando namoramos que senti uma verdadeira sensação de realização quando ela finalmente se tornou amiga. Pelo menos eu sabia que ela gostava de mim por mim mesmo. — Peter engancha os polegares na cintura da calça. — Eu me relacionei imediatamente com seu pai, certo?

— Eu me dei bem com os pais dela quando os conheci nas festas dos nossos tios. — William me abraça mais perto dele.

Zelda nos puxa de volta para o grupo maior para discutir uma revanche de Fire Island. Com Audrey, Eve, Max, Peter e eu, começa a parecer uma mini reunião de faculdade. Peter, em particular, continua voltando a conversa para memórias da faculdade. É natural discutir fofocas relacionadas à faculdade e o que todo mundo está fazendo agora, mas isso afasta William.

Sussurro para ele:

— Devemos tomar outra taça de vinho?

Ele acena que sim e saímos do grupo.

— Por que você e Peter terminaram? — William pergunta. — Foi só porque ele queria morar na Califórnia?

— Principalmente. — Eu realmente não quero entrar em detalhes. Não quero mostrar todas as minhas inseguranças para William, como a forma como Peter e eu acabamos não nos comunicando. — Você não está com ciúmes de Peter, certo?

— Não — ele diz, mas diz isso tão rapidamente que suspeito que possa ser.

— Eu ficaria com ciúmes se você estivesse saindo com sua ex-namorada — digo. Talvez eu não seja a única parte ciumenta neste relacionamento.

Ele gargalha.

— Eu espero que você seja.

Mas não quero que ele fique com ciúmes. Essa dúvida pode doer. Vou mostrar uma insegurança.

— Eu também estava com ciúmes do sucesso de Peter. Ele estava decolando e eu não. Não sei como Lee Krasner e Pollack fizeram isso, ou qualquer outro casal de artistas semelhantes.

— Mas agora ele pode ajudá-la — diz William.

— Ele acha que pode. Tem algumas boas ideias. — Não digo que não quero ficar em dívida com Peter pelo meu sucesso, já que passei uma hora ouvindo-o me dar dicas. Isso parece inconsistente. Mas dicas são uma coisa. Eu quero fazer isso sozinha. Sempre. Isso é algo que William e eu temos em comum: cada um de nós quer estar no comando de suas próprias vidas.

William serve outra taça de vinho para cada um de nós e nos encostamos na parede de tijolos, bebendo. Tem sido tão louco; preciso dessa pausa. Eu fecho meus olhos.

— Você está entediada? — William pergunta.

Abro os olhos, esperando vê-lo brincando. Mas ele parece sério.

— Não — eu digo. — Recarregando. Tem sido uma grande montanha-russa.

— Eu não sabia que você precisava recarregar.

Nós realmente não namoramos há muito tempo. Ainda não sabemos muito um sobre o outro.

— Eu definitivamente preciso recarregar — eu digo. — Você não precisa?

— Sim, também estou cansado — diz ele.

Meu telefone vibra. Mostro a ele a mensagem do policial Johnson informando que eles entrevistaram Vinnie novamente e determinaram que ele estava apenas sendo usado por Edmund. Vinnie também cooperou na investigação, listando o Kimimoto à venda para expulsar compradores. E Edmund admitiu que falou com o Fedora, usando o nome de Vinnie.

— Oi — Peter diz atrás de mim.

De novo não. Sou um pedaço de velcro ao qual Peter está preso. Ele está sendo muito persistente. Preciso sugerir sutilmente que nos encontremos e discutamos isso amanhã. Gostaria que William e eu pudéssemos sair e ir para a casa dele, mas não posso abandonar minha festa.

Peter diz:

— Mandei um e-mail para meu amigo da Gagosian e ele disse para trazer seu portfólio.

— Você está falando sério? — Viro-me para William. — Gagosian é um grande negócio.

— Muito sério — diz Peter. — Estou lhe dizendo: este é o seu momento. Você precisa seguir em frente.

Este é o meu momento.

E se este for o meu momento?

Poderia ser. Especialmente se Peter pensa que sim. Ele não mentiria para mim.

— Devíamos discutir como maximizar isso — diz Peter.

— Mas não precisamos fazer isso agora — digo.

— Sim, temos — diz Peter. — Amanhã não haverá um anúncio de que sua pintura foi recuperada?

— Sim — eu digo.

Peter diz:

— Você não se importa se eu pegar Miranda emprestada para passar a noite? Quero dizer, não a noite. Mas para pensar em como movimentar isso. Você está convidado a participar, é claro.

— De jeito nenhum — diz William. — Eu irei para casa.

Ir para casa? Sem mim? Eu olho para ele, confusa. *Não.* Iríamos comemorar de uma forma mais pessoal. Ele realmente não se importa que Peter continue reivindicando seus direitos sobre mim? Por que ele não quer ficar e ajudar no *brainstorming*?

— Você não quer ficar? — eu pergunto.

— Não — ele diz.

— Provavelmente é chato para ele. Vamos, Miranda. Será como nos velhos tempos. Lembra quando lançamos nossa instalação de arte conjunta na faculdade com todos aqueles *teasers*, aquela campanha estilo guerrilha? Poderíamos até fazer algo assim.

Isso foi tremendamente divertido. Durante várias semanas, colocamos cartazes provocativos. Tivemos uma grande exibição em nossa exposição. Eu nem tinha pensado em fazer meu próprio *marketing* para esta exposição. Eu tinha me deixado estagnar.

William me beija na bochecha.

— Falo com você amanhã. — Ele caminha em direção ao meu quarto para pegar sua mochila.

— Já volto, Peter. — Corro atrás de William e puxo sua mão na porta do meu quarto e o puxo para me encarar. — Você tem certeza de que quer sair? Sinceramente, não sei se você está chateado ou se está tudo bem comigo saindo com Peter. Quero dizer, nada vai acontecer, mas se você estiver chateado, posso dizer não.

— Eu não estou chateado. Só estou cansado. E você não deveria dizer não. Esta é a sua carreira. E parece que ele sabe muito. — Ele voltou ao seu rosto de Serviço Secreto que não consigo ler.

— Ele sabe muito. Faz isso em tempo integral desde a faculdade — digo.

— Miranda, você checou seu telefone? — Max aparece enquanto William se afasta. — Minha amiga me mandou uma mensagem dizendo que quer comprar outro.

— Você disse a ela que o *Brincando Por Aí 1h30* foi encontrado? — eu pergunto.

— Não, eu não tinha certeza se isso era público ou não — diz Max. — Ela disse que não consegue parar de pensar na pequena pintura vermelha e sabe que realmente a quer.

Esse é meu tipo favorito de patrono. Verifico meu telefone e respondo a mensagem dela, Max olhando por cima do meu ombro, encantado.

Procuro William, mas não o vejo.

— Você tem mais vinho? — Rory pergunta. — Ou devo sair e comprar mais?

— Acho que temos mais — digo. Volto para a cozinha e pego nosso banquinho para olhar em um dos armários superiores, onde guardamos um estoque de vinho.

Entrego mais algumas garrafas para Rory. A festa não vai acabar tão cedo. Já faz muito tempo que não nos reunimos.

Levo dois Chardonnays para a mesa da sala de jantar para adicionar ao nosso estoque. E então procuro novamente por William.
Ele se foi. Achei que ele poderia passar para se despedir mais uma vez
antes de partir. Novamente, existe uma lacuna entre nós, que não
estamos nos conectando ou nos comunicando.

35

DANÇO ENQUANTO NOS PREPARAMOS para nosso show de sábado. William me mandou uma mensagem esta manhã dizendo que iria ao show.

— Você vai poder se apresentar hoje à noite? — Rex pergunta ironicamente. — Você é efervescente.

— Sim. — Eu aceno minhas mãos no ar. — Posso dançar um pouco mais do que o normal.

— Você conseguirá cantar alguma música triste?

— Talvez não. — Ao seu olhar preocupado, acrescento rapidamente: — Sim, posso. Você está esperando observadores?

— A esperança é eterna — diz Ling.

— Acho que estou mais perto do que nunca — diz Rex. — A questão é que um cara disse que talvez eu devesse me concentrar em ser letrista, porque minhas letras são boas. E você sabe, eu ficaria bem com isso. Adoro escrever letras e ainda estaria me apresentando com vocês.

— Até o momento em que precisaremos que nossas cadeiras de rodas para subir no palco — digo. — Eu sempre disse que você é brilhante em escrever letras.

Envio uma mensagem para William.

> Eu: *Você já chegou?*

> William: *Não. Não posso ir agora. Novo cliente. Os livros são uma bagunça total. Tenho que trabalhar.*

Meu humor despenca. Eu balanço minha cabeça. Ele tem que trabalhar. Não posso ser tão vulnerável emocionalmente a ponto de o fato de ele ter que trabalhar prejudique meu bom humor.

Terminamos nosso set. Sem William.

Ajudo Rex a carregar sua van com todo o nosso equipamento. Joel, nosso gerente, e Carrie irão ajudá-lo a descarregá-lo em seu *loft*.

Rex me cumprimenta com um *high-fives*.

— Parece que nós dois poderemos ter sucesso em seguir nossos sonhos.

— Estou muito feliz — eu digo.

— Só muito feliz? — ele pergunta. — Onde está William?

Então era óbvio que eu estava procurando por ele no meio da multidão.

— Ele disse que precisava trabalhar.

Rex desliza para o banco da frente. Ao fechar a porta, ele diz:

— Tenho certeza que sim.

— Vou vê-lo agora — digo.

Vou de bicicleta até o apartamento de William em Tribeca. Não enviei nenhuma mensagem de texto com antecedência. Não quero que ele me diga que não posso ir. Uma sensação de enjoo invade meu estômago, como se algo não estivesse funcionando. O mesmo sentimento que tomou conta ontem à noite, quando William foi embora, mas eu disse a mim mesma que estava errada. Ele estava compreensivelmente cansado. E hoje ele me mandou um e-mail pedindo desculpas por ter ido embora e que esperava que Peter e eu tenhamos tido boas ideias. Acreditei em suas palavras sem pestanejar. Mas agora que ele não apareceu em meu show e, pior ainda, não sugeriu para que eu fosse passar a noite junto com ele, a sensação de náusea está viva e forte no meu estômago, girando como meias na secadora com uma bola de tênis atingindo-as.

Encaixo minha Citi Bike na fechadura. Não clica. Eu empurro novamente. Novamente, nenhuma luz verde. Então, a levo para outra e empurro com força. A luz verde pisca. Vou até o prédio dele. Chamo pelo interfone para o apartamento dele. E se ele não me atender?

— Quem é?

— Sou eu — digo. — Miranda.

— Você está aí embaixo?

Essa não é a voz de um homem emocionado em me ver.

— Vim direto para cá depois do meu show — digo.

Ele libera o acesso. Estou exagerando.

Subo pelo elevador. Ele está esperando na porta, encostado no batente. Seu cabelo está despenteado e está vestindo uma camisa justa e canelada. Meus sentidos ficam em alerta máximo. E tenho que me lembrar que esse não foi o propósito da minha visita. Quero ter certeza de que ainda estamos em bases sólidas, de que estou imaginando essa distância entre nós. Mas depois que estabelecermos isso, posso sorrir para mim mesma, e podemos preencher qualquer espaço entre nós.

Avanço para abraçá-lo, mas ele recua. Não é minha imaginação.

A porta se fecha atrás de mim.

Ele caminha até sua mesa, que está repleta de papéis. Pelo menos ele realmente estava trabalhando.

— Lamento interromper seu trabalho — digo.

Ele levanta uma sobrancelha como se estivesse em dúvida.

E então eu vou direto ao assunto.

— Sinto que há uma certa distância entre nós, como se não estivéssemos nos conectando.

— Por que você gosta de mim?

Paro brevemente. Não esperava que William fosse tão direto.

— Eu gosto muito de você — digo.

— Você realmente gosta de mim? Em que você está se baseando? Você mal me conhecia quando começou a vir aqui.

— Você acha que sou assim tão superficial? — pergunto. — Vir foi a única maneira de conhecê-lo melhor.

— Não. Não tenho certeza de quão profundos são seus sentimentos — diz ele.

— Você não tem certeza? *Haha*. Sou eu quem não tem certeza dos seus sentimentos. Você literalmente me disse que não tinha certeza de seus sentimentos. Como pode *não* ter certeza dos meus sentimentos? Então o que você está fazendo? Isso é uma aventura para você?

— Eu não faço aventuras.

— Talvez você não costumava fazer aventuras. Se você não tem certeza dos meus sentimentos e acha que estou apenas me divertindo com você, então o que está fazendo?

— Não sei.

E aí está.

— Como é que você não sabe? — eu pergunto.

— Não sei se isso vai durar muito tempo. E se isso não vai durar, então talvez devêssemos parar por aqui enquanto ainda podemos ser amigos, enquanto ainda há todos os bons sentimentos por resolvermos esse mistério juntos. Teremos que nos ver em eventos familiares nos próximos anos.

Fui pega de surpresa.

— Você pretendia isso o tempo todo? —

— Não. — Ele balança a cabeça. — Mas sejamos honestos. Nós não poderíamos ser mais diferentes. Nem limites você tem. Aparece aqui o tempo todo, mesmo que eu diga que estou trabalhando, como agora. E eu não sei nada sobre o mundo da arte, e você não está nem aí para contabilidade.

— Eu me preocupo muito com contabilidade. Você pode perguntar ao meu contador, Stewart. Mando brownies para ele para mostrar o quanto eu o aprecio, e ele fica me dizendo para parar.

— Você está até fazendo piadas em um momento como este — diz ele.

— E você está dando desculpas — eu digo. — Você sabe que não importa se eu sei alguma coisa sobre contabilidade ou se você sabe alguma coisa sobre arte.

— É mesmo? Por que você estava tão preocupada que eu terminasse com você e saísse com Kiyoko se não achasse que ela era mais adequada para mim? Você já admitiu que tem dúvidas sobre nós. Então vamos acabar com isso.

Quero alguém que lute por mim. Não quero ser eu quem terá que convencer William de que vale a pena me amar.

— Está bem. Foi um prazer namorar você. — Estendo minha mão para apertar a dele.

William dá um passo à frente, quase como se involuntariamente. Sua pele empalidece. Sua mão está fria enquanto segura a minha.

36

Não tenho certeza de como chegarei em casa. Viro e saio após o aperto de mão, tremendo no elevador. Pego um táxi para casa.

Pela primeira vez, não há lágrimas. Continuo respirando fundo. Todo o meu corpo está quente e frio, tremendo, como se estivesse com febre.

Isso é pior do que perder minha pintura.

Achei que éramos bons juntos, que nos complementávamos. Como quando ele me segurou quando eu estava prestes a arrancar a falsificação da parede. Aquele abraço caloroso, me envolvendo, dizendo estou aqui para te ajudar. Você não está sozinha aqui.

Saio do táxi. O motorista se debruça na janela da frente e diz que vai esperar para garantir que eu entre no meu prédio.

Esse pequeno gesto de gentileza me desbloqueia. As lágrimas escorrem de mim. Subo as escadas correndo até meu apartamento e me enrolo na cama.

Meu telefone emite um sinal sonoro e eu o agarro, torcendo para que William esteja mandando uma mensagem dizendo que ele não quis dizer aquilo. Seu rosto estava tão abatido e pálido quando concordei em terminar.

Peter: *Desculpe, perdi seu show. Fiz ótimas conexões na exposição de arte de Levitt. Você deveria ir a esses eventos. Te vejo amanhã.*

Eu deveria escolher uma pista e permanecer nela, sem ficar alternando entre artista e cantora. O mesmo acontece com os homens. Mas eu só namorei outros artistas antes. Mas eu deveria continuar namorando outros artistas se quiser ser rejeitada por ser um artista.

Olho para a foto que tiramos de nós no piquenique das flores de cerejeira, aquela em que nós dois olhamos um para o outro como se não pudéssemos acreditar que nos encontramos. Viro-a para baixo na mesa de cabeceira. Ele provavelmente já a descartou, de uma forma lógica e cruel.

Seu lenço cai da mesa de cabeceira. Eu cheiro. Tem cheiro de William. As lágrimas correm pela minha bochecha. Eu uso seu lenço para limpar meu rosto.

Mas ele não é um sem coração. Ele é tão romântico.

E então enrolo-o e jogo do outro lado da sala.

Eu também estou brava. Não acredito que ele não queira lutar pelo que temos. Não acredito que ele não acredita em nós.

37

QUERO ME ESBALDAR, MAS sendo uma artista faminta, esse não é um luxo que possa me permitir. Fiz meu turno como garçonete e encontro Peter na Galeria Gagosian. Fiquei surpresa quando ele não comentou que eu estava parecendo uma merda ou que estava usando muita maquiagem.

Jade não teve escrúpulos em dizer que eu parecia desgastada quando traçamos estratégias antes do meu turno de trabalho. Ela marcou entrevistas para mim para coincidir com a abertura da Vertex. Analisamos possíveis dúvidas e um roteiro de pontos que eu poderia apresentar caso fosse necessário. Isso me lembrou dos tempos que passei com a secretária de imprensa de John, e pude sentir-me tensa. E se eu estragasse tudo isso também?

Mas agora estou em casa, rodeada de telas em uma sala vazia. Eu deveria pintar.

É assim que supero as separações. E agora é ainda mais imperativo. Se as críticas forem positivas, talvez eu consiga vender algumas pinturas.

Coloco uma nova tela em meu cavalete e olho para minha seleção de tintas. As tintas de William me fazem chorar de novo.

Controle-se, Miranda.

Eu espremo a tinta da paleta. Uma lágrima cai. Enxugo a umidade sob meus olhos com as mãos.

Apenas tente uma pintura.

Mergulho meu pincel na tinta e espalho-o na tela. Uma grande faixa turquesa brilhante em toda a tela, quase como um arco de arco-íris. Acrescento outra, colocando camadas por cima, como pensei que estávamos construindo camadas em nosso relacionamento, fortalecendo-o. E aprofundando. Que cor poderia transmitir esse aprofundamento? Eu misturo um pouco de azul mais escuro com meu turquesa para ver se ele captura isso. Com outro pincel, varro acima da curva turquesa. Faço-a se destacar. E então pego um pouco de amarelo para simbolizar a esperança no topo de um círculo cinza para mostrar como ela cresceu. Não que estivéssemos sem conflitos. Eu misturo um pouco de roxo na pintura. Mesmo assim, pensei que o conflito havia fortalecido o nosso relacionamento. Adiciono mais da minha mistura de azul mais escuro. Ele contrasta com o roxo.

Os opostos não duram.

O conflito matou nosso relacionamento.

Por que não aprendi nada com meus pais?

Deixo minhas lágrimas rolarem, enxugando-as novamente com as costas da mão. Inclino a pintura para deixá-las cair sobre ela.

Talvez eu devesse usar um cinza escuro para o conflito. Misturo um pouco de cinza escuro, espremendo o que sobrou do tubo que William me deu. Deixo-o cair na cesta de lixo perto do meu cavalete. Finalizado.

Pinto o cinza escuro sobre o roxo manchado, tentando deixar um pouco de roxo aparecer. É recuperável.

Parece melhor. Isso parece bom. Adiciono um pouco de rosa espumosa perto do cinza para clarear. E algumas listras amarelo-claras, como se o sol estivesse aparecendo por trás de algumas nuvens. Eu a rotulo de *Lágrimas 4h40* e coloco-a de lado.

É bom. Isso me dá uma sensação de felicidade.

Lavo minhas mãos e meus pincéis na pia da cozinha. A caneca "SOU UM CONTADOR, NÃO UM MÁGICO" está em nosso escorredor. Não consigo revelar isso, mas não quero que ela seja uma lembrança dele. Enterro-a atrás do resto das xícaras da nossa prateleira. A escova de dentes dele ainda está no meu banheiro. Não havíamos progredido o suficiente para que ele tivesse uma gaveta no meu quarto. Eu também deveria queimar minha caixa de lembranças. Ou não.

Junto a uma tela pequena e áspera usando o moletom velho que peguei quando ele veio me dar as tintas, centralizando o bolso do moletom. Tiro minha caixa de lembranças dos tempos que passei com William. Vou transformar isso em arte também. Essa é provavelmente a melhor maneira de superá-lo. Colo o tubo de tinta cinza acabado e enrolado na tela do moletom. Coloquei o lenço de William no bolso com um pedacinho para fora. Ele pode querer isso de volta. Encontro meu *MetroCard* vencido da viagem de metrô que fizemos juntos e o cardápio do bufê que Kimberly nos deu, e colo-os na tela. E meu brinquedo do McDonald's. Algumas conchas da Ilha do Fogo. A caixa de fósforos do nosso encontro no restaurante. E, no entanto, essas peças mal explicam a totalidade do nosso relacionamento. São mais as conversas e o apoio. Nossos textos.

Imprimo um instantâneo da troca de texto sobre canetas-tinteiro e as letras japonesas para Faito e colo-as. Escrevo à mão "FAITO E LUTE!" em um pedaço de papel e colo. Tiro as flores de cerejeira prensadas e coloco-as por cima como se fossem confetes. Eu cuida-

dosamente colo cada flor de cerejeira prensada no lugar onde ela caiu
- exceto que uma pousou no ponto de exclamação do Lute! no
texto. Coloquei aquela pétala prensada de volta na caixa.

Eu deveria lutar por William.

38

Eu deveria lutar por William, mas ele nem quer que eu vá lá. Limites, tenha cuidado. Isso deveria ser um sinal suficiente de que não combinamos. Não quero marcar compromissos com meu namorado.

A porta se abre. Tessa está em casa.

— Você tem tinta em todo o seu rosto. — Ela se aproxima e me olha mais de perto. — Esteve chorando?

Eu admito.

— Por quê? Você não está preocupada com a imprensa de novo, certo? — ela pergunta.

— William e eu terminamos.

— O quê? Por quê? Mas ele estava aqui esta manhã esperando por você. Quando você saiu com Peter.

— Por que você não me mandou uma mensagem?

— Ele disse para não contar a você. Esteve aqui por cerca de meia hora, esperando e olhando suas pinturas.

— Como ele disse para não me contar?

— Tipo, "não conte a ela. Encontro com ela outra hora."

— Ele parecia que ainda gostava de mim? — eu pergunto. — Ontem, ele disse que não acha que vamos durar muito porque somos muito diferentes.

— Ah cara. — Tessa assobia. — Não. Eu deveria ter contado isso antes, mas não achei que teria tais consequências.

— O quê?

— Thijs e eu estávamos no seu quarto, atrás do cabide, no pufe gigante. Ele estava prestes a tocar uma de suas guitarras para mim. Bela jogada: desafiá-lo a tocá-la para mim.

— E? — pergunto.

— Alguém entrou, então decidimos infantilmente ficar quietos e escutar. Acabou sendo William, seguido por Peter. Peter disse que queria você de volta. Ele disse que seria franco sobre isso com William. Falou que era a melhor pessoa para você, que vocês poderiam ser esse casal poderoso da arte e conquistar o mundo da arte.

— Ele não fez isso. — Meu sangue ferve. — Não preciso que Peter tome conta do mundo da arte. Vou fazer isso sozinha. Ou não. Quanto a um parceiro, o que preciso é de alguém que me ame pelo que sou e que esteja ao meu lado, não importa o que eu faça. Esse não é o Peter. É o William. O que William falou?

— Ele disse que achava que você não precisava dele e isso era você quem decidiria.

— Então por que ele terminou comigo?

— Eu não pensei que ele faria isso. É por isso que não lhe contei imediatamente. Mas Peter parecia muito seguro de si. E eu disse que vocês pareciam muito confortáveis juntos no sofá. William provavelmente refletiu sobre isso e pensou que deveria lhe dar uma nova oportunidade para escolher. Talvez quisesse rejeitá-la antes que você o rejeitasse.

— Sim, ele disse que eu já havia demonstrado que tinha dúvidas ao espionar ele e Kiyoko. Não é como se não tivéssemos problemas, mas todo casal tem problemas.

Tessa olha para minha colagem.

— Uau, isso é tão legal com as pétalas das flores. Você está experimentando uma nova abordagem?

— Não. Essa foi a minha colagem de rompimento. Mas agora será minha colagem de reencontro. Mas primeiro preciso ligar para Stewart.

Penelope me apresentou a Stewart, e agora ele faz toda a minha contabilidade, tal como ela é.

— Stewart não seria a primeira pessoa para quem eu ligaria para pedir conselhos românticos, mesmo que ele seja um amor — diz Tessa ironicamente.

— Quero falar com William na língua dele.

— Que língua é essa?

— Contabilidade.

— Isso eu quero ver — diz Tessa.

Stewart atende no primeiro toque. Ele está jantando em casa. Explico a ele que meu namorado é contador, mas ele simplesmente me largou e preciso fazer um grande gesto para reconquistá-lo usando os princípios contábeis.

O silêncio do outro lado da linha é cheio de dúvidas.

Finalmente, ele diz:

— Não tenho certeza de como fazer isso.

— Não, você não precisa fazer isso. Eu vou descobrir como. Você pode apenas me explicar alguns conceitos-chave de contabilidade?

— Agora mesmo?

— Sim — eu digo. — Isto é uma crise. Uma crise de amor contábil. Existe algum conceito contábil que diga que você precisa ter sucesso por seus próprios méritos?

— Humm... não, não que eu consiga pensar — diz ele.

— Isso é bom. Descobrirei isso. — Eu não me intimido. — Quais são alguns dos principais princípios contábeis?

— Você quer dizer os conceitos de acumulação, consistência, conservadorismo, correspondência e entidade comercial?

— Definitivamente não quero conservadorismo. Isso não vai me ajudar, mas qual é o correspondente?

— O conservadorismo é importante — diz ele. — As receitas só são reconhecidas quando existe uma certeza razoável de que serão realizadas, mas as despesas são reconhecidas mais cedo quando existe uma possibilidade razoável de que serão incorridas. As demonstrações financeiras tendem a ser mais conservadoras por causa do limite mais baixo para contabilizar despesas.

— Sim, não tenho certeza de como interpretar isso romanticamente em termos de nosso relacionamento. — Volto para aquela outra coisa. — O que correspondência? — Do outro lado da rua, um entregador prende sua bicicleta em um poste.

— As despesas relativas à receita devem ser reconhecidas no mesmo período em que a receita foi reconhecida.

— Esse não é o conceito romântico que eu esperava. Preciso de algo mais sobre o nosso relacionamento e por isso devemos navegar rumo ao pôr do sol — digo. — Como funciona a correspondência com o conservadorismo? E se houver receita que ainda não seja uma certeza razoável?

— Você quer que eu explique isso?

— Na verdade, acho que posso usar o conceito do conservadorismo: ele reconheceu as despesas ou as perdas, mas ainda temos uma possibilidade razoável de sucessos/receitas porque usamos, passamos pela dor das perdas. E se eu vincular isso à correspondência, ele deveria pelo menos ficar comigo por tempo suficiente para que esses sucessos fossem reconhecidos.

Há silêncio novamente do outro lado.

E então Stewart respira.

— Uau. Eu sei que disse que sua mente é muito diferente da minha, mas realmente é. Essa é uma tradução incrível.

— Funciona? — eu pergunto.

— Para esses fins.

— Excelente. Me dê algo mais.

— Existe o conceito de consistência, que as políticas contábeis são consistentes de um período para outro.

— Beleza, isso é útil.

— Isso é? — Stewart parece perplexo. — Há também o conceito de entidade empresarial. A empresa é tratada como uma entidade separada, distinta do seu proprietário e, portanto, devem ser feitas distinções entre transações pessoais e transações comerciais.

— Ah, eu gosto muito desse.

Stewart ri. Ele tem uma risada rouca como se não fosse usada com frequência. Ele é realmente um amor.

— Vou ter que lembrar de trazer isso à tona no meu próximo encontro. — Stewart está se preparando para a tarefa. — Existe o conceito de materialidade, que os riscos materiais e outras informações que possam influenciar uma decisão devem ser divulgados.

— Ah, sim — eu digo. — Isso também é útil.

— E talvez o que você procurava com a correspondência seja expresso pela contabilidade de duplo aspecto?

— O que é isso? — pergunto.

— Este conceito significa que toda transação comercial envolve um aspecto duplo: (a) a obtenção de um benefício e (b) a concessão de um benefício — diz Stewart. — Mas talvez você não queira caracterizar seu relacionamento dessa maneira.

— Isso faz com que pareça um jogo de soma zero, em vez de expressar a reciprocidade do benefício — digo. — Mas ainda assim, isso é muito útil. Muito obrigada, Stewart. Vou ler alguns relatórios anuais e ver se consigo mais informações.

— Você não acha que deveria simplesmente dizer a ele que o ama? Isso não será suficiente? — Stewart pergunta suavemente.

— Espero que sim — eu digo. — Mas quero que ele saiba que estou falando sério.

39

PETER LIGA E ME convida para jantar.

Estou tentada a dizer a ele o quanto estou chateada por ele interferir em meu relacionamento e ter contado o que fez para William, mas não é nisto que quero gastar minha energia agora. E posso entender que, do ponto de vista dele, ele estava fazendo a coisa honrosa e avisando William que estava prestes a enfrentar uma concorrência.

— Não posso. Eu tenho que pintar. Jade falou que já há mais interessados em comprar meus quadros — digo.

— Mas você precisa comer e estou aqui — diz Peter.

— Essa é a beleza de Nova Iorque. Eu fiz um pedido. Além disso, aparentemente você vai ficar, então não preciso ver você esta semana. Esta é uma semana de pintura fundamental para mim. — Não preciso dizer o quanto estou chateada. Ele pode sentir pela minha voz.

Há silêncio do outro lado.

E então não consigo resistir. Mas não vou contar a ele que William me largou. Então, eu digo:

— O que você estava fazendo dizendo ao William que iria competir por mim? Obrigada por adicionar essa ruga na minha testa esta semana.

— Quero você de volta — diz Peter.

— Não funciona assim. — Ao dizer isso, espero que William não diga o mesmo para mim. — Estou realmente apaixonada por William. Pensei ter deixado isso claro antes de você chegar. Mas nossa amizade significa muito para mim. Não quero perder você como amigo, mas não estou mais apaixonada por você.

— Você não acha que deveria nos dar outra chance? — ele pergunta.

— Não arriscando em perder William.

— Se você não tivesse começado a sair com ele, eu teria tido uma chance? — ele pergunta. — Achei que tinha uma chance quando sugeri vir.

— Acredito que não dei essa impressão — digo suavemente. — Eu falei que estava animada para vê-lo, mas que não achava que deveríamos voltar a ficar juntos.

— Mas nós realmente poderíamos ser esse casal poderoso no mundo da arte — diz ele.

— Não quero ser um casal poderoso no mundo da arte. Quero que minha arte seja famosa, não eu.

— Isso é verdade. Você sempre disse isso. Mas hoje em dia com as redes sociais isso é muito mais difícil — diz ele. — E você continua cantando em uma banda. Você poderia ser uma estrela do rock.

— Eu já sou uma artista rock star.

Peter ri.

— Eu acho que você é. Acho que você não precisa mais de mim.

— Quero você na minha vida, mas não como meu amante. Mas também entendo se você não quiser fazer isso.

E se William nem quiser ser amigo? Teremos que estabelecer horários separados para visitar o Tio Tony e o Takashi?

— Ainda quero ser seu amigo — diz Peter. — Sinto muito por dizer isso a William. Eu queria ser sincero sobre minhas intenções. Você quer que eu diga a ele que dou minha bênção ao seu relacionamento?

— Não, isso não é necessário. — Isso é tudo que preciso para Peter descobrir que William e eu não estamos mais namorando.

— Tudo bem, vamos marcar um jantar para a próxima semana — diz Peter. — Também te verei no seu show.

Marcamos um jantar. E então eu ligo para William. Seu correio de voz atende. Eu desligo.

Grampeio outra tela. Eu deveria pelo menos pintar. Não acredito que ele nem atenda as minhas ligações.

Eu provavelmente deveria preparar meu relatório anual para ele. Ligo novamente e deixo uma mensagem na caixa postal.

— Olá, espero que possamos nos encontrar esta semana. Quanto antes melhor. Eu preciso... — Tenho medo que ele não me encontre se eu disser que preciso vê-lo para dizer que quero que fiquemos juntos. — Bem, eu preciso das minhas coisas. E não quero terminar do jeito que terminamos.

Isso é verdadeiro, mas bastante ambíguo.

Ligo meu laptop para escrever o resumo do meu relatório anual. Quando finalmente termino, verifico meu telefone. William deixou uma mensagem. Esqueci de ligar a campainha.

— É William. Olha, também sinto muito pela forma como as coisas terminaram. Eu... uh... então, sim, vamos nos encontrar amanhã. No cais da Rua Setenta e Dois.

Outra chance.

40

A BRISA BALANÇA MEU cabelo enquanto caminho ao longo do rio Hudson até o cais. Tanta coisa para estilizá-lo. A água está agitada, turbulenta, como meu estômago. *Respire, respire.* O vento assobia através do meu suéter. Sem casaco hoje. Um suéter e uma minissaia teriam que servir. Eu suaria muito em um casaco ao defender minha causa. Estacas de madeira abandonadas que costumavam sustentar um píer ficam sozinhas, as ondas batendo contra elas, desgastando-as lentamente.

Minhas botas de cano alto fazem barulho na passarela.

Uma figura alta está parada no final do píer, de costas para mim. Ele está ainda mais adiantado do que eu. Talvez eu devesse ter enviado o relatório anual para ele. Não, quero esta oportunidade de conversar pessoalmente.

Ele se vira quando me aproximo.

O vento bagunça o seu cabelo, mas seus olhos parecem quentes. Um *case* de violão está encostado na cerca. Não pode ser dele. Ele está segurando uma caixa de bento. Se ele tivesse com duas, eu me sentiria mais esperançosa.

— Não quero terminar — eu digo. — Soube o que Peter disse para você, mas não quero namorar Peter, quero namorar você.

Ele sorri.

— Eu também não quero terminar. Queria lhe dar um novo começo para namorar Peter, se você quisesse, mas me arrependi imediatamente.

Estamos parados ali, olhando um para o outro. Quero abraçá-lo, mas tenho a colagem embrulhada debaixo do braço e minha bolsa com meu relatório anual.

— Bom. Você deveria se arrepender. Mas quero que você também saiba por que trabalhamos, para não duvidar do nosso relacionamento. — Largo a pintura, apoiando-a na cerca de ferro. As ondas batem contra o cais e o ar tem cheiro salgado. — Eu preparei um relatório anual.

— Um relatório anual? — Sua sobrancelha se levanta.

— Queria explicar isso para você em seu idioma. — Vou até um banco próximo. Ele me segue.

Tiro-o da minha bolsa. Leio meu relatório anual em voz alta, sem ousar olhar para ele:

O relacionamento de William Haruki Matsumura e Miranda Langbroek foi um empreendimento que operou com sucesso nas áreas de investigação privada, música, arte e contabilidade. Foi apoiado com sucesso nos seus esforços de investigação privada pelo oficial Johnson, Tony Langbroek e Takashi Matsumura. Mas o mais importante é que esse relacionamento entre William e Miranda trouxe à tona o melhor de ambos. Ele encapsula os princípios contábeis de:

- *Consistência – você deve manter a mesma namorada;*

- *Entidade Empresarial – não quero namorar Peter. Por muitas razões. E não acho que ele seja a melhor escolha para mim. Assim como o conceito de entidade empresarial, quero manter minha vida amorosa separada da minha vida profissional.*

Isso não quer dizer que não existam fatores de risco – sou emotiva, temperamental e facilmente ciumenta. Você pode ser reservado, o que me faz pensar no que você está sentindo. Você não gosta de ser controlado. Mas os riscos conhecidos são sempre mais fáceis de gerir.

Quando termino, ele me encara com os olhos brilhando.

— Isso é brilhante — diz ele.

Depois mostro a ele o gráfico que ilustra a contabilidade de dois aspectos.

— Há tantas coisas que você fez por mim. Você defendeu minha pintura quando Edmund e Annabelle apareceram. Você me disse que eu teria sucesso como artista e me abraçou e me acalmou quando eu estava prestes a explodir por causa da falsificação. Acho que você me deu muito mais do que eu lhe dei, mas vou compensar.

— Não, você me deu mais. Eu sinto que você me deixou ser eu mesmo. Eu perdi realmente a confiança depois do meu rompimento com Juri. — Ele alisa meu cabelo. — Você mostrou a Kiyoko que não sou um contador chato quando me fez cantar "Barbie Girl".

— Ela já estava interessada em você antes disso — eu digo.

— Minha versão de "Barbie Girl" não funcionou? — Ele sorri para mim com conhecimento de causa e me entrega a caixa de bento.

— Fiz isso para você. Eu te amo.

— Eu te amo — eu digo.

Abro a caixa. Há quatro compartimentos. Uma foto da minha pintura da galeria Tribeca, recortada do catálogo, fica na primeira. Eu a pego e um recorte de jornal está colado no fundo. Uma pequena foto de *Brincando Por Aí 1h30* está no compartimento maior. Abaixo dele, a palavra "AMO" está colada na parte inferior. Ao lado está uma foto do Kimimoto, e abaixo dela, "VOCÊ". O comparti-mento final traz um *spray* em miniatura de flores de cerejeira feito por Penélope.

— Pedi a Penelope para fazer isso — diz ele.

— Isso é incrível.

— Adorei o seu relatório anual. — Ele segura meus papéis gram-peados contra o peito.

— Adorou? — Lembro-me da minha colagem. — Eu fiz outra coisa para você. — Desembrulho o pedaço e entrego a ele, observan-do sua reação.

Ele traça os detalhes do nosso relacionamento. Ele tira o lenço do bolso do moletom.

— Por que isso tudo está embaralhado? E úmido?

— Eu estava com raiva de você por não lutar pelo nosso relaciona-mento.

— Desculpe. Não cometerei esse erro novamente. — Ele olha profundamente nos meus olhos. — Esta colagem é para eu guardar?

— Sim.

Ele se inclina sobre a colagem e me beija. Passo minha mão pelos seus cabelos enquanto me perco em seu beijo.

Ele coloca a pintura no banco ao lado dele e tira um pedaço de papel do bolso.

— Não sei pintar e não estou familiarizado com o mundo da arte. Mas pensei que deveria te contar o que senti e vi quando olhei suas pinturas ontem. Elas são como um diário da sua vida, e eu chorei só de olhar para *Lágrimas 4h40*. Sinto muito por fazer você passar por isso. — Suas mãos embalam meu rosto e nossos olhares se fixam. Seus olhos estão lacrimejantes e meus olhos lacrimejam.

— Tudo bem.

— E o *Fora dos Limites* já havia me impressionado antes - antes que eu soubesse que se chamava *Fora dos Limites*. Presumo que isso se refira a nós?

Concordo com a cabeça, emocionada demais para falar.

— E havia tanta eletricidade, leveza e alegria, mas também incerteza. Acho super poderoso o que você pode evocar com cores e pinceladas. Seu talento me tira o fôlego. E pude ver o quanto você sente por mim. Você não precisou fazer uma apresentação contábil. Pude ver isso em sua arte, especialmente em *W 2h30*. E *W 12h30*.

— E *W com SP 8*. Era óbvio quando havia tantas pinturas de W? Ele me beija.

— Eu te amo. — Ele me puxa para perto para um abraço. — Senti a sua falta.

Eu o agarro com força. Estava preocupada em nunca mais sentir seus braços em volta de mim.

Ele traça levemente minha bochecha com o dedo. Cheira a ar salgado. Posso ouvir as ondas batendo no calçadão.

— Para que este *case* de violão? — eu pergunto. — Você não toca violão, não é?

— Tessa me disse que você não consegue resistir a homens que cantam e tocam violão — diz ele. — Eu realmente não sei cantar, mas tive algumas aulas de violão. Achei melhor trazê-lo como reserva.

— Agora você tem que tocar.

Ele pega o violão e dedilha uma balada de amor. Ele é absolutamente terrível. Concordo com a cabeça encorajadoramente e sorrio, esperando que ele não possa me ver cerrando os dentes.

Ele estremece enquanto toca, mesmo enquanto se concentra nos acordes e nos dedos. Esse esforço me pega. Isso me faz amá-lo ainda mais.

— Funcionou? — ele pergunta quando termina, olhando esperançosamente.

— Definitivamente. — Eu o beijo.

Caminhamos lentamente de volta ao meu apartamento, de mãos dadas e parando para nos beijar. Parece que estamos sólidos agora.

Ao nos aproximarmos do meu apartamento, Edmund está do lado de fora. O oficial Johnson nos avisou que já estava em liberdade sob fiança.

William para quando o vê. Talvez eu precise me mudar se continuar recebendo esses visitantes indesejados. William coloca o braço em volta de mim.

Edmund levanta as mãos.

— Venho em paz — diz ele. — Só queria explicar. Eu ia devolver sua pintura antes da exposição. Eu ia ajudar você a encontrá-lo.

— E salvar o dia? — pergunto.

— Sim, como fiz no Brooklyn. Então você apoiaria meu processo com Annabelle e ela ficaria impressionada por eu ter a ajudado.

— É por isso que você roubou? — Eu balanço minha cabeça.

— Então por que copiar? Por que contar ao *The Squirrel* que eu o roubei? Não negue que você também queria me machucar e me ver desmoronar.

— Não nego — diz Edmund. — Eu culpei você por Annabelle me rejeitar. E queria ver você se machucar do jeito que me machucou. Você nunca gostou de mim.

— O que você ia fazer com o Kimimoto? — eu pergunto.

— Eu ia devolvê-lo também. No final.

— Após vender algumas cópias falsas no mercado negro, certo?

— Eu iria devolvê-lo no final — Edmund diz novamente. — Só precisava de algum dinheiro por causa da má colheita na Itália. Não apresente queixa.

— Não depende de mim, Edmund. — Concentro-me em seu rosto, desejando que ele entenda. — Você cometeu um crime. É o promotor quem toma a decisão de apresentar queixa.

O rosto de Edmund se contrai.

William fica entre mim e ele.

— A decisão não é sua. — Edmund assente e se afasta. Então ele se vira. — Você acha que Annabelle vai me representar?

Ele pega seu telefone. William e eu corremos para o meu prédio.

— Você deveria avisar Annabelle? — William pergunta.

Eu envio uma mensagem para Annabelle. Ela responde que está sabendo de tudo. Então William me pega e me beija novamente.

— Eu realmente queria beijar você quando estava carregando-a naquele dia — diz ele.

— Bem, coloque-me no chão nessas escadas. Tessa está no trabalho, então o apartamento é nosso. Você vai precisar de toda a sua energia quando subirmos.

41

É A NOITE DA Exposição de Arte Vertex e Jade envia uma mensagem dizendo que minhas três pinturas estão penduradas atrás, na parede direita. William está segurando minha mão enquanto entramos para me manter ao chão. Estou flutuando. Fui escolhida como uma das cinco melhores artistas.

Sussurro em seu ouvido:

— Estou tão feliz.

Ele aperta minha mão em resposta.

— Você mereceu isso, então aproveite cada momento.

O curador da exposição Vertex se junta a nós e diz:

— Miranda, gostaria de apresentar você a algumas pessoas.

— Vou pegar uma bebida para você — diz William.

— Água gelada — eu digo. Já estou bêbada de felicidade.

Estou conversando com outro dono de galeria quando Annabelle e Tessa se juntam a mim.

— Isso é incrível — diz Annabelle. — Eu estou tão feliz por você.

E então, de repente, Tessa agarra meu braço com força.

— Não se vire — diz Annabelle com voz angustiada.

Eu imediatamente me viro, me afastando do aperto de Tessa em meu braço.

William e uma mulher estão se beijando ali mesmo, bem no meio da galeria.

— Tenho certeza de que não é o que parece — diz Annabelle.

— Parece que alguma mulher aleatória está beijando William — eu digo.

A mulher se afasta e sai correndo. William está parado ali, como se estivesse atordoado. Seu olhar encontra o meu.

Pelo canto do olho, vejo David, o ex de Annabelle, correndo atrás da mulher. Sinto Annabelle falar ao meu lado.

— O que David está fazendo aqui?

— Eu o convidei. Não acredito que ele beijaria outra mulher. Ando em direção a William. — Você está bem? Você ao menos conhecia aquela mulher?

Ele balança a cabeça.

— Eu não a beijei.

— Eu sei — eu digo.

— Você sabe? — ele diz.

Ele limpa a boca.

— Eu sei — digo.

Ele me puxa para um abraço. Descanso minha cabeça em seu peito quente.

— Isso faz parte de alguma arte performática ao vivo? — ele pergunta.

— Dificilmente — eu digo. — Você não pode beijar pessoas aleatoriamente ou fingir que beija estranhos, nem mesmo como parte da arte. Que nojo.

— Ela nem me beijou de verdade. Ela colocou dois dedos em meus lábios e beijou seus dedos.

— Não. — Annabelle suspira ao meu lado. David está arrastando a mulher pela mão para dentro da sala.

Eles param na nossa frente.

— Diga a verdade a ela — diz David.

— Fui paga para fingir que o beijei — ela diz a Annabelle.

— Eu disse que não a beijei — David diz a Annabelle.

— E você foi pago para fingir beijar William aqui também? — eu pergunto.

— Sim — ela diz.

— Edmund — Annabelle e eu dizemos ao mesmo tempo.

— Exatamente. Um cara chamado Edmund me pagou — diz ela.

Chocada, Annabelle diz:

— Ele é louco.

— Eu disse que ele era louco — diz David.

— Sinto muito por não acreditar em você — diz Annabelle.

— Também é minha culpa. Eu estava muito focado na minha carreira. Vamos conversar — diz David. Annabelle de repente sorri e parece que um peso enorme foi tirado de seu rosto. Ela brilha.

— Eu sabia — digo.

— Estou começando a achar que você realmente deveria abrir uma agência de detetives — diz William.

Advik e Saanvi vêm nos cumprimentar. Saanvi diz:

— Estou tão feliz que vocês ficaram juntos.

Jade traz a mulher de franjas e a mulher penteada.

— Aqui está a artista, Miranda Langbroek — diz Jade. — Essas duas mulheres compraram sua pintura naquela galeria em Tribeca.

— Oh, olá de novo — diz A mulher de franjas a William. — Que maravilhoso ver você.

— E você parece familiar — diz mulher penteada.

— Aquela era sua mãe na exposição! — mulher com pulseiras exclama. — Vocês são tão parecidas.

De repente, ela percebe que William está segurando minha mão.

— E você é o namorado dela — diz A mulher de franjas. — Oh, você e a mãe dela são uma dupla e tanto, nos fazendo comprar.

— Mas estamos felizes que você tenha feito isso — diz mulher penteada.

— Obrigada por comprar minha pintura — eu digo. — Essa não era realmente minha mãe. — Minha mãe está na exposição e eles podem conhecê-la. Olho para onde minha mãe está com John. Nossos olhares se encontram, e ela me dá um aceno de aprovação.

— Está incrível no meu escritório — diz a mulher de franjas.

Cercada por amigos, minha arte na parede da Exposição de Arte Vertex, de repente me viro para a esquina. Estou muito feliz para descrever em palavras, e meus olhos lacrimejam. De novo.

William me entrega um lenço. Eu pego e abro. Este tem *M.W.L. + W. H. M.* bordado nele. Eu olho para ele.

— Não deveria conter também Agência de Detetives? — Eu pergunto.

Ele diz: — Eu estava pensando Para Sempre.

— Isso funciona para mim — eu digo.

Ele coloca o braço em volta de mim e nós dois olhamos para *Brincando Por Aí 1h30*, prontos para qualquer coisa.

42

Caro Leitor

Caro Leitor:

Muito obrigada por ler "Meu Amor Travesso". Espero que ele o tenha deixado com uma sensação de aconchego e confusão.

Se quiser obter as atualizações de novos lançamentos, de bastidores e o que está acontecendo em minha vida, assim como conteúdo exclusivo e promoções, por favor, inscreva-se em minha lista de mensagens em (atualmente somente disponível em inglês).

Por favor, deixe uma avaliação se você gostou de ler "Meu Amor Travesso".

Avaliações de livro são importantíssimas para autores para aumentar a sua visibilidade. Livreiros querem vender livros que outros leitores gostaram. A avaliação não precisa ser longa, pode ser somente uma frase ou duas.

Atenciosamente,

Kathy

Sobre A Autora

Kathy Strobos é uma escritora que mora na cidade de Nova York com o marido e dois filhos, em meio a uma coleção crescente de livros, brinquedos e casas de bonecas. Anteriormente, ela trabalhou como advogada antes de mudar de carreira para escrever comédias românticas em tempo integral e entrar em forma. Nascida e criada em Manhattan, ela adora escrever sobre a cidade de Nova York e as heroínas talentosas que vivem e se apaixonam por lá, em meio à sua energia vibrante e ao aroma de biscoitos caseiros com gotas de chocolate. Ela continua trabalhando para entrar em forma.

New York Friendship Series
A Scavenger Hunt for Hearts
Partner Pursuit
Is This for Real?
Caper Crush (Meu Amor Travesso)

New York Spark Series
My Book Boyfriend
Love Is an Art
My Secret Snowflake

Agradecimentos

Agradeço a Cristiane May Allgayer pela tradução de "Meu Amor Travesso" para o português e realizar o meu sonho de ver meu livro em português tornando-se verdade!

Obrigada, primeiramente, a todos os meus leitores. Suas avaliações e incentivo realmente aquecem meu coração e me inspiram a continuar escrevendo e melhorando. Obrigada também a todos os assinantes do meu boletim informativo e do blog. Estou tão emocionada que você reservou um tempo para se inscrever e se juntar a mim nesta jornada. Obrigada também à minha incrível equipe ARC e aos bibliotecários, blogueiros de livros e bookstagrammars. Para mim, significa muito ver meus livros encontrando seu público.

A ideia deste livro surgiu porque eu queria criar uma heroína de ação emocional. Tenho tendência a chorar facilmente e queria escrever sobre uma personagem como essa. Quando eu estava na faculdade, acompanhei o presidente do bairro de Manhattan por uma semana nas férias de primavera e definitivamente tive que enxugar as lágrimas dos olhos após ouvir as histórias das pessoas nos painéis dos quais participamos. Felizmente, eu estava na plateia.

Na escola primária pública do meu filho, uma banda de pais se apresenta em nosso evento anual de arrecadação de fundos para a escola, e sempre fiquei impressionada com as mães cantoras, por isso acrescentei o talento de Miranda como cantora. Eu, infelizmente, não tenho absolutamente nenhum talento para cantar.

Escrevi um interesse romântico nipo-americano porque trabalhei para uma empresa japonesa como advogada durante treze anos antes de sair para perseguir meu sonho de me tornar uma escritora, e sinto falta de visitar o Japão e interagir com meus colegas de todo o mundo. Especialmente com os acontecimentos atuais, quero celebrar a diversidade.

Muito obrigada aos meus leitores betas, Yukie e Sharon, por lerem "Meu Amor Travesso" com um olhar crítico. Obrigada também a Yukie, Kaori, Masayo, Yoichi e Jonathan por responderem às minhas perguntas. Todos os erros são meus.

Yukie também é o fundador e diretor do *SoHo Memory Project*, então eu recomendo fortemente conferir esse site (https://sohome mory.org/) se você estiver interessado na história do SoHo.

Obrigada às artistas Laura Fayer (https://www.laurafayer.com/) e Anne-Marie Belli (http://annemariebelli.com/) por responderem às minhas perguntas. Gostei muito de todos os exemplos que Laura me deu de artistas reconhecidos pelas pinceladas (como Renoir, Edward Munch e Morandi).

Obrigado à minha tradutora, Cristiane May Allgayer, por dar vida à minha história em português.

Estou muito feliz por ter Giulia Skye como minha parceira crítica. Seria muito mais difícil ser autora sem tê-la como amiga com quem posso entrar em contato para discutir ideias, compartilhar comentários e me inspirar. "Meu Amor Travesso" está muito melhor depois de seus comentários e conselhos.

Também sou grata pelos valiosos *insights* de Vicky Tiseros como minha parceira crítica. E também aprecio muito todas as minhas conversas matinais com Vicky e Delphine sobre escrita e publicação.

Muito obrigada à Associação de Romancistas Românticos (RNA) e ao autor publicado que leu meu rascunho inicial de "Meu Amor Travesso" no *New Writer's Scheme* e me deu um *feedback* tão positivo. Isso me deixou muito feliz.

Obrigada também a Virginia Heath e Liam Livings pelo curso de RNA e seus comentários sobre minhas cenas enviadas como lição de casa, bem como aos meus colegas desse curso e do curso *Curtis Brown Creative* "Escrevendo um romance".

Obrigada a Emily Poole, da *Midnight Owl Editors*, por todas as suas sugestões sobre como melhorar a história em sua edição de desenvolvimento. Fiquei arrepiada em nosso telefonema quando surgimos com mais reviravoltas na trama e desenvolvimento de personagens. E, como sempre, a edição de sua linha detectou alguns erros hilariantes, como quando escrevi "eletrocussão" em vez de "ecolocalização".

Obrigada também a Hoda Agharazi por sua edição de desenvolvimento e a Anne Victory por sua edição de linha. Fiquei muito impressionada com como Anne eliminou palavras repetidas e notou problemas de continuidade. Tanto Hoda quanto Anne fortaleceram minha história. Obrigada também a Sharon Coleman por suas sugestões muito úteis.

E obrigada também à minha editora e revisora, Joyce Mochrie, proprietária da *One Last Look*. Sua atenção meticulosa e diligente aos detalhes detectou meus erros de gramática e pontuação, bem como palavras omitidas ou repetidas.

Obrigada a Linnea Sinclair e seu grupo de crítica. Aprendi muito com Linnea e valorizo muito nosso grupo de críticos. Obrigada por toda a ajuda na minha sinopse. Se você quer ser um escritor, somente posso recomendar muitíssimo para fazer um dos cursos de redação de Linnea. Obrigada especialmente a Anna, Ellen e Judith pelo seu apoio.

Obrigada a Isabel Walcott pelo nome da banda *Miranda Warning* e pelo título da música "You Have the Right to Remain Silent". Obrigada a Mattijs pelo nome da banda de Thijs, *Bad Credit*, e a Carol pelo nome da banda, *The Tempest*. Obrigada ao Guillermo pelo nome da música, "Mirex". Tão inteligente! Obrigada a Jeff por sugerir os Jardins Untermyer.

Obrigada a Sejal e Usha por ajudarem a organizar uma palestra sobre livros em um café.

Obrigada a Emily Henry da *Upworks* pelas minhas quebras de capítulos ornamentais.

E obrigada a todos os meus amigos que leram trechos, debateram títulos, lamentaram a escrita, sugeriram pontos da trama e compraram meus livros.

Obrigada à designer da capa do meu livro, Lucy Murphy, da *Cover Ever After*. Ela é a melhor. Amo minhas capas!

E obrigada, como sempre, a Claus (especialmente à sua edição atenta) e aos meus filhos e à minha família que me apoiam e incentivavam. E estou muito grata por minha mãe não ser como as mães dos meus protagonistas.